銀河叢書

くりかえすけど

田中小実昌

幻戯書房

目次

装幀　緒方修一

くりかえすけど

本書は、田中小実昌の単著未収録の小説を集成した作品集です。本文は原則として発表時の表記にしたがい、統一はいっさいしていません。ルビは適宜加減し、あきらかな誤字脱字はなおしましたが、引用をふくむ固有名詞などの誤記は、ルビで「ママ」としたところもあります。

アセモの親玉

食事をしてると、目の前で、なにかがひらひらした。そんなものが、とつぜん、目の前にあらわれるわけがなく、目の隅のほうからはいってきて、目の前にきたのだろう。

しかし、目の隅というのは、つまりは気持の（心理的な）ことだけど、目の前は、物理的事実で、ぼくはびっくりした。そいつは白く、ひらひら宙にういていて、箸のさきとの比較もあるけど、かなり大きかった。目の隅のほうで、なにかがちらちらしており、気にはなるけど、それが実際に存在したかどうかは、どうでもいい、と言うより、実際に存在してるか、してないかなんてことはおもってはいない、というのとはちがう。

ぼくは上半身ハダカで食事をしていた。大きな食卓で、ぼくのうしろのガラス戸は、もちろんあけてある。この食卓のことは、前から、気持にひっかかってたけど、中途半端にしか書いたことはない。ぼくの書くものは、なんでも中途半端で、ぼくはあきらめるのがはやく、また、それとは逆みたいだが、けっこうウヌボレも強くて、中途半端がぼくの書きかた、しかたがないとおもってるけど、この食卓については、ぼく自身に中途半端な気持がある。

このテーブルはもとは食卓ではなく、作業台だった、と書いたこともあり、そのときは、ぼくは作業台という言葉がいくらか気にいってたようだ。どうして気にいったのかは、今ではわからない。なにも、もったいぶることはない。これは、洋裁机としてつくったものだ。ところが、ぼくの周囲では、ごくふつうの言葉だった洋裁机が、ようさいづくえ、と読んでもらえるかどうかも心配になった。それで、いわゆる若い女性のところにききにいったのだが（ハダカでいくわけにもいかず、半ズボンにアロハを着て、汗をかいた）その若い女性は、「だいいち、洋裁って言葉もつかわないわね。むしろ、和裁のほうがのこってるんじゃない。お嫁道具にミシンはたいていはいってるけど、ミシンをつかうひとは、ほとんどいないようだし……」と言った。

これはタテ二メートル、ヨコ一メートルはあって、家庭の洋裁机としては大きい。大きく、無骨な感じだ、と書いたこともある。書きながらでてきた言葉（単語）を、中途半端ともつうじるが、たれながしみたいに、ならべていって、それまた、ぼくの書きかただ、なんてあつかましいことを言ってるぼくだけど、無骨な感じは、さすがに、テレくさかった。

このテーブルは買ってきたものではなく、また、家具職人がつくったのでもない。大工さんにつくらせたときいたような気がするが、それもはっきりしない。これを洋裁机としてつくらせたたのは、あるエカキの若い奥さんだった。そのエカキも若かった。エカキ仲間には、なんでもつくっちまう者がいる。家を自分でつくったなんてのもめずらしくない。エカキは、とにかく、なにかをつくる者だ。

ぼくの好きな作家で、もともとはエカキさんのひとがいる。もともとなんかではなく、ずっとエカキさんなのだろう。このひとの小説には、つくることがでてくる。なにかをつくろうとして、バカな材料をあつめてきて、結局はつくらなかったような小説のほうがおおいかしれないけど、ともかく、つくることがもとになってる小説だ。ぼくが書いてるものなんかとは、たいへんにちがう。こうして、ぼくが文字をならべてるのと、エカキが絵筆をうごかし、線をひき、絵具を塗ってるのとでは、まるっきりちがう。エカキは絵をかき、絵をつくってるが、ぼくはなにもつくってはいない。ただ、おしゃべりをしてるにすぎない。ケンソンではない。事実を言ってるだけだ。ただのおしゃべりでも、きいてくれる人（読んでくれる人）がいれば、うれしい。エカキも、自分がつくった絵を見てくれる人がいればうれしいから、絵をかく。しかし、くりかえすが、なにかをつくるのと、ぼくみたいに、なにもつくらず、ただ、しゃべってるのとでは、ぜんぜんちがう。ただし、これはぼくのことで、エカキとおなじように、エカキとはちがうやりかたでも、つくっている、とおもってる小説家のほうが、うんとおおいだろう。

いや、この洋裁机は、エカキ仲間がつくったのではあるまい。エカキがつくったにしては、いやに質実すぎる。今、国語辞典をひいたら、質実とは、飾りけがなく、まじめなこと、と書いてあった。ぼくは、本質ということが頭にうかんで、質実なんて書いたのだろう。現象学の人たちや、つづいて実存の連中がきらった本質だ。これは、机という本質が、あまりにもあたりまえに、そのままでている。

ある奥さんが（その奥さんも、ご主人はたいてい田舎のほうにいたが、エカキの奥さんだった）庭に池をつくることにした。それで、いつも出入りしてる庭師のおじいさんに、そのことをたのみ、ぼくと若いエカキが手伝いにいった。ついでだけど、ぼくのことは、〈そのころは、ぼくも若かった〉などと一度も書いたことはない。ぼく自身のことになると、若かった、なんてのが、よくわからないのだ。いや、ひとのことだと図々しく、かってに、若いエカキと言ったそのエカキより、ぼくは二歳下だった。

夕方、うすぐらくなりかけて、池はできあがったが、まことに池らしい池だったけど、奥さんは首をひねるようにしていた。

そして、庭師が若い衆をつれてかえっていくと、ぼくの学校での先輩の若いエカキは、「やりかえますか。それならば、セメントがかたまらないうちに……」と、できあがった池を、ばんばんこわしだしたのには、ぼくもおどろいた。その先輩はエカキで、粘土をこねたりする彫刻もやったことはあるまい。まして、庭の池をつくるなど、はじめてのことだ。

でも、先輩が池のまわりのセメントをこわしてるのだから、ぼくも手伝わなきゃいけない。しかも、先輩は、奥さんに、どんな形の池にしますか、ここはどうしましょう、なんてことは、ぜんぜん相談もせず、どんどん、セメントをこわし、どんどん池をつくっていった。時間もなかったのだ。

こうして、できあがった池を、奥さんは、「ほんとに、あのとき、つくりかえてもらってよかったわ」と、なんどもなんどもくりかえした。いくらかファンシーなところのある池だったけど、庭師がつくった池とは、まるでちがう池だった。

はなしはちがうが（いつも、はなしはちがってるけど）あるエカキが、アルバイトに、ある大劇場のトイレの掃除をやった。

そのエカキからきいたはなしをもとにして、というよりも、ずいぶんかってにひんまげて、ぼくは小説を書き、その小説で賞をもらったりした。

ぼくの小説は、いつものだらだら調子だが、このエカキからきいたはなしは、とてもおもしろかった。そのエカキの故郷のはなしで、その土地ならではの、おかしな、へんてこなはなしが、その近くでおこった、事件ともいえないほど、大きなことがらに関係してるのだ。

ぼくの小説は、ただ、文字をならべただけだが、このエカキは故郷の訛りの強いひとで、その訛りや土地の言葉が、はなしにぴったりというより、その土地の風物、人間たち、ナマのにおいになっており、はなしをいきいき、おどりあがるようにしていた。しかも、ぼくの小説にはかなしさなどはないが、彼のはなしには、けたけたわらってききながら、かなしさがあった。もともとその大きなことがらというのが、かなしい、おそろしいことだったのだ。

ともかく、そのエカキは大劇場のトイレの掃除係になった。そして、ふつうの人が見ると、魔法みたいなことをしたらしい。婦人団体などがトイレに見学にきたりしたそうだ。便器をぴかぴかに磨きあげたぐらいのことではなく、また、トイレに装飾らしいものをしたなんてチャチなものでもなく、トイレぜんたいが光りかがやいていたという。

いや、このテーブルはエカキ仲間がつくったのではあるまい。つまりは、あんまり質実すぎる。質実な絵をかくエカキもあるだろう。誠実な絵なんてのはインチキくさいが、質実な絵もあるにちがいない。でも、このテーブルは、どう見ても、エカキっぽくない。だとすると、やはり、大工さんがつくったものか？

この洋裁机をつくらせた奥さんの主人のエカキはフランスにいき、ぼくはこの家の留守番になった。そのころは、外国にいくことは、なかなかたいへんで、若い奥さんは、一年半か二年ぐらいおくれて、フランスにいった。そして、それこそ一年半か二年ほどして、パリで死んだ。エカキは十三年もパリにいた。そのあいだ、この洋裁机も、なくなった奥さんの鏡台なども、この家にあった。

エカキがニホンにかえってきて、古い家をこわし、家を建てかえて、ぼくたちはいっしょにすんだ。そのときから、この洋裁机は、居間と炊事場がいっしょの長方形の部屋の、炊事をするところのそばにおかれ、食卓になった。

階下《した》の長方形の部屋におりていったときは、もう昼の十二時近かった。それまで、ぼくは寝ていた。ぼくは、夜は書いたりはしない。酒を飲んでる。朝の五時ごろ目がさめ、一時間ぐらいおきていて、枕もとのほうにある雨戸をしめ、うまく眠ることができた。

目がさめると、枕カバーもシーツも、袖なしの、ランニングシャツよりもっとみじかく、前がぶかぶかにあいた真夏用の寝巻きも汗がにじんでいたので、これは、朝の五時ごろ、やはり汗で着がえたのと二つもって、階下《した》にいった。

食べだすと、汗がでてきた。今は、暑いから汗がでるのだが、なにかをたべると、汗がでるのは、どうしてなのか？ これは、ぼくだけがとくべつか。真冬でも、毛糸のキャップをかぶって、立喰ソバなどをたべてると、禿げ頭に汗がにじむ。

汗は頭から顔を濡らし、肘のまげたところからは、点滴のように、ぽっく、ぽっくしたたりおちていた。たべながら、ため息をつく。そのため息も汗で湿っているようだった。しかし、ため息はいけない。自分で芝居をしてるようなものだ。

ぼくは、一杯の御飯を、なんども、たべるのをやめ、ため息をつき、タオルで汗をふいた。タオルは二枚あって、ぼくがすわってる椅子の下の床にほうりだしてある。タオルのそばに犬もいる。犬も舌を長くだし、息をきらしている。こいつも、ぼくがため息をつくように、犬なりに、いくらか芝居をしてるのか。

椅子の反対側には猫がいて、腹を上にむけ、ひっくりかえっている。ぼくは片足の足の裏をつかんで、椅子のはしにおいた。椅子の尻があたるところは、黒い人工革《レザー》で、そのすみ、片足をまげてのっけたところが裂けて、ほそ長く、クリーム色のはらわたがでていた。

なんにでも色があるけど、それがなんの色かを言うのは、たいへんにむつかしい。これは、なんにでも色がある、といったせいかもしれない。なんにでも、そう言えば、色があるよなあ、といったぐあいだからだ。

色が必要だから、色があるのではない。ほとんどのモノは交通信号とはちがう。交通信号には赤と青がある。それだって、赤は、ま、赤だろうが、アメリカでもイギリスでも、この青がグリーンとよばれている。また、ニホンの青信号でも、とくに新しく、ういういしいのは、かなり青っぽく見えるのもあれば、さえないみどり色のもある。

たとえ、色が必要な、あるいはだいじなものでも、なに色か、と言われると、こまってしまうことがおおい。

また、逆に、色の名前のほうから言うと、クリーム色なんて、わかってるようで、どんな色だか、わかりやしない。しかし、この椅子の人工革《レザー》が裂けたあいだからのぞいているはらわたは、モノのほうからも、色の名前のほうからも、文句がでるどころか、完全な結婚のクリーム色だった。

汗をながしながらたべてるときに……ため息をついたりして、たべてない時間のほうが長かったが……目の前でひらひらしたものは、蝶々だった。蜂だとか、ほかのものは、庭からはいってくることがあるが、蝶々が部屋にはいってきた記憶はない。まして、汗をながしてる真夏に蝶々がいるだろうか？

と、有子に電話でたずねたら、「いる、いる。夏に蝶々はいっぱいいる」と有子はこたえた。

「でも、そこに、だれかいた?」

「どういう意味だ」とぼくはききかえした。

「ほかの人も、それを見た?」

ぼくのアル中がひどくなり、ちいさな虫や、なにかひらひらするものが見えだしたのか、と有子は皮肉ってるのかとおもったら、ぜんぜんそうではなくて、また、疑うというよりも、ただ、たしかめてるらしい。

「だって、真夏だって、蝶々はいくらでもいる、と言ったじゃないか」

「夏でも、蝶はいるわよ。だけど、オジちゃんがゴハンをたべてる目の前でひらひらっていうのは、わたしは見てないもんね」

まてよ、なんにでも色はある、なんてでかい口をきいていいのか。なんにでもって、ぼくはなんでも知ってるみたいではないか。とくに、色みたいなものは、知ってるだけではいけない。見てなきゃだめだ。なんにでも色がある、というのは証明のない断定にすぎないのではないか。だったら、色がないものがあるのか? いや、そういう常識にタテつきたいのだ。

「オジちゃん、いつか、天竜川で川下りをしたわね」

「うん、たしか、市田ってところから、飯田の町は見えないところをとおって、天竜峡までいった」

「そのとき、川のながれの上を、ひらひらとんでる、ちいさな、しろい蝶々がいた、と言ってたわね」

「そうだなあ……うーん、そうだった」

川下りには早い季節で、それに小雨も降っており、川下りの舟にはビニールがかぶせてあって、それが川風にふかれ、ぺたっとさわったりすると、つめたかった。川下りの舟には、ぼくのほかは中年の夫婦がいるだけだった。

「その川下りの舟でいっしょだった夫婦に、それは蜆蝶《しじみ》って蝶だとおそわった、なんてこともオジちゃんは言ってたわ」

「おまえ……よくおぼえてるなあ」

「それが、ちがうのよ」

「ちがう？　蝶々の名前が？」

「ちがう、ちがう。そんなことじゃないわ。まるっきり、ちがうの。わたし、その夫婦のひとにあったのよ。わたし、親戚みたいなところにはあまりいかないけど、あることで、母にやいやい言われて、田舎の親戚にいったの。そこで、その夫婦にあっちゃった。親戚の親戚みたいなひとなのね。川下りが好きな夫婦なのよ。日本ライン、京都の保津川……あちこちの川下りにいってるの。そして、天竜川の川下りのはなしになり、とつぜん、オジちゃんのことがでてきて、ハ、ハ……」有子はわらった。

「なにがおかしい？」

「ま、それはおいといて、オジちゃんに、蜆蝶なんて蝶の名前をおしえたおぼえはない、と夫婦で言うの。だいいち、その蝶の名前は知らない。今、はじめてきいたってね。それどころか、天竜の川下りのとき、どんな蝶々も見てないって……。蝶々なんか見なかったなあ、と夫婦でなんどもうなずきあってるの」

「いったい、どういうことだい？」

「ほんと、いったい、どういうことでしょう」

「人ちがいじゃないのか？」

「そんなことはないわ。その夫婦が、川下りの舟のはしから、コップで川の水をくみあげて、ウイスキーの水割りをつくって飲んでた、とオジちゃんは言ってたでしょ。そのことは、夫婦ともはっきりおぼえてるんだもの。でも、蝶々なんか、ぜんぜん見てないって……」

天竜川を舟で川下りした距離はみじかいあいだだが、あとで、雑誌のルポに書いたとき、ぼくは、この蝶々のことを、かなり長々と書いたはずだ。蜆蝶という名前も、川と、舟で川のながれのなかにいることもからませ、ぼくはおセンチなおもいをしたのだろう。

白いちいさな蝶々は一羽だけで、それが、ひらひら、川面にすぐ近いところを舞っており、しばらくのあいだ、川下りの舟についてきてるようだった。

「おれは、ほかのことはデッチアゲて、自分でデッチアゲたのを忘れてることもあるだろうけど、花の名前とか、蝶の名前なんかデッチアゲることはない。デッチアゲられないんだもの。おい、おまえ、さっき、おれがメシをくってるときにいた蝶々も……？」

「前にも言ったけど、わたしは、オジちゃんのはなしを、信じるとか、信じないとかってことはないの。ほかのひとのはなしは、〈ほんとかな？〉〈いやだ、ほんとみたい〉なんて、それこそ、信じるとか、信じないってこともあるわ。でも、オジちゃんのときはちがう。その蝶々も、わたしがいっしょに見たわけではないし……」


ベッド・テーブルの上の懐中時計がひとりでうごいた。ここはホテルの部屋で、ベッド・サイドのテーブルには、電気スタンドに電話機、タバコ、マッチ、まるいちいさな灰皿、老眼鏡と文庫本などもおいてある。懐中時計は国鉄職員がつかう時計だとかで、重くて、大きい。

机の上の物が不意にうごいたりして、あれ、とおもうことがある。でも、こんな場合は、その物がつまりは不安定な状態にあり、ずれてうごいたり、おちたりするようだ。

ベッド・テーブルにも、わずかな高さだが縁《ふち》がある。懐中時計のはしが、その縁にひっかかっていて、すべっておちたのではないか、とぼくはベッド・テーブルの縁に、そっとさわってみた。

しかし、そっと縁を指さきでなでてわかったことではないけど、懐中時計はテーブルの縁からはすこしはなれたところにあった。時計のはしが縁の上にひっかかっていたのが、すべっておちたということはない。やはり、時計はひとりでうごいたのだ。

たいしてうごいたわけではないけど、一、二センチはうごいた。そんなことはあり得ない、とみんな言うだろうが、げんにうごいた。

うごくはずのない物がひとりでうごいたり、空中に浮きあがったりするのを見たという人は、いないことはない。でも、ぼくは、これまでそんなことはなかった。また、そういうことには興味もない。

しかし、くりかえすが、懐中時計はうごいた。まちがいない。だけど、もちろん、その証拠はない。この国のこの町に、ぼくはひとりできている。ホテルの部屋にも、ぼくだけで、ほかの者はいない。だから、懐中時計がうごいたのも、見たのはぼくひとりで、ほかの者は見ていない。

ただ、そのとき、ほかの者もいて、うごくはずがない物がうごくのを見ていた、ということは、じつは、よくあることなのだ。

たとえば、心霊術の集会などでは、その場にいた十なん人もの者が、みんな見た、なんてことはめずらしくない。

その人たちはそんなことに興味がある。でも、ぼくは、そういった興味はない。また、うごくはずがない物が、ひとりでうごくわけがないと反対する気持もない。ぜんぜん関心がないのだ。

もとは食卓ではなかったテーブルで、ひとりでゴハンをたべてるとき、目の前で白いものがひらひらした翌日、ぼくは成田から旅客機にのった。あの白いものが蝶々だったことはたしかだ。いくらぼくだって、蝶々ぐらいはしっている。それに、ガラス戸と網戸のあいだにはいりこんだ蝶を、外にだしてやるのに、すこし手こずったりした。

旅客機は、途中で二度ほどとまり、ほかの旅客機にのりかえ、これも途中でのりかえて、この町にくるまでには、三十時間ぐらいはかかったかもしれない。

あのときも、上半身ハダカで汗をながしながら、ぼくはゴハンをたべていた。腕にもアセモができ、肘の裏側などは、アセモがつぶつぶではなく、赤い陸《おか》になっていた。老眼鏡は拡大鏡みたいなもので、それで見たせいもあるかもしれないけど、手の甲にできたアセモは、ちいさな水泡がびっしりかさなりあってるようで、怖かった。

右脇腹の背中のほうにもアセモができており、手がとどかないところもあって、これがいちばんかゆかったが、こいつらは、アセモの親玉だった。

暑くなり、半ズボンで、上半身ハダカになってから、まだ五日ぐらいしかたっていない。それなのに、手の甲がなにかの爬虫類の皮膚みたいにつぶつぶの変異物になったり、アセモの親玉ができたりしたんでは、なさけない。

アセモの親玉……という言いかたは、ぼくの子供のころにおぼえた。まちがいない。しかし、これだって、証拠みたいなものはない。ベッド・テーブルの上の懐中時計がうごいたのも、証拠はない。証拠なんてものは、証拠があるから事実だ、というふつうの考えとは逆に、俗に証拠とよばれるようなことが、ひろいやすい、指摘しやすいことを事実とかいうのだろう。

アセモの親玉は、父が言ったことではない。

これも、証拠などはない。でも、ぼくは父の息子で、父の息子で（父の息子としてという言いかたには、ひっかかる）育った。ぼくにはわかっている。

ぼくは、三、四歳ごろから、広島県のもとの軍港町の呉でそだった。だが、アセモの親玉は、瀬戸内海のなかの軍港の呉あたりの言葉には似合わない。

まわりくどくなったが、アセモの親玉、は母がはなしてた言葉だとおもう。コドモのぼくのからだにできたアセモの親玉に、母が、「また、アセモの親玉をこしらえて」と天花粉《てんかふん》（ベビイ・パウダー）をたたいてるところなど、それこそ、証拠写真に似合いそうだ。

ところが、アセモの親玉、というコトバは、母には、まるっきり似合わない。まだ、父のほうが似合いそうだ。

父は、静岡県の富士川のすぐそば、岩淵で生れて育った。しかし、中学生のときから東京にでて、いろんな学校にいったらしい。父がなにかの大学（今は、もうない名前）にいったときいたときは、ぼくは、へえ、とおもった。

父は意志が強い男で、マジメだし、ちゃらんぽらんに学校をかえたのではなくて、勉強がしたいから、あれこれ学校もかえたのだろう。ぼくの父親で、ぼくが小学生のころから、長いヒゲをはやして、おじいさんみたいだった父のマジメさは、ぼくはよく知ってるので、父が子供のころ、少年のころ、大学生のころのコドモっぷりをおもうと、おかしい。そのあと、父はアメリカにいった。

母が生れたのは、九州の中央の山系の北よりのところだ。徳川時代は幕府直轄の天領だったし

ずかな盆地じたいが、人の住むところの、はてのはての水たまりみたいなものだったのだろう。

母が生れて育った村は、その盆地から坂道をのぼる。坂道はどこまでも坂道で、途中で、有名な峡谷のほうにいく道とわかれる。

坂道はちいさな川にそった道だ。その川と坂道の両側は山で、それもかなり急な斜面の山だった。川のそばなどにも、わずかな田圃はあったかもしれない。どんなにわずかな地面でも、なにかを植えられるならば、植えておくといったふうだったのだろう。

母の家はその坂道をのぼりつめたところにあった。ところが、ここは、山から流れおちる二つの川があわさってるようなところなのか、すこし広くなっていた。と言っても、母の家は川のそばの小高いところにあり、川のこちら、れいの坂道のあるほうは、もう山がむきあっていた。

坂道はあがっていくにつれて、両側の山あいがせばまり、また、雑木林みたいな山ではなく、杉の木立がならんでるような山で、両側の山の稜線とのあいだの空が、ほそ長く見えるようだった。じつは、山と山とのあいだで、空がほそ長く、あるいはせばまって見えるなんてことは、あんまりない。やはり、空は広い。だが、母が生れたところは、そんなふうだった。

中学一年生のとき、母が生れた家に、ひとりでいったあと、ぼくが、そのことを父にはなすと、父は、「だから、頭がおかしくなるんだよ」と言った。

視野がせまくなる、なんて言いかたではなく、頭や神経がおかしくなる、と父は言った。

悪口ではない。父は悪口はあまり言わなかった。父の息子のぼくは、あれこれ、よく悪口を言う。こうして書いてることも、ほとんど悪口みたいなものだろう。息子のぼくがこんなふうだから、父にも悪口を言う素質はあったかもしれない。ただ、父はいそがしくて、悪口なんか言ってるヒマがなかった。イエスの役にたつのにいそがしかったのだ。父は自分では、いそがしいなどとは言ったことはない。父は、どこの派にも属さない自分たちだけの教会の牧師だったが、そういった、いわゆる宗教活動でいそがしかったのでもない。ただイエスによっていそがしい。

こんなふうにいそがしいと、悪口なんか言ってるヒマがないのはもちろん、悪口を言う素質なんてものも、かくれてしまうのではなく、なくなるのかもしれない。

ぼくの母は、戸籍では明治十二年生れになっている。しかし、ほんとは明治十年だともきいた。西南の役のころだ。そして、九州ではいちばん大きな町のミッション・スクールにいった。

れいの坂道は、母の家の前の川のてまえでおわっている。しかし、母の家から上のほうに、急な勾配の山道があったはずだ。この山道をのぼっていくと、おそらく、道もなくなってしまうのだろうか。ある霊峰にたどりつくのではないか。

この霊峰をこえると、べつの県になる。九州では著名な霊山で、むこうの県のほうからは、修行者などものぼったらしいが、狭険だったようだ。

つまり、母の家は、この霊山の裏側の険しい勾配になりかかったところにあったのだろう。

母は、この山あいの村から盆地におり、まだ鉄道はないが、豊後水道か、瀬戸内海のほうにでる街道を、なにかの方法ですすんで、大分か別府あたりから船にのり、関門海峡をこえて、九州ではいちばん大きな町にきたらしい。そのあいだ、どのくらいの日数がかかったかはわからない。

その町のミッション・スクールでは、母は学校の寮にはいった。寮（ドーミトリ）には、アメリカの宣教団《ミッショナリ》の女の先生たちと、ニホン人の娘が、半々ぐらいの人数で二十人ぐらいいたらしい。

じつは、今ごろになって、気がついたのだが、母が寮でいっしょだったというアメリカのミッションの女の先生たちは、ほとんどが若い娘たちではなかったかとおもうのだ。母のはなしだと、先生というより、友だちみたいだった。

そして、母は、コドモのぼくに、その寮でのはなしをよくしてくれたのだが、アメリカ人のミッショナリのだれだれは、お皿に塩をいっぱい盛って、一日じゅう、それをたべていた、なんてみょうなはなしをした。そのひとはお皿に塩を盛り、それを、ナイフですくいあげてはたべていたらしい。

「そんなことを、毎日、やってれば、死んでしまう」ぼくはあきれた。

「そりゃ、みんなも心配したよ。でも、いくら、とめたって、やめないんだから……」

母はそんなことを言ったのではないか。しかし、一日じゅう、お皿に盛った塩をナイフですくってたべていたアメリカ人のミッションの女性は、どうなったのだろう。

いや、母がそんなはなしをしたので、たいていのはなしには結末があるように、ぼくはその結末をしりたかったのではないようだ。

ただ、いったい、どうなるのか、とおもったのだろう。

ミッション・スクールのその寮で、女のひとどうしが、これまた一日じゅう、抱きあったり、二人きりで、部屋にとじこもっていたりしていたはなしを、母からは、なん度もきいた。ニホン人の生徒とアメリカのたぶん若い女性、また、アメリカ人の女性どうしの、べったりつづきみたいなことも、母ははなした。

そんなはなしを、小学校にいく前か、小学生のぼくに、しかしなんども、母がはなすのを、父はそばできいていたが、なにも言わなかった。

「バカなはなしを、コドモにくりかえして……」と父はおもっただろう。でも、だまっていた。

「そんなはなしは、やめなさい」とは父は言わなかった。

「どうして、そんなことを……」

ぼくも、なんども母にきいたはずだ。そして、母は「だけど、そんなのだから……」みたいにこたえたのではないか。

寮でいっしょだった、アメリカの若いミッションの娘たちは、アメリカのどんなところから、どんなことで、ニホンの九州の町にやってきたのだろう？

今とちがって、アメリカのそういう若い女性たちには、ニホンはずいぶんふしぎなところだったはずだが、そういったことについての、めずらしい、おかしなはなしなどは、母からはきいた記憶はない。ただ、寮での毎日のはなしなのだ。当然、母は寮でいっしょのアメリカ人の若いミッショナリと、そんなにしょっちゅう町なかには出かけなくても、散歩などは、毎日のようにやったろう。ところが、散歩の途中で、こんなおかしなことがおきて、というはなしは、ぼくはきいていない。

アセモの親玉……という言いかたを、このミッション・スクールの寮で、母はおぼえたのではあるまい。

また九州のまんなかの山系の奥の奥みたいな山の村で、こんな言いかたをしていたともおもわれない。どちらも、まったく似合わない。

だったら、どこで、母はアセモの親玉という言いかたをおぼえ、つかいだしたのか？　ぼくにはふしぎでしょうがない。しかし、このことが、とくべつのふしぎだというのではない。いろんなふしぎなことがある。でも、母のなかのことは、たとえふしぎでも、そんなにふしぎではない。やはり母のこと……ぼくはその母の子なのだ……だから、ふしぎなのだろうか。

母が生れた山の村も、こえられないその山のむこうの海にのぞんだ町のミッション・スクールも、アセモの親玉、という文字には関係なさそうだが、こんな絵が見えたりする。

するどくとがった山がある。山だけで、ほかには、なにもない。

母の家が山の傾斜のもうかなりの高さのところにあった山は、きりのない高さの山だった。母の家からは山の姿どころか、急な地面が見えただけだった。だから、空よりも高い山のはずだった。

しかし、これは絵なのだから、高いとがった山ならなおさら、空もある。そして、それにまたがって、アセモの親玉がいる。シャガールの絵のなにかのように、アセモの親玉は空によこになっている。

でも、アセモの親玉のかたちは画面にはでていないだろう。かと言って、神秘的な人が描いたもののなかに、ときどきあるという隠された目みたいでは、つまらない。ウソになる。ウソになるより、つまらないほうが、ウソっぽい、なんてことをくりかえすのはやめよう。そんな屁理屈あそびが、ぼくは好きで、人に迷惑をかけてきた。

この場合、アセモの親玉は観念だろうか？　観念が、ハトや燐光の赤みがかったオレンジ色の尾をひく人魂《ひとだま》みたいに、画面に浮いてるのか？

じつは、アセモの親玉がいないのだ。見えないし、さわってもいない。もとは食卓でいたかったテーブルで、ぼくがゴハンをたべてるとき、目の前で白いものがひらひらした翌日、成田から旅客機にのったことは、前にも言った。

そして、この国のこの町にきて、ホテルの部屋のベッド・サイドのテーブルの上においた懐中時計がひとりでうごいたりしたのも、遠いというより、はなれたときのことみたいになった。

もともと、いつもたちきられ、きりはなされた日々があり、それでもつながってるみたいだったり、いや、やはり、きられっぱなしみたいだったりしてるのだろう。

さっき、とりとめもない、という文字がでてきた。まちがって、うけとられそうで、つかうのをやめたのだが、どうも、ほんとにとりとめもなく、ぼんやりしている。
せいぜい二十日《はつか》ばかり前のことなのに、遠く、ふりかえり、みつめようとすると、すーっと遠ざかっていき、ぽしゅん、とたちきれて、バカ、あれはテレビの画面だぞ、と言われそうな気がする。いつもの屁理屈だけど、ふりかえるっても、コトバの調子で、ふりかえるなんて器用なことは、ぼくにはできやしない。

旅客機がこの町の空港についたときも、けっこう暑かった。もちろん、長いズボンだが、ぼくは半袖シャツだった。空気が乾いて感じられたわけではない。だが、気がつくと、腕にアセモはなくなっていた。腕の肘の内側のアセモの陸《おか》は、もし、これが、ぼくが言ったことなら、ウソをついたみたいで、弁解にこまるようになくなっていた。

両腕の手の甲につぶつぶ半透明なちいさな水泡状にかさなっていたアセモも、かさなりあって、ちいさな丘をつくりかけていたのに、そのかさなりを崩すようすもなく、消えていた。

アセモの親玉は、脇腹のうしろのほうから背中にかけて、手もとどきにくく、かゆくて、いちばんしょうがなかったが、これは親玉とよばれたくらいだから、はいサヨナラといなくなったわけではあるまい。

まるい、くろっぽい跡ぐらいは残したにちがいない。だが、今も言ったように、手さえとどきにくく、見えないところで、そいつがかゆくなくなれば、忘れちまう。かゆくはないが、アセモの親玉の跡を、のちのちまでたしかめて、というのは落語のはなしだろう。

アセモの親玉ができ、俗な言いかただが、そいつは、まことに存在的で、かゆくて、いたい。いたいだけなら、まだいい、それは感覚的と言っていいかもしれない。しかし、かゆくて、いたく、いたくて、かゆくて、ぶっとい山になっている。ほんとにこまった存在で、存在とはこんなものかとおもう。

ところが、ぼくがひどい目にあっているアセモの親玉のことをはなしだしたら、そのアセモの親玉がない。さわっても、ない。

それで、アセモの親玉という……つまりは文字が宙に浮いてしまったのか。宙に浮いた文字なので、よけい宙をひきつけ、大きく見えるとか……そんなおはなしあそびもしようがない。

でも、あれだけの存在がなくなるものだろうか。存在がなくなることがあるのか。こうやって、ぼくがしゃべってることを、こまかく、きいていてくださるとわかるが、ぼくは、アセモの親玉が消えた、とは一度も言っていない。

アセモの親玉がない、さわっても、ない、とげんにそのままのことをくりかえしてるだけだ。消えた、というのはある判断と宣言であり、そんなことは、できそうもない。

ベッド・サイドのテーブルの上で懐中時計がひとりでうごいたホテルから、ぼくは、部屋代の安いこのペンジオンにうつった。グリーンの濃い大木の並木がある通りを、旅行トランクをころがし、ひっぱって、引越してきた。

そして、病気になった。ひとには、病気のはなしは、つまらない。だけど、たべることどころか、わずかな水でも吐いてしまい、なん日か、痛みとくるしみの波にまきこまれてるようだと、本人はたいへんだ。

昼、夜のないもやでみじめな波にアップアップしながら、ぼくはくるしさにベッドの上におきあがり、からだを前におりまげて、そんなカッコで本を読んでる自分の姿を見たりした。夢ではなく、現《うつつ》というようなものだろうか。

両手でひろげたその本のなかで、アセモの親玉、という文字が浮きあがってくることもあった。でも、アセモの親玉が、ぼくにとりついたみたいになったってことはない。病気のあいだの現《うつつ》には、いろんなものや、ひとの顔や、耳にはきこえない声が、うるさく、だが音はなく、こちらは病気でつかれてるのに、つかれてることがエネルギーみたいに、目まぐるわしく、オーバーラップした。

そんなこともあって、ぼくは、ぼんやり、とりとめもない気持なのだろうか。病気はなおり、この町もしずかになり、でも、通りの人混みは人混みで、バスがゆっくりやってくる。

樹々のみどりは濃く、大きな湖や、そのほかのちいさな湖、これまたゆったりと船が水をきっていく川もあって、うつくしい町だ。

ところが、この町は壁にとりかこまれている。比喩的な言いかたなのではない。町をぐるっと壁がとりまいている。

ぼくは、この国のこの町にきた、などと言った。しかし、それは入国手続きのことなのだ。この町はこの国のなかにはない。よその国のなかにある。

ぼくが兵隊のとき、中国のどこか、山つづきのところをあるいてきて、城壁にかこまれた、湖のある、しずかな町にはいったことがあった。中国ではめずらしく、湖の水が澄んでいた。でも、町がしずかなのは、町をとりかこむ城壁だけがのこって、町の建物は爆撃でこわれ、人がいなかったのだ。

これは、ぼくが見たことだが、ぼくは見てない、若い娘の母とミッション・スクールの寮との遠近がなくなっている。これは、もともと遠近のあるものが、その遠近がぼやけてきているというのではない。ふつう、遠近があってこそ成立する、とおもわれてることの遠近が、なくなったのだ。

城壁は……この町でも、ただの壁ではなく、城壁とよばれている……中国の城壁がそうだったように、外から侵入してくるものをふせぐためにある。また、町の人たちを町のなかにとじこめておく場合もあるだろう。刑務所の高い壁などはそうだ。

ところが、この町の城壁は、そのどちらでもない。この町をとりまくよその国のえらい人たちが、自分たちの人民がこの町にはいっていけないようにつくった壁なのだ。この町の者がつくった壁ではない。つくられた壁で、でも、この町の者も壁にとじこめられている。

病気のとき、ぼくは、壁のなかにおしこまれてくるしい現《うつつ》に、なんどもあった。しかし、これは、壁のなかにおしこまれてくるしいのではなく、くるしいんで、壁のなかでくるしんでいる自分の姿が見えたのかもしれない。

だが、目で見て、手でもさわった、実際の壁ではなく、ぼくはこの町の市街地図のはしのほうに、はっきりした直線の境界線をひいたりしたんではない、ぼやけた、うす赤っぽい斜線のなかに、つまり地図にとじこめられて、くるしく、いやなおもいだった。

軽列車と旅団長閣下

各分哨《ぶんしょう》からやってきたぼくたち初年兵は、なんだか場ちがいな気持で、旅団長閣下の前につっ立っていた。場ちがいというのは、迷惑な気持でもある。

はるばる大隊本部までいっても、大隊長でさえ大尉で、しかも陸軍士官学校出ではない。それが旅団長閣下以下、参謀肩章をつけた高級将校が、ずらずらっとならんでおり、ぼくは、宝塚の軍国劇の舞台を見てるような気もした。事実、きんきらの参謀肩章は、なかなか宝塚調だ。

旅団長閣下はきかん気の秀才といった顔をしていた。秀才といえば、メガネをかけ、背中をまげて本をかかえこんでるみたいだが、軍人の秀才は、胸をはり、頭の悪い連中を、みじかい言葉できめつける。

ぼくたちがつっ立ってるところは、中隊本部の営庭とよばれるようなものだろうか、中隊本部といっても、ふだんのときは、中隊長以下六、七人で（中隊の大部分の者は、各分哨にちらばっている）中国の民家の建物にすんでいた。ここはその建物の裏の川の川原みたいなところだ。

しかし、中隊本部の建物は、なにかの手続きをとって、日本軍が中国人の持主から接収したのだろうか。

終戦後の占領時代、ニホンで、米軍に接収されていた家屋は、家主の自慢の床柱に白いペンキを塗られたりして、なげいてる家主もいたが、米軍から家賃はもらっていた。

中隊本部のあの建物も、日本軍が家主に家賃を払っていたのだろうか。ふつう、世間ではいちばんだいじなことだが、ぼくたち初年兵だけでなく、古兵さんたちのあいだでも、そんなはなしはでたことはない。これだけでも、兵隊というのはおかしなもので、それに無責任でもある。

旅団長閣下は小柄な老人で、だからよけい胸をはり、きかん気そうに(つまり、いくらか子供っぽく)見えたのだろう。

旅団長閣下の訓示がはじまったが、秀才軍人の旅団長閣下には、ならんでつっ立ってるぼくたち初年兵が、デクの坊のつまらない兵隊に見えてしょうがなく、そんなやつらに訓示するのもバカらしいといった口調で、これも迷惑なことだった。

(だいたい、初年兵には、なんでも迷惑なのだ。だいいち、こうして、旅団長閣下の査閲をうけ、訓示をきくために、ぼくは、まだ暗いうちに、分哨をでて、中隊本部まであるいてきた。そして、また、あるいて分哨にかえらなければいけない。昨夜だって、やはり旅団長閣下が鉄道でくるというので、おなじ初年兵の北川とぼくは、よけいな夜の斥候《せっこう》にだされている)

「おまえたち、今年の初年兵は」と旅団長閣下は訓示した。「国軍の先輩たちが大陸の戦野でお国のために苦労しておるときに、広島の呉の海軍工廠《こうしょう》あたりの徴用で、まだ若いのにぜいたくな給料をとり、女郎買いばかりして、不らちな病気にかかっとるんじゃないのか」

ぼくたち初年兵は、ほとんどが広島県に本籍がある者で、呉の海軍工廠に徴用でとられていた者も何人かあったが、旅団長閣下は、徴用工のことを戦争成金みたいにおもってるのか。だが、迷惑がったり、こっちだってアホくさい気持でいたぼくは、旅団長閣下のつぎの言葉で、青くなってしまった。

「そんな根性だから、おまえたちのうちに、昨夜、旅団長のこのわしにションベンをひっかけた兵隊がおる。その兵隊は前にでろ」と旅団長閣下は言ったのだ。

ああ、あれは、やはり旅団長閣下だったのか……。

ともかく、しかたがないので、ぼくは、列から一歩前にでた。

「もっと、こっちにこい」

旅団長閣下は、老人らしい高い声をはりあげた。この場合、ぼくは銃を手にもち、旅団長閣下のところにはしっていっていいのか。それとも、こうした査閲のときで、しかも旅団長閣下の前だから、歩調をとらなければいけないのか。しかし、銃を手にもって、歩調をとってあるくわけにはいかない。だからといって、にない銃《つつ》をして、小銃を肩にしょい、何歩かあるき、旅団長閣下の前で、また小銃をおろすというのも、操典とはちがうような気がする。

しかたなく（こうなれば、どこまでもしかたがない）ぼくは小銃を手にもち、一歩ずつ（右左交互に足をうごかすのではなく、右の足だけをパッと前にだし）すすんでは足をとめ、直立不動の姿勢をとった。

旅団長閣下も、秀才軍人らしいあるき方で（あんまり、ゆったりとではなく）つかつかこちらにやってきた。

ぼくは、いったいどうなるのか。

旅団長閣下に小便をひっかけたということになれば……。


その前の夜、ぼくは、二年兵の山本上等兵、おなじ初年兵の北川と斥候にだされた。

夜の斥候はあまりないが、旅団長閣下が鉄道でくるというので、線路をあるいていったのだ。

ぼくたちの中隊は、湖南省の湖北省に近いところにあり、粤漢線《えつかん》という鉄道の警備がおもな任務のようだった。中隊の各分哨も、鉄道の線路からあまり遠くない、たいてい小高いところにある。うちの分哨は、班長以下五名で、わりに大きなほうの分哨だ。

前にも言ったけど、ぼくは、もちろん迷惑な気持で斥候にでかけた。うちの分哨は、初年兵はぼくと北川の二人で、昼間は、炊事や洗濯、銃の手入れなど、そのほかあれこれ、目いっぱいにコキ使われ、夜も、ぼくと北川で、前夜半と後夜半、交替で立哨しなければいけない。これに、よけいな夜の斥候がくわわったのだ。

おまけに、その夜の斥候は、銃を手にもってあるいた。斥候は、銃を肩にになってはいけないことになっている。だが、ふだんは、斥候といっても、分哨の警備区域の線路をとことこあるいていって、かえってくればいい、つまり、ルーティンの任務だったので、たいてい、小銃は肩にしょっていた。戦地では、そうやかましいことは言わない。

だが、その夜は、旅団長閣下をのせた列車がとおるというので、ぼくたちは、ずっと、銃は手にもったままだった。

それに、夜の斥候はやはりこわい、と北川はボヤいた。線路ばたに、むしろ屋根みたいなのをつくり、銃身の長い中国軍の銃をもって、すわりこんでる男がいて（たいてい二人）日本軍に協力している連中だということだけど、「味方か敵かわかりゃせん」と北川は不気味がった。

ぼくは、敵の姿はぜんぜん見たことはなかったが（中国戦線はそんなふうだった、と山本七平さんも書いている）湖南省にはいって、ここの中隊に編入されるまでの、南京を出発してからの長い長い行軍のあいだでも、落伍して、隊列をはなれたら、かならず敵にやられる、と言われていた。

そんなありさまだから、日本軍に協力しているというこの男たちも、そのあたりの敵兵とうまくやってたのかもしれない。

また、ある分哨では、すぐ近くの道を、夜中のきまった時間に、四百人ぐらいの敵兵が、これは姿を見せないどころではなく、ぞろぞろおおっぴらに、線路をいったりきたりした。しかし、分哨にいるのは三、四人で、手がでないでいたが、これが何日もつづき、ほっとけない気になったのか、どこかから山砲も一門ひっぱってきて、ぞろぞろあるいてる敵兵のどまんなかをねらって撃った。

ところが、昼間のうちから、敵兵がとおる道に慎重に山砲の照準をあわせておいたのに、弾丸はそれたらしく、敵兵は迫撃砲を分哨のなかにうちこんできて、「おうじょうしたわい」と、その分哨の初年兵ははなしていた。

山砲を撃ったのは、もとはどこかの山砲中隊にいたという五年兵の上等兵で、男をさげたわけだが、この上等兵殿は、もともと男がさがりっぱなしのような、顔つきや皮膚の色まで年よりじみたひとで、五年兵なのにこそこそし、終戦後は、なにか腹にいれなきゃ死んでしまう、と、そこいらの芋をひっこぬいてたべては下痢をしていたが、栄養失調で、ちいさくしなびて死んでしまった。

ともかく、ぼくが敵の姿を見たことがないだけで、ぼくたちが安全なつもりでいるのも、分哨の土囲いのなかだけで、点といってもあまりにもちいさな点、せいぜい何坪かぐらいのものだ。

もちろん、敵はいるのだし、むしろ屋根みたいなものをつくり、うす暗いなかで、線路っぱたにすわりこんでる男も、北川が言うように、ぼくたちがとおりすぎたら、その背中をねらい、長い銃身の中国軍の銃で撃ったりするかもしれない。

これで斥候からかえれば、また立哨だ。そしてぼくたち初年兵は、中隊本部や中隊本部に近い分哨にいる者はべつとして、暗いうちに分哨をでて、中隊本部で旅団長閣下の査閲をうけることになっている。

はなはだ迷惑なことで、ぼくは腹がたつより、うんざりし、だいいち、からだがきつく、眠くってしょうがなかった。

しかし、やっと、うちの分哨の警備区域のはしまできて（ここにも、銃身の長い中国銃をもった男が二人、薦《こも》小屋のようなもののなかにすわっていた）線路の上をひきかえしかけたとき、山本上等兵が、「重列車だ」と前方の闇をゆびさした。

それは、ほんとに重列車で、ぼくは、汽車というものを忘れていたような気がした。

汽車は、こうして、闇のなかでも、しゅぽしゅぽしろい煙をはき、地をふるわせてやってくるのだ。

しかし、ぼくが汽車を見たのはいつだろう。現在の武漢の、揚子江のこちら側、武昌からは、この粤漢線にそって、夜行軍できたが、そのあいだでも、汽車にあったか。

この中隊の初年兵になってからは、汽車は見てはいまい。

一日にいっぺんか、二日にいっぺんぐらい見かけるのは軽列車とよんでいるやつだが、これは列車でもなく、汽車でもなかった。

鉄の車輪をつけたトラックのようなのが、からから、腹ごたえのない音をたてて、線路の上をころがってくるのだ。

ぼくは、生れてはじめて、こんなものを見て、わらっちまったが、この列車でもない（だって、トラックのようなのが一台だけで、何台かつながってるわけでもないし）軽列車は、なぜか、いつも、ニンゲンも荷物もつんでなくて、からっぽのまま、からから、線路の上をころがっており、ぼくは、毎度、まことに無駄なような気がしながら、この軽列車を見ていた。

だいいち、この軽列車は、いったい、どこからどこに、なんの用で、線路の上を、からからはしっているのだ。

しかも、いつもからっぽで、人も荷物もつんでいないだけでなく、車体まで風どおしよくからっぽっぽく、おまけに、からっぽな鉄の車輪が、からからまわっている。

ともかく、ぼくが、旅団長閣下にションベンをかけるようなことになったのも、この軽列車を軽蔑していたからだろう。

また、初年兵が軽蔑できるものといえば、この軽列車ぐらいしかあるまい。

分哨で飼っている犬だって、敵が分哨に近づけば、吠えて敵だとわかる、ぼんやりつっ立ってるおまえらより、よっぽどましだ、と古兵さんたちは言う。

ぼくは、まだ敵の姿は見たことはないけど、闇夜などは、分哨で立哨していても、ほんとになにも見えないのだから、ノロ鹿などがはねても吠える犬のほうがたよりになりそうで、犬を尊敬してるわけではないが、軽蔑はできなかった。

重列車は三両編成だったが、その名のように、いかにも重々しく、闇をけちらしてすすんできた。

あの軽列車みたいに、軽々しく見透かされるふうではなく、重くどっしりして、車体もくろい。はてのない夜の闇さえも、力ずくでおしつけるようにして近づいてきた重列車は、後尾に客車の車両までついていて、ぼくは、「へえー」と声をだした。

客車の車両にお目にかかったのは、いつのことだろう。くりかえすが、揚子江にのぞんだ武昌から、粤漢線にそって、夜行軍をつづけてきたときでも、汽車を見た記憶さえない。

汽車を見た最後は、南京から、揚子江をさかのぼる方向に、蕪湖まで汽車にのったときだろう。汽車といっても、ぼくたちは貨車にのせられたのだが、この貨車は天国のようなものだった。ぼくたちが顔をあわせ、「あのときは、よかったなあ」と言えば、南京から蕪湖までのこの貨車輸送のことになったぐらいだ。

ぼくたちがいれられた貨車は、前に、馬でもはこんだのか馬糞臭いにおいがしたが、なにしろ貨車なので、足をのばし、床によこになることもできる。

そして、ぼくたちが背嚢《はいのう》をしょって、あるいて、うごいていかなくても、目の前を、景色のほうがうごいてくれるのだ。

兵隊にとって、これほどらくなことはない。貨車のなかに尻をつけてすわりこんで見る景色は、それが、たとえ赤茶っけた禿山《はげやま》のようなものでも、まったく天国のパノラマだった。

蕪湖からさきは、ただあるきつづけたが、一歩、一歩、前にすすむのがやっとというありさまで、景色をながめるどころではなかった。

行軍の第一日目に、しかも、蕪湖をでて、まだ三、四時間ぐらいしかたっていないとき、ぼくの分隊の浜田という男が、あるきながら、カエルが腹を見せてひっくりかえるみたいに、なんだかカンタンにうしろにたおれ、うごかなくなった。

そのようすがおかしく、だいいち、顔とか手とかが、白い膜でもかぶったようになっている。それで、衛生兵をよんできたのだが、召集兵のオジさんの衛生兵は、一目見て、「こりゃ、あかん。もうダメだ」と言った。

白い膜みたいなのは塩分で、行軍で疲れきって死んでいく兵隊は、体内の塩分が皮膚の表面にでてくるのだそうで、こうなったらたすからないらしい。

あの浜田も、塩分をふきだして死にながら、景色を見ていたわけではあるまい。

それが、行軍の第一日目のことだ。蕪湖から、揚子江の対岸に安慶の町が見えるところをとおり、九江、現在の武漢のうちの武昌。

武昌から、湖北省をよこぎって、湖南省のここまでの長い行軍のあいだ、ぼくたちは、よけいな口をきく元気などなかったが、それでも、武昌で三日ほどの大休止のときなど、「あのときは、よかったなあ」と、南京から蕪湖までの貨車のなかのことをはなしあった。

さて、客車のほうとなると……ぼくたちは朝鮮の釜山から南京の揚子江の対岸浦口まで客車にのってきたのだが、この客車は、あのときの南京から蕪湖までの貨車のようではなかった。

ぼくたちは、昭和十九年の暮に山口の聯隊《れんたい》に入営したが、中支派遣軍の独立旅団に編入されることは、はじめからきまっていて、山口の聯隊には五日間ぐらいしかいなかった。

そして、博多から輸送船にのって朝鮮海峡をわたり、釜山にはこばれた。中支にいくのなら、長崎、上海というのが、いちばん便利な道だろうが、アメリカの潜水艦が出没して危険だったらしい。

釜山で列車にのったときは、ぼくたちははしゃいでいた。だいいち、客車なのが意外だった。内地ではともかく、外地では、兵隊は貨車ではこばれるものだとおもっていたのだ。

しかも、はなしにはきいていたが、はじめて見る広軌の列車だ。車両もどっしり大きくて、今の新幹線みたいに、通路をはさんで、かたっぽうは二人掛けだが、もういっぽうは三人掛けになっている。

三人掛けがめずらしく、みんな、三人掛けのほうに腰をおろしたがった。ぼくたちの中隊からは、チビの曹長さんと乙幹（乙種幹部候補生）の伍長殿がぼくたち初年兵をつれにきているだけで、いわゆる古兵殿たちはおらず、ぼくたちはかなりのんきな気持でいたのだ。

列車がうごきだすと、車内のスチームもきいてきた。これが貨車だったら、スチームもなく、朝鮮半島を北上し、満州をよこぎり、北支那をとおっていかなければいけない。釜山の埠頭で輸送船をおりたときでも、あんなに寒かったのに……と、ぼくたちは客車のスチームをありがたがった。内地の列車でも、戦争がひどくなってからは、スチームなんかとおしていない。

だが、やがて、スチームは暑くなりすぎてきた。広軌の車両は、たしかに巾《はば》がひろいが、そのぶんだけ、一人おおく腰かけている。

それに、朝鮮半島を横断するだけでも、たいへんな距離だ。おまけに、列車は、まっ暗なところに、長いあいだとまっていたりする。

夜、からだをのばして寝れないのが、こんなにつらいとはしらなかった。しかも、一晩や二晩のことではない。

釜山、大邱……京城のてまえの師団司令部があるという町の駅では、愛国婦人会のオバさんたちが一コずつリンゴをくれ、これも、ぼくたちは、なん度も、あのときのリンゴは、とはなしあった。

だが、リンゴはかたくて、ちいさく、それよりも、リンゴをくれた愛国婦人会のオバさんたちの、きびしい表情でのはげましの言葉が、ぼくはいやだった。

開城、平壌、安州、新義州で鴨緑江《おうりょっこう》の鉄橋をわたる。鴨緑江は三分の二ぐらい凍っていて、ぼくは、なーんだ、こんな川か、とおもった。

ぼくは大きな川を見たことがなく、大きな川にたいするコンプレックスみたいなものがあって、その裏がえしとして、ニホンの国では（といっても、朝鮮と満州のあいだをながれているのだが）ケタはずれに大きな鴨緑江をバカにしたかったのだろう。

しかし、凍った河表のあいだをながれている鴨緑江の川の水は青く、その青さを、あとになって、ぼくはなん度もおもいだした。空みたいに青い水がながれる川は、その後、中国大陸では、見たことがないからだ。

昭和二十年の正月は、安東と奉天のあいだぐらいを列車ははしっていたのではないか。山海関の近くで列車がとまり、燈火管制をさせられた。情況がわるいという。銃声がきこえた、とはなしてる者もあった。

列車のなかでさげっぱなしの足が腫れて、みんなふとくなっている。車内でも巻脚絆《まききゃはん》は巻いていなくてはいけないのだが、巻きかえると、足が腫れてるので、巻脚絆の寸が足りない。

天津では、列車がとまると、子供たちがたくさんよってきて、タバコをくれ、と手をさしだした。

列車の窓からタバコの吸殻をほうってやる者もあり、ちいさなコが、それをひろって、スパスパという口つきで吸っている。

ニホンも戦争に負けると、あんなふうになるぞ、と曹長さんがお説教をした。

床に寝ても、なにしろ人数がおおいので、足をのばすことはできない。なかには、座席の背中に、ザブトンでもかけて干してるみたいに、おれまがってのっかって寝てる者もあった。

ぼくは、ついに、座席の下にからだをつっこんで寝た。からだをのばせないで寝るのはつらいけど、座席の下はせまくて、ほんとに身うごきできず、これもつらかった。

天津、済南、徐州……長い列車の旅だった。山海関の近くでも、燈火管制をして、夜じゅう列車はとまっていたし、こんなことはしょっちゅうで、だから、よけい日数もかかっている。浦口で列車をおりたときには、ぼくたちは腫れあがり、ふくらんだ足で、どたどたとしかあるけなかった。

そんなわけで、いちおう客車だったけど、南京から蕪湖までの貨車のほうが、まだましだった、とぼくたちは言うのだ。

だが、それも、蕪湖からの行軍にくらべれば、たいへんにぜいたくなものだった。だいいち、行軍は、あるいていて、たおれて死ぬ者がいたが、列車のなかで、からだをのばして寝れないから死んだ者はない。


山本上等兵とぼくと北川は、銃を手にもち、線路のわきのすこし小高いところに立って、重列車をみつめていた。

重列車がおもおもしく、くろく見えたのは、客車の車両もぜんぶの窓に暗幕をおろしていたからだ。

足もとの土がふるえている。重列車は、ずっしりしたスピードで近づいてきた。機関車の煙突から、赤い火の粉が、はずんでとびだしている。

窓に暗幕をおろした客車のなかに、旅団長閣下がいることはたしかだった。

さすがは、旅団長閣下となるとちがう。重列車など見たこともなかったのに、こうして、旅団長閣下が視察においでになると、重列車がはしる。しかも、客車まで連結して……。あの客車には、旅団長閣下のための、玉座のようなとくべつの椅子もあるかもしれない。

重列車は、シュポシュポせわしない音をさせながらも、いささか重っくるしい威厳をもって、ぼくたちの前にさしかかり、ぼくは、おもわず捧げ銃《つつ》をした。

二年兵の山本上等兵もめんくらって、捧げ銃をしかけて、やめた。いくら、旅団長閣下がのってるにちがいない重列車でも、列車にたいして捧げ銃とは……と考えたのだろう。

兵隊は操典に書いてあることしかやってはいけない。それに、山本上等兵は、初年兵のぼくがかってに捧げ銃なんかしたので、気分をこわしたにちがいない。北川は捧げ銃はやらなかった。山本上等兵が、やりかけてやめたからだろう。

ぼくは捧げ銃をしたまま、閲兵している旅団長閣下に注目し、首の角度をかえていくように、重列車を見送った。

重列車のおもおもしい尻《けつ》が、闇のなかにめりこんで遠ざかる。

ぼくは捧げ銃をしていた銃をおろした。しかし、やーれやれだ。ぼくは小便がしたくなった。

「もう、担え銃《つつ》をしていいでありますか?」

北川が山本上等兵にきいた。くりかえすが、ぼくたちは、旅団長閣下が列車でくるというので、分哨の警備区域の線路をとことこあるいてきて、ここからひきかえすのだけど、これは斥候なんだそうで、斥候は、操典では肩に銃をしょってはいけないことになっている。しかし、ふつうの鉄道警備の斥候のときは、たいてい銃は肩にしょってたのだ。

「うーん……」山本上等兵は、生はんかな返事をし、北川は、それを、うん、ときこえた顔で、銃を肩にやった。

　ぼくたちの中隊は、七年間も内地にかえれないでいる兵長殿もいるくらい、古兵さんのおおい中隊で、山本上等兵は、上等兵だけど二年兵で、まだまだ下級な兵隊だ。こうして、夜の斥候にだされてるのも、その証拠だった。

　だから、山本上等兵はこの斥候の責任者だが、旅団長閣下がのっていた重列車はいってしまったんだし、ぼくや北川とおなじように、夜の斥候など迷惑なことで、北川が銃をしょっても、文句は言わなかったのだろう。

　北川が銃を肩にのせたので、ぼくも、小便をするため軍袴《ぐんこ》のボタンをはずしていた手をとめて、銃を肩にしょい、それから、また軍袴のボタンのほうに手をもどし、まわれ右をして、チンボをだし、小便をはじめた。

　ところが、そのとき、からから、みょうな音がし、ぼくは、銃を肩にのせて小便をしながら、その音……線路のほうにむきなおった。

　みょうな音といっても、重列車がとおったすぐあとなので、みょうにきこえたので、からから、こんなバカらしい音をたてるのは、れいの軽列車しかない。

　くどいようだが、軽列車という名前でよばれていても、これは列車なんかではない。鉄道の線路は、汽車がはしるもので、チンチン電車がはしってもおかしいのに、この軽列車は、電車でさえなく、重列車と見くらべると、あちこち透き間だらけの乳母車みたいなのが、からから、かるがるしい音をたてて、線路をころがってくる。

それに、工事現場のトロッコの線路をトロッコがころがっていくのなら、ま、しょうがないけど、この粤漢線の線路は、内地にもない広軌のどっしりしたやつで、線路ばかりでなく、枕木まで鉄製だ。

もっとも、枕木が鉄というのは、こうして斥候や行軍で線路の上をあるくときには、軍靴の底には鉄鋲もうってあるし、雨の日など鉄の枕木が濡れてると、足がすべって、まことにあるきにくい。それどころか、鉄橋をあるいてわたるときなんかは、すべっておちそうで、ほんとにひやひやした。

ともかく、内地で狭軌の鉄道の線路しか見ていないぼくたちの目には、この粤漢線の広軌の線路は一巾大きく、堂々とし、おまけに、枕木までくろくひかる鉄製だ。

その上を、透け透けの乳母車か、または蚊トンボのようでもある軽列車が、からから、腹ごたえのない音をたててころがっていくというのは、場ちがいでバカらしいというより、ほんものの線路の上を、アニメーションの乳母車がうごいていくみたいで、ぼくは、はじめて、軽列車を見たとき、それこそ現実感がなくてポカンとし、そしてふきだした。

軽列車は、すぐそばまできていた。重列車の音で、軽列車のあのからからの音がわからなかったのだろう。からから、腹ごたえのない、なさけない音だけど、このあたりには人家もなく、ほかの物音といえば、鳥の声か風の音ぐらいだから、ふつうなら、軽列車の音でも遠くからきこえ、たとえば分哨で、なにかやっていても、ぼくは軽列車を見にいったものだ。

しかし、この軽列車は、なんだかおかしかった。だいいち、夜、軽列車がはしってるというのがおかしい。

軽列車は、あっけらかんとした昼間、からから、線路の上をころがってくるものなのだ。あ、この軽列車はニンゲンをつんでいる。暗いのでわからなかったが、しかも、かなりの数のニンゲンがつっ立っている。

軽列車は、もう、ぼくの前にきており、もちろん屋根なんかない軽列車のなかにつっ立った、ニンゲンらしいくろいシルエットが、軍服を着た姿になり、そのなかのひとりが、こちらに腕をつきだし、かん高い声で言った。

「そこの兵隊！」

軽列車の運転台にいるのは、ニホンの兵隊だから、めずらしく軽列車がつんでいたニンゲンが、やはり日本兵だとしてもふしぎではないが、暗がりで、瞬間、目の前をとおりすぎただけれど、この兵隊たちもおかしな兵隊で、いやに、でこでこ金ピカの軍装の連中がいた。

それに、まわりに立っていた兵隊は銃をもっていたが、まんなかにならんだ金ピカ軍装の連中は、たしか銃をもっておらず、だとすると、将校たちなのか。しかし、将校たちが、こんなに何人もかたまっているというのは、まだ、ぼくも見たことがない。

「そこの兵隊！」とぼくに腕をつきつけて言ったのは、軽列車のまんなかに、銃をもった兵隊たちにとりかこまれるようにしてならんだ金ピカ軍装の連中のなかでも、またいちばんまんなかにいた金ピカ軍装で……。

しかし、あの金ピカ軍装は、「そこの兵隊！」ときめつける口調だったが……ぼくは、ぼんやり前を見おろし、銃を肩にかついだまま、チンボをだして、小便をしてるのに気がついた。

「どうして、このわしにションベンをひっかけたのか？」

旅団長閣下は、小柄なからだでぐっと顎をひいた。

どうしてって……そんなことは、ぼくにはわからない。

重列車がとおりすぎ、やーれ、やれという気持で小便がしたくなり……。

それで、あとからきた軽列車にむかって小便をしたのは、やはり軽列車を軽蔑していたからか。

くどいようだが、軽列車は列車でさえなく、ひさしぶりに、重列車を見たあとでは、とくにそんな気持になったのか。

いや、ぼくは、ほんとに軽列車を軽蔑していただろうか。

だいいちぼく自身オッチョコチョイのせいもあるが、おもしいニンゲンなんて、性に合わない。

ガソリンカーだって、ぼくは大好きだった。ぼくは、広島県の軍港の町、呉でそだった。ガソリンカーが、呉と広島とのあいだの呉線をはしりだしたのは、ぼくが小学生のころだ。それまでは、それこそ重列車ばかりがはしっていた。

ガソリンカーには、いい思い出がたくさんある。ふつうの汽車みたいに、黒い煙をはかないのもいい。機関車がはきだす黒い煙は、見てるだけならおもしろいが、その汽車にのってると、たまらない。とくに、呉線はトンネルがおおい。夏、海水浴にいったかえりなど、車内がいっぱいで、デッキにぶらさがってると、長いトンネルのなかで、煙に息がつまりそうだった。トンネルのなかでは、汽車の煙は息ぐるしいだけでなく、熱い。

しかし、ガソリンカーは煙をださず、トンネルのなかでは、よけい涼しかった。

それに、ガソリンカーは、そのぶんだけ鉄道の本数がふえたかたちで、時刻表を見なくても、駅にいけば、あまり待たずにのれ、便利になったという思い出もある。

ガソリンカーが呉線にはしりだしたのは、たしか、中国との戦争がはじまる三年ぐらい前で、あのころは、ニホンの国は、めずらしく、どことも戦争をしてなかったのかもしれない。

また、途中にガソリンカーだけがとまる駅もできた。その駅のちかくに、ハンコ屋の寛ちゃんという友だちがいて、これも便利だった。

ところが、やがて中国で戦争がはじまり、戦争はいっこうにおわらず、ガソリンカーは姿を消して、混んだ汽車だけがのこり、食べるものもなくなってきた。

良き古き日、なんて言葉は、ぼくはきらいだ。昔の旧制高校時代はよかった、とどこかのオジさんが言ってるときみたいに、エリート意識がからまることもある。それに、こういう場合、それこそ主観的な考えがおおく、時代なんてくらべられるものではないのに、とぼくはおもっていたのだ。

しかし、ガソリンカーがはしっていたときは、戦争が長びき、ガソリンカーが消え、アメリカとの戦争まではじまって、腹をすかしているころよりも、はっきりよかった。

まったく、ガソリンカーがなくなってからは、ロクなことがなかった。いろんなモノが不自由し、昭和十八年には、ぼくたち文科系の学生には入営延期もなくなり、勤労動員がはじまり、昭和十九年には、徴兵年齢までくりさげになって、ぼくは、一年はやく兵隊にとられ、こんなところにつれてこられて、あげくのはては、旅団長閣下にションベンをかけるようなことになってしまった。

それに、くりかえすが、毎日、腹をすかしてるのがたまらない。安徽省の蕪湖から湖南省のここまでの長い行軍のあいだ、くるしいおもいをし、あるきながらたおれて死んだ者もいたのは、ぼくたちが訓練をうけてない初年兵だったということもあるけど、兵隊にくる前、ぼくたちは、ずーっとひどいものばかりたべていて、体力がなかったのだ。

それはともかく、ぼくはガソリンカーが好きだったのだし、軽列車のことを、かるがるしくはおもっても、けっして軽蔑してはいなかったのではないか。

重列車は、軽列車にくらべると、おもおもしく立派だが、もともと、ぼくはおもおもしい人物なんてきらいだし、趣味ではない。

ひさしぶりに見た重列車は、それこそ汽車らしかったが、それだけのことで、重っくるしい感じ、また車体がくろいだけでなく、くらい気分もあった。

ところが、あとから、からからはしってきた軽列車は、めずらしく、ニンゲンをたくさんのっけていたのに、そこだけ闇が透け透けになってるみたいに、闇さえもかるかった。

宗教といえば、荘重だとか、おもおもしいものをおもうが、あれは寺院や儀式の俗世的なインチキで、ほんとは、神により、仏によって、つまらない人間のカラが破られ、かるくさせられるのではないのか。

たしかに、ぼくは軽列車にたいして、かるい気持をもっていた。しかし、それは軽蔑ではなく、親しみだったのではないか。

げんに、ぼくは、分哨でコキ使われていても、古兵さんに叱られないかぎり、からからから、と、れいの音がきこえると、軽列車が見えるところにはしっていっている。

軽列車にションベンをしたのも、そういった親しみの気持だったのかもしれない。だいいち、重列車に小便したってしょうがないもの。

その軽列車に、たまたま旅団長閣下がのっていて、ぼくは、線路のそばのすこし小高いところに立っており、旅団長閣下に小便をひっかけるということになったのだ。

このあたりでは、重列車などは、ぼくもはじめて見るぐらいめずらしく、しかも客車の車両までついていて、敵が（まだ、ぼくは敵兵の姿を見たことはないけど）旅団長閣下が視察にまわるという情報を手にいれていても、当然、重列車のほうにのっているとおもう。それで、万一のため、さきに重列車をはしらせ、旅団長閣下は、うしろからついてくる軽列車にのっていたというわけだろう。敵をだますためには、それもいいが、おかげで、ぼくはいい迷惑だ。

しかし、じつは、ぼくは軽列車に親しみをもっていて、それで小便をしたなんてことをはなしても、旅団長閣下はわからないだろう。いや、だれにもわかるまい。

みんな直立不動でつっ立ったままだ。金モールのいくらか宝塚調の参謀肩章をつけた旅団参謀たちも、腹をたてるとか、あきれはてたという顔よりも、帝国陸軍に、とつじょ、見るにたえないグロテスクな虫の兵隊でも涌《わ》いてでたように、ぼくから目をそらしている。

あーあ、ぼくは、どんな処罰をうけるのだろう。大尉で、陸士出でもない大隊長殿の顔もおがんだことのない初年兵のぼくが、陸軍少将の旅団長閣下に小便をひっかけたとなると……。陸軍刑法には、上官侮辱罪というのもあるにちがいない。戦地で、上官に反抗すれば、銃殺だ。旅団長閣下に小便をひっかけるのは、反抗よりも、もっとおもい罪になるかもしれない。どっちみち、ぼくは銃殺か……。

それに、斥候のときに、銃を肩にのせていたというのも、罪になるだろう。銃を肩にのっけたまま小便をしたことも罪になるか？

スティンカー

ぼくは紫色の汗をにじませ、芳香をはなった。小便もソーダ水のようで、精液も青いゼリーだった。

もっとも、ぶっとい芋虫が甘ったるい芳香をはなつようにだ。芋虫の甘い芳香は、夜店のアセチレン灯のカーバイトのにおいみたいに、つんつん有害そうではなく、そのグリーンの図体のように、グリーンという色だけをとりだせば、安全で平和な色におもえるかもしれないけど、樹々の葉のみどりや、草のみどりとはちがう。芋虫の虫のみどりの図体なのだ。芋虫がはなつ甘い芳香も、甘っぽくて、いいにおいみたいなだけに、アセチレン灯の悪臭なんかにはない、いやらしさがある。

紫色の汗は白いTシャツをうすむらさきに染め、パンツはG・IとおなじOD（オリーブ・ドラッブ）の軍隊色のブリーフだったので、それに、ぼくのむらさきの体液がにじみ、芋虫のグリーン以上にいやらしい、いかがわしいものになった。じつは、ぼくは悪魔的な色みたいな大げさな文字をぶらさげかけたが、悪魔はそれほどいかがわしいだろうか？　それに、悪魔ににおいがあるか？　悪魔はにおいなどはない、純粋なもので、いかがわしさはなく、ただひたすらに純粋に悪なのだろう。だいいち、改心して良くなった悪魔などはいない。悪魔は負けると、地面に穴をあけて姿を消したり、そんな細工もせずに、ただ消えるだけだ。ニンゲンみたいに、わるい人間が、義か愛かに負けて、良い人間になったりするような、いかがわしいところはない。悪魔は純粋で、その対極の不純なものがニンゲンだろう。

　悪魔的などと大げさな、と言いながら、また、ぼくは大げさな、愚にもつかないことを、しゃべっている。ただ、ぼくのパンツがオリーブ色の生地にむらさきの体液がにじんだ、おぞましい色で、なんとも言えない（口にだして言うのもいやな、そんなにおいのことなど考えたくもない）においがしたというだけのことだ。

　だから、その米軍の施設のおなじ炊事場《キッチン》のニホン人のコックもK・P（キチン・ポリス、炊事場の雑用、皿洗いなど）もG・I（アメリカ兵）も、臭い《スティンク》、臭い、と鼻をつまみ、ウェイトレスたちは、ぼくを見ると、はしってにげていき、ぼくは、臭い男、スティンカーという名前になった。スティンカーは、臭《くさ》い人や臭い動物のほかに、いやなやつ、鼻つまみ者のことも言い、ある英語とあるニホン語が、いくらか似かよった意味だということはあるけど……だから、英和辞典、和英辞典というものもある。しかし、英和辞典と和英辞典が、たいへんにちがったものというより、異質なものに感じるのは、おもしろい。こんな場合、おもしろい、なんて言いかたは、ふざけてる、と考える方々には、ひじょうに重要なこと、ともうしあげてもいい……げんに、臭い、臭い、と相手に鼻をつままれている臭い男、鼻つまみ者、スティンカーが英語とニホン語と、意味ではなく、具体的におなじというのは、めずらしいことなのだ。それを、ぼくは具現し、スティンカーという名前にさえなったのだから、珍獣なみにウヌボレたいところだが、たとえば、汚い、不潔だ、なんてことでは、むりにウヌボレることはできても、臭い、臭い、と臭がられるのは、ウヌボレようがない。

ぼくは炊事場のうしろのほうへ、どぶ川ともうひとつの川の河口（川でも海でもない、やはり、どぶどぶとよどんだところ）のあいだにはさまれたほそながい空地にほそながくおしこんだカッコの米軍のカマボコ兵舎に、ニホン人のK・P三人といっしょに寝泊りしていたが、町にでていっても、臭い、臭い、と言われた。

この町はもとは軍港で、ひじょうに人口の密集したところだった。戦争がおわるまでは要塞地帯で、日本地図も、このあたりは白いブランクになっており、市の人口なども公表されていなかったが、日本の六大都市のなかのある都市などよりも人口はおおいということだった。

とくに太平洋戦争中は、北九州の八幡製鉄所などよりも、じつは日本一の大工場だったらしい海軍工廠と、それに附属する工場ではたらく徴用工員の大きなバラックの宿舎が、あちこちにたてられ、公園にも徴用工宿舎がならび、公園の奥にあった海軍刑務所も、刑務所の建物はとりこわされ、高い塀にかこまれた敷地内に、びっしり、徴用工宿舎がたった。

この町の南西部の町なみや鉄道、駅、そのむこうの海軍工廠の一部、練兵場がある海兵団、海軍桟橋のよこのほうに、二隻ならんでうごいたことのない四本マストのいかにも旧式な防備隊の軍艦……この二隻は日露戦争のころの軍艦だというはなしもあり、うごかないまま、空襲で沈んだそうだ……湾の入口にせばまっているが、広くたっぷりした水面の軍港の湾などを遠くに見おろす南むきの丘の中腹にぼくの家があり、この丘の上、稜線にも、ぼくの家の離れがあった。

　この離れの庭から、丘の反対側の公園や海軍刑務所が見えたのだが、海軍刑務所の高い塀にかこまれた真四角の広い敷地の奥のほうに、一列、一の字をかいたみたいに、低い建物が見えた。それは、たぶん、ぼくが立っている丘の高みにおしちぢめられて、低い建物におもえたのだろうけど、ぼくには、ふつうの刑務所よりも、もっともっとおそろしい海軍刑務所だということで、その建物があわれな家畜をとじこめた家畜小屋みたいに見えたのかもしれない。

　その海軍刑務所の敷地に、びっしり、なん十もならんだ二階建の徴用工宿舎に、ある夜、火事がおこり、みんな焼けてしまった。その火の手はすさまじく、丘のこちら側のぼくの家のほうからも、丘の上の夜空をあかあかとてらしだし、空高くふきあがった火の粉さえ見えて、丘の上の稜線にあるぼくの家の離れが火事になったのだと近所の人たちはおもい、丘をかけのぼってきた。海軍刑務所の敷地は、まわりをとりかこんだ高い塀はそのまま残っていて、敷地内の宿舎にいた徴用工がたくさん死んだというはなしをきいた。また、徴用工のほとんどは夜おそくまで工場で残業していて、そのとき、宿舎にいた者はすくなく、あまり死んでいないともきいた。ともかく、丘の上のぼくの家の離れからは、あるいて、せいぜい十分か七、八分のところにあったところの大火事についても、噂ばかりで、さっぱりわからなかった。もちろん、この火事のことが新聞にでたりはしない。

いや、そんなに人々がおおく、密集していた町だったので、ぼくとK・Pたちが寝泊りしていたカマボコ兵舎のうしろと片側をとりまいた河口の川は、この町のまんなかにある川だが、太平洋戦争なんかがはじまるずっと前（そのころでも、ニホンはたえずどこかで戦争をやってたが）ぼくがまだちいさな子供のころから、泥とも言えない、まっ黒なものがこびりついた、ひどいにおいの川だった。

また、カマボコ兵舎のもういっぽうの側の、さっき、どぶ川と言った川のことだけど、あれは、いったい川だろうか。川の水は流れるが、あの町なかの川もほとんど流れてはいなかったが、こいつはぜんぜん流れてはいない。だいいち、こいつは、どこから流れてきてるのかがわからない。だから、どぶ川ではなく、ただのどぶだろう。こいつには、どろどろとか、ひどい悪臭がする、なんて言う気もしなかった。言うだけアホらしい。

しかし、こいつにも橋があった。ニホン人のK・P三人とぼくたちがいたのはアメリカ軍政府のG・I（将校は別）宿舎《バラック》の炊事場《キッチン》の裏の空地につくったカマボコ兵舎だけど、宿舎の本館は、この町ではほんとにめずらしく空襲に焼け残った建物で、だから、アメリカ軍政府のG・I宿舎としてつかっていたのだろうが、この本館のすこしむこうに、その橋はあって、メガネ橋という。メガネがどういう文字かはしらないが、どうも、眼鏡みたいだ。でも、どうして、メガネ橋なんて名前をつけたんだろう。ともかく、メガネ橋からむこうのこの川の行方はわからない。そうおもうと、このメガネ橋もあやしくなってきた。メガネ橋という名前はあった。だが、あれは場所の名前（ふつう、こんなときは、地名と言うのだが、地名とも言えない気持で）で、川にかかった橋の姿は、目にうかばない。

いつものことだけど、また、はなしがよこに流れてしまった。ぼくのはなしは西洋音楽のようでなく、ガメラン音楽だかなんだか、インドシナかインドの音楽みたいだ、とある女性に言われた。西洋音楽は、主題《モチーフ》だかなんだかが、あれこれ変化しても、また、それこそ主題にもどってきて、まとまる。ところが、ぼくのはなしは、どこかの音楽のように、主題がもどってくるということがなく、あるはなしから、またべつのはなしへと、はなしが流れっぱなしに流れてしまう、と言うのだ。その女性はアナウンサーで、ぼくがラジオのディスク・ジョッキーみたいなことをやったとき、相手をしてくれた。やりにくかったにちがいない。

じつは、ぼくのはなしは、主題がもどってきて、まとまるってことがないというより、はじめから、主題などはない。だから、ただ流れてる。流れるよりしかたがない、とも言えない。しかたがない、というのにも規制がある。だから、ぼくのは、はなしでもなく、ただ、それこそとりとめのないおしゃべりだ。

しかし、ほとんどの人は、当然、ある主題をもったはなしがきけるとおもってるので、ぼくのおしゃべりにあきれ、腹をたてる。

だが、ぼくには、もともと主題がないのだという気がある。こちら（ニンゲン）にはモーティフなどはなく、ただ神の器《うつわ》、それもかたちのない器として（かたちがあれば、そのかたちのモーティフがでてくる）つかわさせてもらう、といった、りっぱなことではない。

こんな場合、神こそが主題である、なんて言いかたもでてきそうだが、ぼくには、つまらない神学ゴッコのような気がする。律法の神、審きの神、怒りの神、義の神、善の神、愛の神、まるで、神のモーティフの切り売りだ。だいいち、ニンゲンが、あることの説明の便利さのためにつかってる言葉を、神におしつけようというのか。

いや、これまた、神学ゴッコのまねごとだな。神だなんて、なんにもわからないことをしゃべってるんだもの。

このときは、戦争がおわって、ちょうど一年たったころだった。昭和二十一年の八月はじめ、ぼくは中国から復員し、この町にいた両親のところにかえってきた。

そして、町なかのあのひどい川の水がいやにきれいになり、流れていたのにおどろいたのをおぼえている。しかし、川のまわりは、みんな焼けてしまい、川のまわりに人家はなにもなくなれば、川もきれいになるのか、と感心したような気持になった。

アメリカ軍政府の宿舎の炊事場《キッチン》には、うちにかえって四日目ぐらいからはたらきだした。栄養失調でひどいからだだったが、上海で復員船にのる前も、饅頭《マントー》工場ではたらいていた。しかし、復員してきたのは病院船の氷川丸で、ぼくは南京で真性コレラにもなったし、マラリヤと栄養失調で重病人の船室にはいっていた。

町で、ぼくのことを、臭い、臭い、と言ったのは、この町の中学でいっしょだった連中だ。ぼくの同級生では、小学校のときからの友だちで、中学四年生で海軍兵学校にいき、はじめのころの特攻作戦で戦死し、中尉から二階級特進で少佐になったYや、アメリカの日系二世で、年齢がおおかったため、はやく兵隊にとられ、同級生ではさいしょの戦死者になったHなどのほか、同窓誌を見ると、いわゆる戦死者は十人たらずしかいない。

でもぼくとおなじ大隊で、ぼくよりさきに復員し、中国でぼくが死んだ、と言ったTなどは、もちろん、そのなかにははいっていない。Tは復員して、うちにかえり、なん日かで死んだらしい。ぼくが死んだ、というTの言葉は、みんな（ぼくの両親も）信じた。

ぼくの両親はショックだっただろうが、そのことをきいた翌日、父は、ぼくのぶんまではたらかなきゃ、と言い、母は「そんなことを、平気で言う人とは、いっしょに暮らせない。別れます」と言ったそうだ。それまで、母は、別れる、などと父に言ったことは一度もなかったが、あのときは、本気で別れるつもりだった、と母はぼくにはなした。父は、こんなことははなさない。

父が、ぼくのぶんまではたらかなきゃ、と言ったのは、ぼくのぶんまで、イエスさまのお役にたたなきゃ、ということだろう。父は、どこの派にも属さない、自分たちでつくった独立教会の牧師だったが、ぼくには、イエスの役にたつ、ということが、どうしてもわからない。

世のなかの役にたつ、というのはわかる。しかし、イエスの役にたつとは、いったい、どういうことだろう。父は、ぼくにも、「とにかく、イエスさまの役にたたなきゃ」と言った。しかし、これは、教会ではたらくとか、世間的に伝道をするとかってことではなく、ごく日常のことで(ぼくたちには日常のことしかできないんだもの)イエスの役にたつということらしいが、くりかえすけど、それはどういうことか?

世のなかの役にたつ、というのならば、ぼくには社会事業みたいなことはできないが、だれかに、ちょっとした親切をしたりすることはできるだろう。

しかし、親切やいわゆる善行は、世のなかの役にはたっても、イエスの役にたつ、ということではないらしい。だったら、ぼくの目には見えないものに、いったい、どうやって役にたつのか?

いや、ぼくの中学のときの同級生も、戦死した者や、終戦後、ぼくが中国で死んだとつたえたTみたいに、復員後すぐ死んだ者もいるけど、ちらほら、この町にかえってきて、その連中が、ぼくにあうと臭い、と言うのだ。

これは、ぼくが紫色の汗をにじませ、芳香をはなつ前から、みんなぼくが臭い、と言ってたようだ。炊事場《キッチン》にはとくべつのにおいがある。たぶん、いろんな脂《あぶら》などがまじりあったにおいが主で、それも腐った脂のにおいだろう。

また、この炊事場のにおいは、日本軍の炊事場のにおいともちがう。二、三年前、北海道の岩見沢で、陸上自衛隊の演習場のそばをぶらぶらあるいてるとき、ぼくは、あれ、とおもった。軍隊の炊事場のにおいがしたのだ。しかし、ぼくは内地の連隊に五日間いただけで、すぐ中国にはこばれ、ちゃんとした炊事場があったところになど、ほとんどいたことはない。だから、軍隊の炊事場のにおいとおなじようなものだが、この軍港の町の公園や海軍刑務所の高い塀のなかにもたっていた徴用工宿舎の炊事場のにおいのほうが、なじみがあったかもしれない。

今では、レストランのきたない裏口などで、炊事場《キッチン》のにおいをかぐこともある。しかし、そのころは、はじめて、みんながかいだ、異質な、うけつけられない、おぞましい悪臭で、それが、ぼくの着てるものだけでなく、からだにしみこんでいたのだ。

だけど、ぼくがそんなおぞましいにおいがするのは、米軍の炊事場にいるからで、自分たちはずっと腹を空かしてるのに、ぼくは脂っこいものをたべて、腐った脂みたいな悪臭までまきちらし、とみんなはいまいましがっていたのだろうか。そんなことは、ぼくはおもいもしなかったのを、今ごろ、ぼくは気がついた。

アメリカは敵だった。ニホンが戦争に負けたため、アメリカは占領軍として、ニホンに進駐している。そのアメリカ軍の炊事場に、たべるものがあるから、もぐりこみ、豚みたいに食っている。軍港の町だ。アメリカ軍に殺された者はいっぱいいる。町もひどい空襲をうけた。

「アメリカ軍ではたらいていて、ほんとに平気でしたか？」とある作家にきかれたことがある。その作家とは、ぼくはしたしいつもりでいた。よく、いっしょに酒を飲んだ。

だから、ぼくは、こんなことをきかれて、おどろいた。でも、ぼくがおどろいたことにおどろくほうが、ふつうだろう。でも、ぼくは米軍ではたらくうしろめたさみたいなものはなかった。平気なまるっきり平気だったのだ。平気どころか、米軍の炊事場の腐った脂だか、残飯罐《ガーベジ》のにおいだかをからだにしみこませていながら、むしろ得意だった。

ただし、あいつは臭い、と同級生などから言われても、それと、得意げにアメリカ軍の炊事場ではたらいてる、という批難とは、まるで頭でむすびつかなかったが、くりかえすけど——臭い、という単純なことは、どうウヌボレようとしても、ウヌボレようがなかった。

アメリカ軍政府のオフィスは、町のなかで、たった一つ焼けのこったという感じの、「工業立国」という工場にあった。この「工業立国」という名前は、ぼくには、たいへんきみょうにおもえた。だって、おなじこの町にある「セーラー万年筆」なんかとは、ずいぶんちがう名前なんだもの。コーギョーリッコク、と音にすると、よけいへんてこにきこえる。これは、ぼくが子供だったからだろう。工業立国というのは、その工場の会社名ではなく、たとえば、あちこちの工場や建設現場などで、いちばん大きく目につく「安全第一」みたいな標語だったのかもしれない。

しかし、町の人たちも、三階建の、町の建物のなかでは、ずぼんと大きなその工場のことを、「工業立国」とよんでおり、ほかの会社名などは、ぼくはきいたことがない。

そんなことよりも、子供のころ、きみょうにおもったり、ふしぎだったことが、あとになって、ぜんぜんふしぎなことではないと理解できても、子供のころ、ふしぎだったことが、C・G・ユングふうに言うならば、心理的事実として、ずっとつづいているのではないか。物理的事実でも、理解的（理性的）事実でも、心理的事実でも、事実はうちけせないものだもの。

じつは、この二、三日、野村美紀子さん訳のユングの「ヨブへの答へ《〔ママ〕》」を読んでいる。ヨブは、旧約聖書の「ヨブ記」のヨブだ。この本のいちばんさいしょのところに……「物理的」ということが真実の唯一の規準なのではない。物理的には説明も証明も、あるいは否定もされえない心理的事実というものも存在するのである。と書いてある。

だが、物理的事実（真実という言葉は、ぼくにはつかえない）でもないが、心理的事実みたいなものもありそうな気がする。いや、そのほかにもというより、事実なんて、無数に（と言うのも数のうちではなく、ほんとに数などには関係なく無数に）あるのではないか。

だから、さっき、事実はうちけせないと言ったけど、うちけせない事実はかさなって、ほかの（とも言えない）事実がぐちゃぐちゃまじりあっている。

こうなると、事実はうちけせないから事実で、つまりは、うちけせないというのが、事実のタテマエではないのか。

「工業立国」の建物は焼けのこったのではなく、空襲で屋上に穴があいたり、内部も焼けたりしたけど、建物の外形はのこっていたので、修理して、アメリカ軍政府のオフィスにしたのだろう。

東京の築地の歌舞伎座も浅草の国際劇場も、空襲で屋上や屋根がふっとんだままの、なさけないカッコで、戦後なん年もたっていた。

「工業立国」のアメリカ軍政府ではなく、町なかからすこしはなれた、もとの海軍構内にはいるすぐてまえの、メガネ橋のそばにあった軍政府の宿舎《バラック》のほうには、本館の入口の右側はちいさいオフィスで、クラークという大尉がいた。将校はクラーク大尉だけだ。

このオフィスの外側の壁にくっついて、コンクリートの池があり、金魚がおよいでいたが、この池の底に、アメリカの一セント貨幣《コイン》がたくさんおちていた。ローマのトレドの泉など、コインを投げいれることは、今ではみんな知ってるが、終戦後たった一年のそのころは、たいへんめずらしいことだった。いや、アメリカ兵たちがやることは、なにもかもめずらしかった。でも、どこかの噴水だとか、聖像がたってる泉ならともかく、長方形のコンクリートの池のなかに、コインをほうりこむというのも、おかしなことだ。

ある日、この池のそばで、ぼくはクラーク大尉にとっつかまった。大尉とすれちがったとき、うしろから、腕をつかまれたのだ。

「ヘイ、スティンカー」クラーク大尉はびっくりしたような、疑わしそうな顔をしていた。「おまえの舌を出せ」

クラーク大尉は、自分でも舌をだしてみせた。べろんと大きな舌だった。ぼくも舌をだした。

「どうしたんだ、おまえの舌……?」

「どうもしてない」ぼくは舌をひっこめて、こたえた。

「しかし、その舌の色は……その色は、どうした？」

ぼくは頭をふり、ぽつり、ぽつり、英語の単語をさがした。

「ニホンでは、ウソをつくとき、赤いウソ（まっ赤なウソという英語はでてこなかった）をつくと言う。しかし、ぼくは赤いウソではなく、黒いウソをつくので、舌が黒くなった」「黒いウソ？」クラーク大尉はききかえしたが、わらったりはせず、よけい疑わしい顔になり、あるきかけて、とつぜん、「スティンカー、おまえ臭い《ユー・スティンク》」と言った。

しかし、これはジョークではないようだった。クラーク大尉はニヤつきもせず、鼻（顔）をしかめて、むこうにいった。大尉は、スティンカーというぼくの名前を知ってるだけで、それが、臭い男《スティンカー》という意味だとも、また、へんな名前のニホン人だとも、なんにも考えてなかったのではないか。この宿舎《バラック》のクラブの仕事をしているスモーキイというニホン人の男のコがいた。十七、八歳の男のコだ。この男のコがスモーキイというのは、ニホンの本名なのか、ときいたG・Iがいた。それで、ぼくは、スモーキイはいつもタバコを吸ってるので煙野郎《スモーキイ》だ、と説明したら、そのG・Iはわらった。だけど、スモーキイがいつもタバコを吸ってたかどうかはあやしい。とにかく、スモーキイはスモーキイだった。ぼくはちがう。げんに臭いから、スティンカーだ。

クラーク大尉とすれちがったとき、ぼくは歌をうたっていたかなんかで（ぼくは、炊事場《キッチン》でも、よく歌をうたってた）ぼくの口があいていて、舌が見え、大尉はおどろいたのだろう。ぼくの舌はくろずみ、あやしげな色で、こんな色の舌など考えられないような色だったのだ。

ぼくの舌がどすぐろく、どんな人種の舌（ニンゲン以外の動物の舌でも）にもあり得ないような奇怪な色をしていたことと、ぼくが紫色の汗をにじませ、小便も青いソーダ水みたいな色だったこととは、もちろん関係がある。

この関係はバカみたいな関係だが、このごくふつうにつかわれてる関係という言葉にも、たびたびめんくらう。たとえば、あるのはただ関係だけだ、なんて文章にぶつかるからだ。あるもの（こと）とあるものがあるから、そのあいだにある関係があると考えるけど、あるのはただ関係だけだ、と言われても、そうだろうなあ、とおもったりするのだ。

たとえば、関係ができたから、あるもの（こと）とあるものがうかびあがってくる、うかびあがると言っても、沈んで、かくれていたものが、うかびあがるのではなく。そのとき、たち現れて、そのもの、そのことになる。生ずるわけだ。

男と女との関係といったものも、はなはだうさんくさい。ぼくは男と女、女と男とのあいだの関係という言葉をきくと、いつも、ふきだしたいような気持になる。これは、なぜか？　考えてみてもよさそうだ。しかし、今、考えると、それを、かたちにならないまま、ぐちゃぐちゃ書きならべるわけで、これも読んでくださってる方のめいわくになる。いつか、ほかのところで、そのめいわくを、読む方におかけしよう。

男と女、女と男との関係という言葉をきくと、ふきだしたい気持になるが、人間対人間の関係、なんて言葉をきくと、偽善のにおいがする。人間という言葉が（ほんとは、ぼくはなんにもわかっちゃいないんだが）もともと関係を言ってる言葉ではないのか。それを、人間対人間とか、人間対人間の関係とか、うさんくさいどころではなく、はっきり偽善のにおいがする。

ぼくが着ているTシャツがうすむらさきに染り、実際のイザベラ・カラーではなく、パンツがスペインのイザベラ王女にからまるはなしを、想像でもっときたなくしたような色で、ぼくの舌がどすぐろかったのも、ぼくがバニラ液を飲んでいたからだった。

バニラ・エッセンスの液は一ポンドの壜にはいっており、デザート類などにつかっていた。アイスクリームにもいれる。だが、手でまわしてつくるアイスクリームで、たまにしか、アイスクリームはつくらなかった。この町にイギリス連邦占領軍の総司令部があったが、英連邦軍にはアイスクリームなどはぜんぜんなくて、さすがにアメリカ軍、と言われたものだ。

そんなわけで、アイスクリームもあまりつくらないし、パイは、いろんなパイをよくつくったけど（パイにくらべると、ケーキをつくるのは、ずっとむずかしい）ケーキやパイにバニラ・エッセンスをつかったことがあっただろうか？　あったとしても、ごく少量だっただろう。

だから、ぼくがバニラ液を飲みだしてわかったのだけど、食料品室の棚には、バニラ・エッセンスの壜が、つかいきれずに、たくさんならんでいた。それだけでなく、べつの倉庫に、バニラ・エッセンスの壜が一ダースはいってる箱を、ぼくは見つけたりした。

ぼくがバニラ・エッセンスを飲んだのは、バニラがアルコールに溶かしてあったからだ。このアルコールはかなり度が強く、もちろん、マッチをすれば、さっと火のつく液体だった。炊事場《キッチン》にも、アルコールがはいったものがあることは大発見で、すくなくとも、発見者のぼくは大得意だった。アメリカでのコックの経験の長いパープ（おやじさん）もチャーリイさんも、バニラ・エッセンスがアルコールに溶かしてあることは知らないようだった。いや、考えてみれば、わかることだが、二人とも、そのことは頭になかったのだろう。二人とも酒は飲まない人だった。

アメリカの禁酒法時代には、香水を飲んだ者がいた、となにかで読んだり、きいたりした。香水もエチル・アルコールに溶かしてあるらしい。しかし、これは、実際に香水を飲んだ者もあるだろうが、香水だということで、つまりは飲料用の香水を輸入したり、つくったりしたのだろう。そして、はじめはうまくいったが、当局の目がきびしくなり、飲料用香水はヨロクがない、みたいなことになったのではないか。

ぼくは、炊事場の裏の空地の奥、両側のよごれた水のあいだに、ぎゅっとおしこむようにしてたっているカマボコ兵舎で、いっしょに寝泊りしてるK・Pたちに、得々と、アメリカの禁酒時代の香水のはなしをし、得々とバニラ・エッセンスを飲んだ。

もちろん、ぼくはK・Pたちにもバニラ・エッセンスをすすめたが、K・Pのうちでもいちばん歳がおおい（と言っても、二十歳になるかならないかくらいだった）色男《レディズ・マン》のマイクは、ぼくがさしだしたバニラ・エッセンスの壜を見ただけで、顔をよこにふり、十五歳のジミーはにおいをかいでにげていき、ぼくとは気があって、おたがい、いろんなイタズラにのっていたジョニーも、バニラ液を、ちょっぴりなめただけで、ぺっ、ぺっ、となんどもツバを吐いた。

バニラ・エッセンスの一ポンドの壜は、一ポンドが453・6グラムだから、500C・Cのベンジンの壜よりすこしちいさいとおもえばいい。その液を、なにかにいれて、うすくすれば、むらさきの色になる。濃縮バニラ・エッセンスの液がほとんどまっ黒な色ではいっていた。

ぼくはバニラ・エッセンスの壜を井上の家にも、なんどかもっていった。井上は中学でぼくより一級下で海軍経理学校にいった男だが（井上はすこし近視だった）井上の家は、ぼくの家とは、焼けて、川二筋だけのほかなにもなくなった町の反対側の山の中腹にあり、空襲では焼けなかった。しかし、ぼくの家もそうだけど、屋根の上にいくつか焼夷弾がおち、屋根にのぼって、はたきおとしたらしい。井上のとなりの家は空襲でやられ、防空壕の上に掘立小屋みたいなのをたてて住んでいた。

その家（小屋）には歳とったおじいさんとおばあさんが、空襲で壊れた家の部分をよせあつめ、板をうちつけたらしい、ひくい天井や、せまい小屋のなかに、背中をすぼめるようにして二人ならんですわっていた。どうしても、二人ならんだようなカッコになるちいさな仮小屋だったからだ。しかし、仮小屋みたいでも、つまりは一戸建ての家で、あのへんてこな、毎日を、じっと、背中をかがめてすわってなきゃいけない（うごきまわるスペースもなく）家のようすは、げんに見た者以外には、なかなかつたわるまい。

戦争体験みたいなことではない。ぼくは戦争体験という言葉はきらいだ。戦争体験というのは、今、言ってる言葉で、戦争とよばれてるとき、あることがあったり、見たりするのは、そんなことがあったのだが、今、それを言うのは、つまり、体験や経験をもってることになる。ぼくは、経験という言葉もきらいで、なにももちたくない。でも、ぼくがそうおもうだけで、偉いお坊さんなんかとちがい、ぼくは、なにももってないのとはほど遠い。あれこれ、やたらにもってるにちがいない。だいいち、なにももちたくない、というのが、それをもってることになる。

また、屁理屈にながれたが、井上の家のとなりのあの二人は、そんな歳ではなかったのではないか、とこうしてしゃべっていて、気がついた。戦後のいわゆる焼跡の小屋にすんでいた人たちは、ひどく年よりじみて見えたものだ。

井上の家にはたくさん人がきた。井上の家にはお父さんがいなかった。その家にとっては不幸なことだが、よく人が集まる家には、お父さんがいない家がおおかった。ニホンの家では、お父さんはやはり煙ったい人だったのだろう。そして、そんな家には、なにかなまめかしい（はっきり艶《なま》めいたことではなく）雰囲気があるようなことが、小説などではでてくる。

しかし、いくらか派手ずき、社交ずきの未亡人がいるので、人がくるというより、井上の家みたいに、おかあさんが気さくで、ざっくばらん、子供たちのところにも、自分のところにも、だれかたずねてきても、どうってことはないという家のほうがおおかったのではないか。もっとも、それだけでは、小説の舞台には借りれても、小説にはならないか。

そのころのぼくたちは、酒らしいものがあれば、わいわい、ガヤガヤ飲んだ。量はすくなくても、わいわい、ガヤガヤだった。そんなかでも、O大学の医学部にいってる石田などは、酒、酒、アルコール、と毎日さけんでるような男だった。

しかし、やはり井上の家だったが、石田はこのバニラ・エッセンスをなめて、うーん、とうなった。そして、「水で割ったら、どうかな?」と水でうすめたが、やはり飲めなかった。

じつは、このバニラ・エッセンスは水で割ったりすると、よけい強烈に、においが鼻をつくのだ。鼻をつまんでもだめで、においも味も（味というより、ひどい舌の感じが）いっしょくたになって、わっと口のなかにひろがる。

石田みたいに、アルコール類があるならば、どんなものでも、どうしてでも飲んでやろうというのではない井上は、「こりゃ、ひどいのう」とにおいをかいで、悲鳴をあげた。

井上は、いつもニコニコしてる男だった。あのころから三十なん年もたった今でも、井上はニコニコしている。二年ばかり前、井上がつとめてる会社の四国の工場にいくと、ちょうどそのとき、事故かなんかあったのか、友人をたずねてきただけのぼくみたいな部外者はなかに入れるような状態ではなく、ぼくは工場の門のところで待っていたが、井上は広い工場の遠いところからはしってきたらしく、息をきらしながら、それでも、手をあげ、手をふり、ニコニコかけよった。こんなにニコニコしてる者は、うちでは、または自分にはニコニコとは逆に、きびしい目をむけてるものだ、なんてことを言うが、そんなのは、じつは、サル（人間）知恵だろう。井上は自分にもいつもニコニコしている。でなければ、いつも、あんなにニコニコしてるわけがない。いつも、ニコニコできるのではない。ただ、いつもニコニコなのだ。ぼくがもってきたバニラ・エッセンスのにおいをかぎ、「こりゃ、ひどいのう」と悲鳴をあげたときも、井上はニコニコしていた。

海軍大佐の息子で、おっとり、しずかな秀才で、聖人というあだ名だった小川が、「どれどれ……」(小川は、小学生のときから、そんな言いかたをした)とバニラ・エッセンスを口にふくみ、これは飲みこんだ。

しかし、あとで、小川は「××(ぼくのこと)はあんなものを飲んじゃいけないね。ぼくは、一口飲んだだけだったけど、からだがおかしくなったよ」と石田に言ったそうだ。

とうとう、ぼくはパープに叱られた。パープは長いあいだアメリカにいた、つまりは一世のおじいさんのコックで、下士官の炊事班長《メス・サージャン》をきめるのも、クラーク大尉はパープに相談していた。パープはおだやかで、人徳があるといったおじいさんで、アメリカ軍政府のG・Iや将校たちも、みんな、パープ(おやじさん、ローマ法皇もパープ)とよんだ。米軍で、チーフとよばれてる日本人は、ぼくはなん人も知っている。しかし、これは、ときには、インディアン酋長《チーフ》みたいな、かるいからかいのひびきがくわわってることもあった。また、パパさん、と言われてる人もいた。これには、からかいのひびきはなく、ただ年輩の者にたいするニホン語だ、とG・Iたちはおもっていたのだろう。ともかく、パープがだれかを叱るということはなかった。パープに叱られたのは、ぼくがはじめてで、おわりだったかもしれない。

「スティンカー、バニラ・エッセンスが、もう一壜もないいうんで、わしゃ、たまげたが、みんな、あんたが飲んでしもうたそうじゃないか。あがいなものを、よう飲めたが……そこいらにあるもんを食うたり、飲んだりするのは、わしは文句を言うたことはない。ほんじゃが、スティンカー、あんたはバニラ・エッセンスの壜をよそにももっていったりしたそうじゃのう。そりゃ、いけんわい。もうすぐ、インヴェントリイもやろ言うちょよる。今までみたいに、炊事場《キッチン》の者《もん》が、ざっとチェックするんじゃのうて〈工業立国〉のオフィスの将校《オフイサー》がきて、くわしゅう、こまこうインヴェントリイをやるげな。前の部隊からひきついだ物資の帳面ももって、チェックしていく言うとる。アーミイ（米軍）も、戦争がおわって一年以上もたって、戦争気分ものうなり、やかましゅうなってきたけんのう。スティンカー、あんたは、なんダース、バニラ・エッセンスを飲んだかしらんが、インヴェントリイのときは、どうするんない？　わしの責任にもなるしのう」

やせて、ほそいからだのパープは、骨がとびでた肩をすぼめた。インヴェントリイというのは、たな卸し、在庫品しらべのことだ。

しかし、このインヴェントリイをやったかどうかは知らない。それから、三、四日して、かなりの地震があったのだ。食糧品室の棚にならんだ壜類などは、ほとんどが落ちてこわれた。これは、地震には一度もあったことのない大部分のＧ・Ｉや将校たちにとっては、たいへんなことだった。

今、百科辞典を見ると、四国、九州、近畿、中国および中部地方の一部に被害をおよぼし……

と書いてある南海道地震らしく、マグニチュード8・1だそうだ。南海道地震がおきたのは昭和二十一年十二月二十一日だった。だから、ぼくはバニラ・エッセンスの壜をもちだしたり、みんな飲んでしまったことではクビにならなかったが、このあとすぐ、クビになった。クビになっても、ま、あたりまえだった。

大学一年生

まんなかでおしひらく、重いオーク材のドアのあいだから、銃口がのぞいていた。天井までの高さの厚いオーク材のドアの隙間に、銃口が浮いている。

いや、天井までのドアなどはない。天井にとどくほどの大きなドアの上に、どっしり高い空間があった。

銃口が浮いてるようにおもったのは、オーク材のドアの厚みのあいだで、銃口がなにかかぼそく見えたのか、銃口につづいてるはずの手のさきも見えず、銃口だけが、ドアの隙間からのぞいていたためか。

それとも、銃口を見ているぼくが、ぼんやり、それこそ宙にでもういてるように、銃口をながめていたせいか。

「バーテンダー！」そして、ぼくの名前をわめく声が、ドアのむこうでした。ののしる怒声なのに、ぼくの名前を言うときに、幼稚なひびきがあった。

「……シュート・ユー……ダイ」声はくりかえした。シュート・ユー（撃つぞ）だけでなく、声はくりかえすたびに、シュート・ユー……トゥ……ダイ（撃って殺すぞ）と言っている。これは、撃つぞ、撃ったら死ぬぞ、ということかもしれない。ともかく、ぼくの耳には、死《ダイ》ぬはよけいなことだった。

この部屋はタタミ敷にすれば五十畳ぐらいか、あるいは百畳もあるか、しかし、この旧侯爵邸の洋館のほうでは小ぢんまりした部屋で、玄関のすぐよこの応接間といったところだったのか、今は将校クラブのバーになっている。

部屋のまわりの壁も厚いオーク材だが、豪華といったふうではなく、むしろ地味な感じだ。この邸の洋館のほうは、イギリスの貴族の邸宅を、そっくりうつしかえたように建てたのかもしれない。

ぼくはカウンターのうしろの床にすわりこんで、罐ビールを飲んでいた。流しからはすこし水が漏れ、床は濡れていて、そこにぼくはすわりこんでいたのだが、モップをかけたあとが乾いていくときの、あの湿ったにおいが、カウンターのうしろにこもっていた。

小学校の教室掃除のとき、床に雑巾をかけたあとのにおい……。これは泥水のにおいと似ているが、雑巾やモップをかけたあと、というとくべつのにおいもある。つん、とすこし鼻をつくような……。

女のからだも、こんなにおいがすることがあるのを、つい最近、ぼくは知った。つん、と鼻をつく苛性のにおいだ。

女学生がかたまっているそばをとおるときなど、クリームのような、湿ったほのあまいにおいに気がついたことがある。おかしいのは、たとえば、小学生のときなどは、そんなにおいは感ぜず、ぼくも中学生になって、女学生のからだのほのあまいにおいに気がついた。

ほのあまいなど、それこそあまい言葉だが、あれは、あまい、と言うよりしかたがないみたいなにおいだった。

つん、とくるこのにおいも、女のからだの、女のからだだけにしかないあまいにおいのなかから放射してくるのかもしれないが、あまいにおいにおさまらない、つんつんつきあげてくるものがあった。

ぼくが、女のからだのこのつんとくる苛性のにおいに気がついたのは、やはり、牧子からだろうか。

ずっと、ぼくは牧子のことをおもってる。おもってる、と言ったが、胸でおもうとか、頭が考えるとかいったものではない。

ずっと、なにもかも、どこにいても、ぼくは牧子のなかでアップアップしてるようだ。胸でおもうその胸も、考える頭も、いや、手足も、もちろんここにもなく、ぼくは、ぼくのからだの手ごたえさえうしなって、アップアップしている。

そして、アップアップしてるというと、頭をもちあげ、口をパクパクさせて、やっとわずかに息をしてるみたいだが、そのぼくの姿が、なんともぼんやりし、手ごたえもない。

だから、今も、ぼくは、すわりこんでいたカウンターのうしろから、ぼんやり腰をあげ、ぼく自身としてのかたちもたない。まるで蚊柱かなんかのように、ぼんやりつっ立って、銃口がドアの隙間に浮いてるみたいに、ながめていたのだろうか。

ぼくは牧子のなかできりもなく溺れかけているようだが、牧子がぼくをなやまし、苦しめてるわけではない。ぼくは牧子に取り憑かれてるみたいだけど、牧子がぼくに取り憑いてるのではない。かってに、ぼくがひとりで、牧子に取り憑かれてたのだ。

まったくバカらしい。しかし、そんな単純なバカらしさも、溺れて、アップアップしてるぼくにはわからない。

女のからだのあのつんとした苛性のにおいも、若い女だけのにおいのようだ、とおもいだしたのは、ずっとあとのことだった。

あれは、若い女の生理がさわいでるにおいだろう。さわいでるとまで言わなくても、まだおちつかず、ゆれうごいていて、そのため若い女のからだから放射するにおいだ。だから、男にも、苛だったにおいに感じられる。

血のにおいだな、とおもったこともある。いや、そういうコトバをつかってみただけだが、血そのものではないから、血の生ぐささはないが、若い女のからだぜんたいからにじみでて、あのつんと苛性のにおいになるのだろう。けっこう生ぐさいにおいでもある。

これが、若い男のからだからにおうこともあるのに気がついて、おどろいた。あるとき、ひょいと気がついて、わかった、というのではない。

女のからだのあのつんと苛性のにおいは、女だけのものとぼくはおもいこみ、まさか、若い男のからだからにおうとは信じられなかったのだ。だから、これはおなじ種類のにおいだな、と考えがおちつくまでには、おそらくなん年もかかった。

やはり、つんと鼻をつく苛性のにおいだ。もちろん、男と女とではちがう。人によってもちがうだろう。しかし、おなじにおいだった。

男も、まだ若く、生理がさわいで、こんな血のにおいがからだからたちのぼるのだろう。こんなことを解説してもしようがないが、ぼくがこのつんと苛性のにおいを、牧子のからだのにおいに感じたとき、ぼくも、おなじ苛性の若い男のにおいがしていたのではないか。

小学生のときには感じなかった女学生のにおいを、自分も中学生になって、はじめて気がついたように……。


……シュート・ユー……（トゥ）……ダイ。厚いオーク材のうしろから、また、声はくりかえし、ドアのあいだの隙間がひらいた。

銃口が拳銃のかたちにのび、それをにぎった手にはえた毛が見えた。サンド中尉は、もう一度、ドアをけとばした。

ふつうの天井までありそうな高い重いオーク材のドアのあいだに、サンド中尉のからだが、長くのびていた。

サンド中尉はアメリカ人でも長身のほうだろう。それに、ほそいかたいからだつきだ。歳も若く、このクラブへクラブ将校としてやってきたときは、銀の襟章の中尉ではなく、金棒《バー》の少尉だった。

拳銃の銃口がオーク材のドアの隙間に浮いてるように見えたのは、その銃口の位置が、いやに高かったこともあるかもしれない。

「手を上にあげて……カウンターのうしろからでてこい……おかしな真似はするな……言ったとおりにしないと……アイル・シュート・ユー・トゥ・ダイ……」

ぼくはいわれたとおりにした。サンド中尉はぼくのうしろにまわり、あるけ、とどなった。うしろから拳銃をつきつけられ、ぼくはあるいた。バーの入口のななめ前にあるクラブのオフィスのほうに……。

背中に目があるわけではないが、拳銃をもったサンド中尉の前を、手をあげてあるいてる自分の姿が見えた。

それは、屈辱の姿だから、そんなふうにきまって見えたみたいだが、ぼくには屈辱という言葉はないようだ。はなはだ粗雑な言いかただが、屈辱という言葉がなければ、屈辱もないのではないか。しかし、だったら、屈辱が自分の目に見えなければ、屈辱は存在しないというのか、と皮肉られそうだ。

オフィスにはいると、ぼくはあげていた両手をおろし、とたんに、背中をぶったたかれるみたいに、サンド中尉にどなられた。

「手をおろすな。手をあげたままにしていろ。おれは本気だ。本気で、撃つ！」

しかし、このときは、おわりのトゥ・ダイ……殺すはなかった。クラブ将校のオフィスも、旧侯爵邸の洋館ではちいさい部屋だが、広いゆったりした部屋だった。

その広いオフィスの奥の壁ぎわにデスクが三つだけならんでいる。まんなかがクラブ将校のデスク、すこしはなれて、むかって左、入口から遠いほうに、ミセズ三保のデスク。反対側の入口に近いほうに……といっても、ずっと奥だが……ディレクター（監督）のフランクさんのデスク。

フランクさんの姿は見えず（休みだったのかもしれない）、ミセズ三保はデスクから目をあげなかった。ぼくの顔を見るのをさけていたのだろう。

フランクさんは小柄で、いかにも二世風だったが、二世ではないということだった。それに、ぺらぺらっと英語をしゃべってるときは、それこそ二世みたいだが、言葉がつっかえだすと、つっかえつっかえした。フランクさんは、なん年か、サンフランシスコの近くのサンホゼ（現地の日系人はサンノゼとよんでるそうで、フランクさんもそう言った）で庭師をしている伯父さんのところにいたが、戦争がはじまり、日本国籍なので、交換船で送りかえされてきたという。しかし、サンホゼの伯父さんが、フランクさんをよびもどすように市長《メーヤー》に運動をしてくれてるとかで……フランクさんとおしゃべりすると、かならず、そのはなしがでた。いつも、きまったはなしをするひとはめずらしくない。むしろ、そんなひとばかりだ。しかし、たいていのひとが、いつも、きまったはなしをするというのは、ふしぎな気がする。ぼくも、いつも、おなじはなしばかりしてるのだろうか？　もしそうなら、ぼくは、どんなはなしをしてるのか？

ミセズ三保は上品な女性だった。中年の女性、と言えば、その歳ごろもふくめて、わかりやすい説明になるかもしれないが、屈辱という言葉とはちがった意味で（どうちがうのか？）ぼくには、中年、という言葉はなかった。

だって、バーでの勤務時間中にだけ着るように言われている、白いコットンの上下が、一日じゅう着たっきりでいるためにうす汚れ、しなしなに皺になり、おまけに、カウンターのうしろの濡れた床にすわりこんだりしていたため、お尻のかたちにシミのついたバーテンのお仕着せ……と言っても、K・P（皿洗い）が着てる白いコットンの上下とおなじだったが……を着て、両手を上にあげ、ぼんやり、ひょこひょこあるいてるガキのぼくが、だれかを中年の女性なんて言ったら、おかしいじゃないか。

ともかく、上品な（中年の）女性というのは、とくに、進駐軍ではめずらしい。ミセズ三保はアメリカのどこかの大学をでてるとかで、おちついた、しっかりした英語をはなした。ミセズ三保は戦争で御主人をなくした未亡人だそうだ。さっきも、こんな女性が、とくに進駐軍にいるのはめずらしいと言ったけど、この旧侯爵邸の将校クラブが、進駐軍ではたいへんにとくべつなところだったのだ。

さいしょに、ぼくがこの将校クラブにきたときも、門のそばの御門番の家にいた老人は……この老人も、上品な顔だちで、老人なのに涼やかに姿勢がよかった……日露戦争のときの黒い軍服のような黒い制服を着ていたが、これは、旧侯爵家のお仕着せで、この老人は侯爵家でも御門番だったという。

クラブのほかの従業員のなかにも、旧侯爵の家来筋がなん人かいたりして、ミセズ三保も、そういった関係のひとだったのかもしれない。

ともかく、これもどっしりしたつくりの（それでも、この洋館ではちいさな部屋なのだ）オフィスには、ミセズ三保はぴったり似合うというより、ごく自然にそこにいるようだった。

ミセズ三保の職種はアドバイザー（顧問）で、それもかなり高いクラスのアドバイザーのようだ。進駐軍ではたらく日本人の職種では、これ以上の職種はない。

しかし、将校クラブのオフィスに、そんなアドバイザーが必要だろうか、と師団本部の人事課のだれかが言ってるという噂もきいた。かならず、そんなことを言う者がいるものだ。ただし、ミセズ三保は旧侯爵邸のこの将校クラブだからはたらいているので、ほかのどこに転任するように言われても、進駐軍をやめてしまうだろう、とクラブの者ははなしていた。

だけど、ミセズ三保がアメリカの大学を出てるとか、戦争で夫をなくしたとか、ほかに転任になるのなら進駐軍はやめるとか、どうして、みんな、このぼくまでが、そんなことを知ってるのか？　知ってなきゃいけないようなぐあいでもある。考えてみれば、ふしぎなことだ。

……と、サンド中尉に拳銃をつきつけられ、ぶざまに両手をあげたカッコで、ぼくは考えた。ぶざまなカッコなのは、コットンの上下が汚れて、皺くちゃなのとおなじように、まちがいなかった。それに、ぼくは、学校の教練の時間でも、また、軍隊にいってからも、敬礼さえ、ちゃんとできなかった。中国の湖南省のはしにいたとき、中隊長は、ぼくのことを、おまえは国軍の兵隊ではない、現地の苦力《クーリー》にもおとる、とおこった。

敬礼さえも満足にできず、汚い、みじめったらしいカッコをしたぼくが中隊のなかにいること に、中隊長はそれこそ屈辱を感じたかもしれない。ところが、なさけない屈辱のご本人のぼくは、ただみじめにうろうろするだけで、ぼくには屈辱という言葉はないようだ、などと言っている。

……飲食物および、それに関係した食器などをとりあつかう者は、清潔であることが第一《ファースト》だ。なによりも、そして、いつ、いかなる場合も、着衣その他、清潔でなければならない。また、爪がきたないじゃないか、タミューラ(田村、ぼくの名)、それに、このリネン(コットンの上下)はなんだ。リネン・チェンジ(よごれたユニホームと洗濯からもどってきたユニホームと交換すること)は、ほかの者とおなじようにやっていながら、どうして、おまえのユニホームだけが、いつも、たいへん汚いのか? いつも、というのが、わたしにはふしぎでしようがない。おまえ、まさか、勤務中だけに着るようになっているユニホームを、ほかの日常でも着てるのではないか。そのまさかを、私自身の目でも、なんども見ている。そして、おまえに注意した。しかし、おまえは、今だに、そして、あいかわらずいつも、ユニホームが汚い。おまえは、私の注意をきかず、今でも、と言うことは、変ることなく、バーでの勤務時間外でも、ユニホームを着てるのではないか。それだけでなく、おまえについて、おどろくべき、と同時に、おそるべきことを、私はきいた。おまえは、寝るときも、このユニホームを着てるというのだ。ユニホームはパジャマじゃない。私は、おまえがこのユニホームを着たまま寝るなど、信じられない。信じられないが、おまえは、前にも、信じられないことをやっている。ユニホームがパジャマだなんて、ほんとでなきゃいいが……ほんとでないように、私は祈る。

サンド中尉も、なんどか、こんなふうに、ぼくを叱った。前のクラブ将校の蛸大尉も、おなじことを言った。タコ大尉がクラブ将校のとき、人員整理があり、ぼくといっしょにはいったバーテンダーは二名だったが、ぼくはクビになり、もうひとりのバーテンダーの水谷進はクラブにのこった。

ぼくは頭にきて（そのころも、頭にくるという言葉はあったが、ごくかぎられた連中、テキヤなどの言葉で、しかし、ぼくなんかはつかっていた）水谷はぼくよりも英語がへたじゃないか、それに、客のジョークにジョークでこたえることもできない……と、園丁《ガードナー》の岩《がん》ちゃんにグチったりした。

ぼくが牧子にイカれはじめたとき……そのころも、今みたいに、なにをおもっても牧子、牧子のことでいっぱいで、牧子のなかでアップアップしてるようなぐあいになるあいだには、牧子ともごくなかのよかったときとか、べつに親しく顔をつきあわせてはいないときとか、それがまたふつうのことで、わるいような気持でもなかったが、物語がすすむみたいにはきていない。だが、(物語に)ひどい無理があったようではなく、それなりに、よくあるなりゆきだったのだろう。ただ、ぼくはわるいなりゆきになり、そこで、ぼくが大無理をはじめたってことではないが……ともかく、牧子とぼくが冗談なども言いあうようになったころ、牧子とデートの約束をした。いっしょに映画を見よう、といったことだった。そのとき、水谷はぼくに注意した。牧子さんは頭がよくて、なんでもわかってる女性だが(牧子は二十三歳だった)やはり女性だから、汚い恰好の男とは、町をあるいたりはしたくないだろう、いや、粗末なものを着ていてもいい、だが、それが垢でよごれてるとか、臭いとかいうのでは、牧子さんだっていやがる。きみは、きょう、せっかく、町で牧子さんとあうんだから、まさか、その汚れたユニホームのままで出かけるつもりはないだろうが、そんなことはするんじゃないよ。それに、あの米軍のファティーグ(上下つなぎの作業服)もまずい、女性はいっしょにあるいてる男性が珍妙な服装をしてるのもこまるからね、だから、なんだったら、きょうは、ぼくの服を貸してやるよ、ネクタイもしてみろ、牧(子)さん、よろこぶよ。

水谷は、ぼくより二歳上の、親切でおとなしい男だ。横浜高等工業学校をでていて、理科系の学生だったので、兵隊にはいってない。もっとも、水谷をおとなしい男というのは、ぼくの言うことで、水谷は兄弟のあいだなどでは(水谷は末っ子)、けっこう、ひょうきんな弟にされていたようだ。あのひょうきん者の進が、進駐軍につとめたんだってさ、それも、進駐軍の将校クラブのバーテンダーだそうだ、いくら、ひょうきん者の進でも、進駐軍のクラブでバーテンダーができるのかねえ、などと水谷の兄たちははなしたかもしれない。この場合、ひとりの兄が、末の弟の進が進駐軍の将校クラブでバーテンダーになって、と言いだすと、ほかの兄たちが、バーテンダーってなんだ、とききかえしたにちがいない。戦後二年、まだ町にバーなどもなく、バーテンダーという名前も、ほとんどの人は知らなかった。

サンド中尉は、ぼくにつきつけた拳銃の銃口を、顎をしゃくるように、よこに、ひくひくうごかした。

よこにいけというのだ。オフィスの入口をはいってよこにあるくと、こちら側の壁ぎわに、来客用の椅子が三つばかりおいてある。そして、はるかむこうの奥の壁のところに、ミセズ三保とサンド中尉、そしてディレクター（監督）のフランクのデスクがならんでいた。

ぼくは、こちらの壁ぎわの椅子のところにいき、と、上にあげた手が、がくっ、とさがりかけた。いや、ぼくは手をおろそうとしたのか？

すると、また、サンド中尉のきつい声がとんできた。……本気だ。本気で撃つ。手はあげたままにしておけ。腰をおろしてもいかん。

サンド中尉は、ぼくとの距離がひらくぶんだけ、拳銃を前につきだすようにして、オフィスの入口から奥のデスクのほうに、バックしながら、まわっていった。

さっき、拳銃の銃口を、顎をしゃくるように、ひょこひょこ、よこにうごかしたり、こうして、拳銃をかまえて、慎重にバックしたり、まるでアメリカ映画そっくりだ。

サンド中尉はデスクのうしろにいきかけ、ぼくとの距離がひらきすぎるとおもったのか、まんなかの自分のデスクの前にくると、デスクのはしに腰かけ、拳銃を両手でにぎった。

「手はあげたまま、椅子に腰かけろ。よし、ゆっくり、手をおろせ。両手を両膝の上におけ。手は、私が見えるところから動かすな」

こちらの壁ぎわに三つならんだ椅子の、入口に近い椅子に、ぼくは腰をおろした。

「私はドロボーをつかまえた」サンド中尉は言った。デスクに腰をおろし、膝の上で、こちらに拳銃の銃口をむけ、中尉はしゃべってるが、となりのデスクのミセズ三保にもきかせてるつもりらしい。「こいつが、ドロボーだ」

ミセズ三保は、やはり、ぼくの顔は見ないようにしている。育ちのよさそうな白い肌で、ミセズ三保も、それこそ、やさしく上品なあまいにおいがした。中学生になったころ、おなじ年頃の女学生がかたまってるそばをとおったりすると、クリームみたいな、淡いあまいにおいがした、とぼくは言ったが、こってりしたクリームのようではなかった。むしろ、ミルクみたいなのだが、ミルクと言うと、なんだか乳くさいみたいで……いや、ほんとに、乳くさいようなんで、こまってしまう。

ミセズ三保のあまい上品なにおいのほうが、むしろクリームに似ている。そして、牧子のからだみたいに、つんと鼻にくる苛性のにおいはない。あの苛性のにおいは、ハイティーンでもあまりないようだし、若い女の、ごくみじかい期間、ハイティーンそのまたあとの、女のからだのみじかい不安定なあいだの、血が疼くようなにおいなのか。

ミセズ三保のあまい上品なにおいなどというのも、もちろん人工のにおいだ。香水のにおいなんてことではない。環境にめぐまれた女性のうちには、自分のからだ、自分自身を人工化していく女性がいる。そうするほうが安定するからだが、人工化は、もちろん他に対するものだけど、それによって、自分も安心し、自信をもつ。ただし、まだ若い女のコには、むりだ。

グレース（優美さ、気品など）は、こういう自信がなくては、ぜったいにでてこない。いや、それこそ自分の人工化の優美（あるいは気品のある）作品だろう。ミセズ三保は、クリーム菓子のように、やさしく上品なあまいにおいがする。こってりしたクリームというと、しつこい味をおもうが、こってりきまったかたちだ。こってりしていて、くずれない。牧子みたいに、つんつん、からだから放射してくるものなどはなく、こってりと落着いて優美だ。

またまた、ぼくはよけいなことを言ってる。これが、ぼくの病気みたいなものだろうか。ミセズ三保には、ぼくは、なんの恨みもない。牧子にしても、とつぜん、大無理をしだしたのは、ぼくのほうで、牧子は、ただめいわくなだけだろう。

「ミセズ・ミホ、警察に電話してください。そして、ドロボーをつかまえた、と言ってください」

サンド中尉は銃口でぼくをゆびさし、ミセズ三保は、イエス、とみじかくこたえて、デスクの上の電話の受話器をとりあげた。

「おれはドロボーじゃない」とぼくは言った。

「イエース（いや）おまえはドロボーだ」

「おれはドロボーじゃない」ぼくはくりかえした。

「われわれは、おまえの部屋をしらべた。まったく、ひどい部屋で……」サンド中尉は、きたない言葉がでそうになるのをのみこんだ。となりのデスクでミセズ三保が警察に電話をしている。

「そのおまえの部屋で、おまえが盗んだものを、われわれは見つけた」


この将校クラブでバーテンダーを募集してるのをぼくが知ったのは、渋谷の通りの電柱に、募集の貼紙がしてあったのだ。もちろん手書きの貼紙で、それも、二、三枚、渋谷の通りの電柱にはったらしい。

しかし、進駐軍での求人がいいかげんだったそのころでも、こんなことは、めずらしい。バーテンダーみたいな職種の求人募集は、神田橋の職安ではやってなかったかもしれないが、飯田橋の職安もある。旧侯爵邸を接収したこの将校クラブは、やはり、進駐軍の施設としては特殊なところだった。

だって、バーテンダー募集の貼紙を、近くの渋谷の通りの電柱に三、四枚はっておくなど、

「子猫がいなくなったので、見つけた方は、お知らせください」の貼紙を、近所の電柱にはるようなものではないか。

渋谷の繁華街からすこしはなれた高台にある旧侯爵邸は、侯爵邸の使用人の家のほかに、旧家臣の家が、旧侯爵邸をとりかこむようにしてたっていた。そのなかには、たいへんりっぱな大きな邸もあった。いや、りっぱな邸がおおく、なぜかみんな、庭の手入がいきとどき、植木や花などがとくべつきれいだった。ちょうど、お城のまわりに、家来の屋敷があるようなものだ。そして、この将校クラブではたらいてる日本人従業員のほとんどが、そういう旧家臣に関係した者だった。

これは、家庭的な職場というようなものでさえない。進駐軍の職場で家庭的と言えば、ふきだしそうだが、それよりももっともっとからみあったものがあった。大義親《しん》を滅す、というではないか。家庭をこえている。そして、大義親を滅す、などと言うと、事に臨んで、忠義の熱情がほとばしりでるみたいだが、じつは、はじめから、大義親を滅してるのであって、日常のものなのだろう。侯爵邸をとりまく、旧家臣の家が、そろって庭の手入がよく、そろって、きれいにつつじが咲いたりするのも、大義親を滅してるあらわれのように、ぼくには見えてしようがない。

ぼくは、渋谷の通りをふらふらあるいていて、電柱のこの貼紙を見つけたのだが、あとで、ぼくは劇的な発見のようにひとにはなしたりした。

その日の未明に、渋谷のあるデパートの四階のぼくがいた軽演劇の劇場が火事になり、焼けてしまったのだ。

昭和二十一年の七月、ぼくは病院船の氷川丸で上海から久里浜に復員してきた。ぼくは、五月なかばに、南京で真性コレラをやっており、営養失調にマラリヤもあって、病院船の氷川丸にのせられたのだが、氷川丸でもいちばん重症のほうの患者の部屋だった。だから、甲板からはずっと下の船倉《ハッチ》などではなく、丸窓から海も見える、いい船室だった。

しかし、氷川丸が久里浜についたあと、また、コレラさわぎがあり、やっと上陸すると、走水《はしりみず》の方の海軍病院の分院に入院させられ、これを、むりやりみたいに退院して（そんなことをすれば、傷病復員兵の資格を、一生棒にふることになり、せっかく、国がタダで食費もだして、入院、治療してくれるというのに、病気がなおるまで、入院していればいいではないか、と医者は親身になってとめた。きみは、自分ではそうおもわなくても、かなりひどい病気なんだよ。とも医者は言った）広島県呉市のぼくの家にかえったときは、もう八月になっていた。敗戦からちょうど一年たっていたわけだ。

呉では、ぼくは、アメリカ軍政府の兵舎の炊事場《キッチン》ではたらき、たしか、翌年の二月ごろ、とつぜんクビになった。どうして、ぼくひとり、とつぜんクビになるのか、ぼくは理不尽におもい、シャクにさわった。

それからも、こんどのように、ドロボーをした、というはっきりした理由なんかでなく、クビになるたびに、なぜ、ぼくをクビに、と腹がたった。じつは、この将校クラブでも、ぼくのほかにドロボーをした、と、一度は警察につきだされた者がいたが、クビにはならず、ひきつづきクラブではたらいていた。

しかし、うちの中隊の中隊長も、ぼくをクビにできれば、クビにしたかっただろう。中隊のおなじ初年兵で、中隊長から、おまえを、この軍刀でぶった斬ってやりたいが、それでは、軍刀のサビになる、敵の弾丸《たま》にあたって、名誉の戦死をしてこい、と言われた者がいた。だが、この男はがっしり体格もよく、たいへんに軍人にはむいた男で、げんに、将校になる甲種幹部候補生の試験にいい成績で合格していた。ぼくは、甲種幹部候補生や下士官になる乙種幹部候補生どころか、試験の一日目に、試験をうける必要はない、と中隊にかえされた。

いや、この軍刀でぶった斬ってやりたいが、軍刀のサビになるから、敵の弾丸《たま》にあたって名誉の戦死をしろ、なんてことは、中隊長などは、ちょいちょい言うことで、めずらしくはない。中隊長は、ぼくには、そんなことさえも言わず……いや、まてよ、ぼくなんかは、あちこちで、しょっちゅう、そんなことを言われ、あ、またか、と耳にもはいらなかったのかもしれない。この甲幹（甲種幹部候補生）の試験に合格した男は、中隊長はこんなひどいことを言った、と口惜しがっていてそれで、終戦後、ぼくにもはなしてくれ、へえ、これほど軍人にむいた男が、そんなことを言われたのか、とぼくもおぼえていたのだろう……ともかく、中隊長はぼくのことは気がへんな初年兵ぐらいにおもっていたのではないか。

はなしがよけいなまわり道になったが、アメリカ軍政府の炊事場をクビになったのは、ちょうどよかったではないか、とぼくの父は言い、ぼくも、それもそうだな、とおもった。

四月からは、東京の大学にいくつもりだったからだ。昭和十九年の十二月末に、ぼくは入営し、すぐ、中国大陸につれていかれたが、翌年の終戦の年の三月、ぼくは旧制高校を卒業し、四月に大学に入学した。もっとも、ぼくは兵隊で中国にいて知らず、復員後、父からそのことをきかされた。

ま、そんなことで、この年（昭和二十二年）の四月から、ぼくは東京の大学にいきだしたのだが、それとほとんど同時に（一週間ぐらいあと）渋谷のあるデパートの四階にあった軽演劇の劇場にはいった。

いわゆる物資《モノ》のないころで、デパートの売場は二階まで、三階はベニヤ板で三つに仕切った映画館、そして、四階にはこれもベニヤ板で仕切って、軽演劇の劇場が二つに寄席があり、それより上の階はいろんな事務所になっていたようだった。

その軽演劇の劇場のひとつのベニヤ板の囲いに、文芸部員募集、という貼紙がしてあり、なんのパイプか大きな鉄管などがある楽屋の入口にいき、文芸部員になりたい、とはなすと、ベレー帽をかぶった、若い人だか年よりだかわからない文芸部の先生が、履歴書と十五枚ほどの台本を書いてもっておいで、と言った。

それで、大学在学中という履歴はけずった（この将校クラブにだした履歴書もそうだった。やはり、学生ではまずいだろう）履歴書と、あやしげな台本をもっていくと、いやにカンタンに文芸部員にしてくれた。

もっとも、文芸部員のさいしょの仕事は、台本のガリ版きりだそうだが、ぼくみたいにひどい字だと、それもむりで、ぼくは、衣裳屋に衣裳をとりにいったり、神田の靴屋に踊り子の靴をとりにいったり、舞台に小道具をならべたり、幕もひいたり、舞台効果もしたり、というよりも、効果につかう道具やピストルや鉄砲の音をだす爆竹みたいなものをどこかにかりにいったり、と走り使いと舞台雑用だった。

四月からぼくがいきだした大学も、五月ごろに演劇部ができ、大学の近くのお寺の本堂で芝居の稽古をしていたが、どこかの生命保険会社のビルとかいう、古ぼけた建物の講堂でやった第一回の公演には、旧制高校のとき同級で、ごく親しくしている佐治が、二つの芝居のうち、かたほうの芝居の脚本を書いた。

しかし、演劇部の連中は、いわゆる新劇派で、ぼくみたいに、軽演劇に興味のある者はいなかった。ぼくはこの連中にものめずらしがられもせず、ただ、だまって相手にされなかった。

しかし、ぼくは新劇風な芝居など、まるっきり頭になかった。どうしてか、ときかれてもこまる、ないものの説明はできない。

そして、ぼくは軽演劇のファンだった。ぼくは旧制の福岡高校にいったのだが、博多には川丈座という軽演劇の小屋があった。これは、めずらしく、新宿ムーランルージュの系統で、こういう軽演劇の劇場は関西にはなく、そのころは、新宿のムーランと博多の川丈座だけだともきいた。

ぼくは、ずっと、川丈座にかよったが、もう戦争もひどく、はなやかな舞台の印象はない。むしろ、なにか暗い感じがある。事実、灯火管制をしていた時期もあっただろう。そのうち、川丈座も解散になったのではないか。

しかし、ぼくは博多の川丈座を見る前から、軽演劇のファンだった。ぼくがそだった軍港町の呉では、軽演劇はもちろん、関西風の新派喜劇の芝居なども、ほとんど見れなかったとおもう。だけど、ぼくは、はっきりした軽演劇のファンだった。

浅草の六区で、「笑いの王国」の芝居を見てから、すっかり軽演劇のファンになり、というようなはなしを、よくきく。

しかし、それほどのぼせあがり、自分も軽演劇の役者や文芸部員になったりする者は、浅草にこない前、また、その劇場でたまたま、森川信の一座を見る前から、軽演劇のファンだったのではないか。

だけど、世間では、森川信を見てからとか、シミキンを見てから、というように言うかたがおおいので、しぜんに、その人もそんなふうに言いはじめたのかもしれない。見ない前からのファンでは、世間ではおかしいもの。しかし、見ないうちからのファンというほうが、ふつうだろう。

ぼくたちの中学では、毎年三月に、卒業生をおくる予餞会というのがあって、このときだけは、あまりやかましくなく、いろんな余興をやった。ぼくは、この中学に転校してきた二年生のときから、芝居とも言えないドタバタのアチャラカを自分でつくってやったが、これは、まだ見たことはない軽演劇を真似たつもりだった。軽演劇は見てなくても、かなりの軽演劇ファンだったにちがいない。

ま、そんなことで、渋谷のデパート（もとデパートと言うべきか）の四階の軽演劇の劇場でうろちょろしてるときに、ある初日の未明、火事になった。

大道具の連中は、徹夜でまだトンカチ仕事をしていた。ぼくは楽屋で蚊帳をひっかぶって寝ていたが、小道具の蚊帳を、なにかの事情で、小道具屋にかえさないで、道具置場の隅にでもほうりっぱなしになっていたのか、埃にまみれた蚊帳というのは、つづけてクシャミがでるほど、埃っぽかった。

ぼくは、大森の会社の寮にいるある人のところに居候していたのだが、だんだんとそこにかえらなくなった。しかし、劇場の楽屋に寝たのは、このときがはじめてで、とんだことに出くわしたもんだ、とくやんだ。

四階の階段のシャッターがおりたきり、あかないのだ。窓から下におりるなど、高所恐怖症のぼくは、火事のどさくさの最中でも、考えただけでゾッとした。

ぼくたちの劇場のベニヤ囲いのすぐそばからでたらしい火は、もとデパートの四階をはんぶんばかり焼いて、火事もおさまったみたいで、そのときは、シャッターもあいていて、ぼくは窓からおりたりしないですんだ。

消防署のひとや警察官から事情をきかれたあと、ぼくは、つかれてるなら、火の番小屋に寝るように言われた。この将校クラブの旧侯爵邸のほうにくる、つきあたりが小学校の通りからすこしはいったところにある火の番小屋だ。

せまい火の番小屋のなんだか焦げくさいタタミにごろ寝して、ぼくはすこしでも眠っただろうか。火の番小屋のタタミが焦げくさかったのは、さっきの火事のにおいが、ぼくの鼻にしみついていたのか。それとも、どこかの火事場にのこっていたタタミでも、この火の番小屋にもってきたのか。しかし、火の番小屋のタタミが、火事場からもってきたタタミというのは……いったい、ぼくはなにが言いたいのだ。まさか、火の番小屋の番人が、どこかの家に火をつけて、焼けのこりのタタミをもってきたわけでもあるまい。

あかるくなり、火の番小屋をでると、空腹で腹が鳴った。前夜、劇場の楽屋に寝たりしたのは、大森にかえる電車賃もなかったのかもしれない。

もとデパートの四階のベニヤ板囲いの劇場が焼ける前一月《ひと》ほどから、森下というテキヤの一家の者が、ぼくとおなじように、神田の貸靴屋に踊り子の靴をとりにいったりしていたが、この男は、劇場で、なぜか、ぼくの弟分みたいになっていた。

いや、きみがつれてきたあの森下が、あばれてこまったとか、なにかひどいことをしたとか、ぼくは文芸部の先生に文句を言われたことがあるのをおもいだした。

森下は、ぼくたちの劇場があったもとデパートのビルの地下の外食券食堂で、闇の外食券を売っていて、ぼくと知りあい、劇場にあそびにくるようになり、ずるずるべったりに、劇場に居着いたみたいになったのではないか。

そのころは、渋谷みたいな町なかにはヤクザがうようよいたときで、劇場にも、いつも、だれかヤクザがきていて、いつのまにか、ぼくはヤクザの相手役みたいになっていた。

ぼくはヤクザが好きなのだ。とくにテキヤは、軽演劇のファンになる前、ちいさな子供のときから、ぼくはテキヤのファンだった。

だから、ドロボー事件で旧侯爵邸の将校クラブをクビになるとすぐ、ぼくは偽名で（ドロボーして進駐軍をクビになった者は、進駐軍のほかの施設でもやとってくれないもの）米軍に接収されていた両国の同愛病院ではたらきだしたが、二月《ふた》たたないうちに、新宿のテキヤの子分になった。そして、テキヤ渡世は（稼業というと、もっとちゃんとした仕事のことだそうで）、時間がわりと自由で、町をふらふらしていられるし、たいへん、ぼくにむいてるとおもった。

盛り場の軽演劇の劇場には、ヤクザかヤクザみたいな男が、ひとりぐらいはいて、ほかのヤクザの相手なんかしていた。ま、あまり使い道はなかっただろうが、今、気がついたけど、ぼくもそんなところだったのか。

だって、劇場が火事になり、ぼくが将校クラブのバーテンになったあとは、森下がぼくのやることをやってたんだもの。あのヤミ外食券売りのヤー公の森下が……と悪口は言えない。ぼくだって、ヤー学生なんてよばれてたかもしれない。

ついでだが、劇場が焼けたあとは、四階も、そしてベニヤ板囲いの映画館が三つあった三階もデパートの売場になった。食糧の配給の欠配がつづくひどいときだったが、それでも、デパートの売場にならぶようなものが、そろそろ出まわってきたのだろう。

火事でデパートからおんだされた劇場は、東横線の多摩川園遊園地のなかの劇場をつかったりして、さっきも言ったように、森下はぼくの後釜の進行係だったが、この劇場も火事で焼けた。

多摩川園の劇場の楽屋風呂に、森下がはいり、みんなえらい迷惑をした。きみがつれてきた、あの森下がひどい淋病で、それが平気で楽屋風呂にはいったもんだから……と、劇団をやめて、将校クラブのバーテンになったあとも、文芸部の先生に文句を言われたのを、おもいだす。

いや、ぼくがいいたいのは、劇場に泊った翌日、森下がやってくれれば、やつはまだ地下の食堂の闇の外食券も売ったりしてるし、森下にタカれば、なんとかメシにありつけるとおもったのだ。

それが劇場が火事になっちまい、森下にあえるかどうかもわからない。火の番小屋をでたぼくは、水道をさがして、水を飲んだが、腹がへってるのはどうにもならず、腹のなかで水がダブついて、空腹とかさなり、腹がおかしな音をたてた。そんなとき、電柱にこの将校クラブのバーテンダー募集の貼紙があるのを見つけたのだ。

牧子とは、いったい、どんなふうにして、こんなことになったのか？　しかし、今では、牧子ははっきりぼくを避けており、ただぼくひとりでアップアップしてるだけで、牧子とのこととは言えない。

牧子はクラブのウエイトレスのチーフで、ぼくはバーテンだから、休み以外のときは、いつも顔を合わせてる。

はじめ、ぼくは、牧子をスカした女だとおもった。チーフの牧子は女子大の英文科中退だそうで、ウエイトレスたちも、チーフの牧子のことを、気取ってる、と悪ぐちを言う。

そのなかでも、洋子は、牧子の顔を見ると逃げてまわるぐらい、牧子をきらっていた。洋子は、ウエイトレスのうちでもいちばん（すこしかけはなれて）歳下で、どうしようもないガキだが、ぼくは洋子が好きだった。洋子はもと海軍大佐の娘とかで、逗子にある家から家出してきているらしい。

クラブの仕事は夜がおそく、仕事がおわったあと、ウエイトレスたちは、ほとんど、クラブに泊っていった。

将校クラブとしてつかってるのは、旧侯爵邸の洋間の部分だけで、日本間のほうは、日本人従業員が泊ってもいいことになっていたが、将校クラブの日本人従業員の数は、ほかの米軍施設にくらべると、ほんのわずかで、空間になってる日本間のほうがおおかった。食糧の配給も欠配がつづき、まして、戦災にあった東京などの住のほうはひどい今ごろ、これも、この将校クラブは、野球場にラグビー場がいくつもはいりそうな広大な庭園にかこまれ、それこそ浮世離れした感じがあった。

それはともかく、ウエイトレスたちが洗濯して干してるパンツが、ちょいちょいなくなるようになり、痴漢がしのびこんでくるのか、とウエイトレスたちはきみわるがったが、その犯人は洋子だった。

「あの洋子ってコは、自分のパンツを一枚ももってないのよ。だから、だれのパンツでもかまわず、そこいらに干してあるパンツをとってきてはき、二、三日たつと、それをおっぽりだして、また、ほかのパンツをとって、はいてるのよ。まったく、アプレゲールというのは、あきれて、ものが言えないわ」

エミというオバさん然としたウエイトレス（と言っても、ぼくとおなじ二十二歳だった）が、カリキリに頭にきておこってるのが、ぼくにはおかしかった。

その前に、なにかで、ぼくは洋子のデルタを見たのだ。そのデルタには、うぶ毛のようなのが、うっすらまばらに、デルタの肉《み》に寝そべってるだけだった。

それに、エミのパンツがかぶさっているというのが、おかしい。まるで、洋子のつるつるのデルタの上に、いくらかすりきれた、黒いワイヤー・ブラシをおいたみたいで……。

牧子とぼくが口をきくようになったのは、あんがいはやかったかもしれない。牧子は、けっこう冗談も好きだし、ひょいと、おかしなイタズラもやったりした。つんとスカした顔で、みょうなイタズラをするのだ。

将校クラブでパーティがあるときは、ウエイトレスたちは和服を着る。このクラブのウエイトレスの和服は、みんなりっぱなものだ、と感心していたひともいた。そのなかでも、牧子の和服はなやかな色調はさけ、なにか武張っているようで、その武張って見えるところに、艶やかさがあった。

　牧子も旧侯爵邸につながる者で、米軍のクラブなどではあり得ないこと、ふきだしたくなるようなことだが、牧子がクラブのウエイトレスのチーフというのも、そういう家柄に関係があったのかもしれない。

　ほかの司令部の将校たちもたくさんやってくる師団創立記念日のパーティは、たいへんにぎやかで、それだけ、牧子たちはいそがしく、バーに飲物の注文《オーダー》をつたえにきた牧子は、バーの隅で、タバコに火をつけて一服、二服すると、そのタバコをぼくにわたして、また、かけだすように、バーをでていったが、しゃっきりまっすぐな着物の線はかわらず、ただ、かさなった裾だけがせわしなくそよいで、裾からでた白い足袋が、はたはた跳ねておどっている。その足もとに、みょうなものがあるのが、ぼくの目にとまった。赤い、ほそながいものが、ひらひら、牧子の右足の白い足袋といっしょに、跳ねておどっているのだ。

　つぎに、牧子がバーにきたときにわかったのだが、右の草履の鼻緒に、ほそながい赤い紐のきれっぱしを、牧子はむすびつけていたのだ。

「いそがしくて、もう、くたくた。死にそうだわ。だから、こうして負傷兵の印をつけといたら、だれかが担架にのっけて、後方にはこんでくれないかとおもって……。ところが、だーれも気がつかないの」

しかし、クラブ・メンバーの将校にも気がついた者がいて、マキコは負傷兵、とみんなでわらったらしい。しかし、マキコは、いつ、どこで、だれと、どんなことをして、負傷したのか、なんてパーティ・ジョークにされたようだ。

牧子とぼくはなかよくなり、夜、仕事がおわったあと、いっしょに、クラブの電蓄でアメリカのポピュラー・ソングのレコードをきいたり、映画を見にいったり、道玄坂の渋谷東宝の地下の映画館で、うまいぐあいに、二つならんだ席があいてるとおもったら、それが、大きな柱のうしろで、てんで映画が見えなかったり……といったこともあった。

そして、ぼくは人員整理で将校クラブをクビになり、師団本部の三信ビルのG・I食堂《メス》のバスボーイになる。アメリカの安食堂でも、ウエイトレス、ウエイターではなく、バスガール、バスボーイというそうだ。

そのあいだも、ぼくは、将校クラブの園丁《ガードナー》の岩ちゃんの部屋に、たいてい寝泊りしていたが、町の通りをあるいていて、急性盲腸炎になり、手術、入院したり、広島県の呉に一カ月ぐらいいたりして、また、将校クラブにまいもどり、そのうち、ぼくはクラブの園丁になった。岩ちゃんが東京農大の学生だから園丁というのもおかしいが、ぼくが園丁とはふしぎなことだ。

そして、園丁の岩ちゃんとぼくの仕事は、将校クラブの煙突掃除だった。このときが(二《ふた》月ぐらいのものだが)ぼくの二十二歳の全生涯のうちでも、もっとも輝かしいときだったかもしれない。

なにしろ、毎日、煙突掃除さえすればいいんだから、それは午前中にかんたんにすみ、岩ちゃんとぼくは、旧侯爵邸の奥まったもとのお姫様の部屋などに寝て、そこに、牧子も泊りにきたりし、ぼくとおなじ布団でも、なんどか寝たのだ。

牧子とぼくは肩をくっつけあって寝て、そして、ぼくは、牧子のからだのつんとくる苛性のにおいを知った。

しかし、それは、あるとき、ふっと気がついたというのではなく、前から、なにかにおうようだったが、あ、これは牧子の肌のにおいだったのか、とわかったのだ。そして、また、牧子が部屋にきたとき、そう、このにおい、とおもいだし、廊下《ホール》で牧子とすれちがったりするときも、あの苛性のにおいをたしかめたりした。

だが、ぼくは牧子のからだの上にかさなるようなことはなかった。そういうことは、まだしたことがなかったので、できなかった、とぼくはおもったりしたが、なにも自分に理屈をつけることはあるまい。

ともかく、しなかった。もし、あのときやってれば、なんて考えるのは無駄というより、インチキな考えだろう。

もし、あのとき、牧子とやってれば……もし、あのとき、つぎの列車にのってたら……なんてことは、あとになっての理屈づけのような気がする。列車の線路のポイントの切りかえの差で、列車があっちの方向にいったり、こっちにいったりするのとは、まるっきりちがう。

やがて、牧子はぼくとおなじ布団で寝るようなことはなくなり、それどころか、ぼくを避けだした。牧子がバーテン仲間の村内としたしくしだしたことは、だれでも知っており、ぼくにもわかった。

その前に、ぼくは園丁《ガードナー》からバーテンダーになった。もともと、ぼくの望んでいた仕事だ。そして、いつからか、牧子のことで、身もココロもいっぱいといったぐあいになった。だんだん、そうなったようでもあり、とつぜん、そうなったようでもある。

あれだけ腹っぺらしのぼくが、食べものが喉をとおらないといったありさまで、もちろん、こんなことは、生れてはじめてだった。

夜も、牧子の夢を見どおしだ。それも、夢のなかに牧子がでてきて、なにか言ったとか、肩をくっつけて寝てるとかいうのではなく、かたちもなく、こうなったからこうなるという、ことの生起の順序などまるでないものが、牧子、牧子、牧子……とぼくのからだにねばりつき、そのなかに、ぼくはもがきながらしずんでいく。

たとえば、牧子のからだのあの苛性のにおいが、ただコトバだけとして、ぼくの鼻のさきでおどり、ぼくは、それを追いかけるのだが、コトバにはにおいはなく、ぼくは、空気がなくてもがくように、コトバだけのにおいの欠乏に、息がつまりそうになる。だが、息がつまるときは、牧子のからだのあの苛性のにおいが……ついに、それを嗅ぎあてることができず、窒息するのだが……逆に、ぼくの鼻や口をべったりおおい、息ができず、窒息するようでもある。

昼間も、夜とおなじように、牧子、牧子……とぼくはあえぎ、うなされており、サンド中尉が拳銃をもってやってきたときも、ぼくは、昼すぎに、部屋をでてくると、バーもかたづけるのもめんどくさく、ろくすっぽしぼらないモップで、カウンターのうしろのリノリウムの床をふいただけで、濡れた床にすわりこみ、罐ビールを飲んでいた。

罐ビールのなかに、流しの下に隠したバーボン・ウイスキーをつぎいれ、ビールの罐がからになると、ぼくがすわりこんでるカウンターのうしろの床に、罐をころがす。ビールの罐はリノリウムの床をころがっていって、前にころがした罐に、かすかな音をたててぶつかり、ぼくは、また、ビールの罐に三角の呑口をあけ、ひと口飲んでは、バーボン・ウイスキーをごぼごぼつぎたした。

ぼくがドロボーし、サンド中尉と将校クラブの日本人事務所の管理人の矢川がぼくの部屋で見つけたものは、罐ビール二コとバーボン・ウイスキー一壜だった。

あのとき、管理人の矢川が、きみの部屋があんなにひどく汚くなければ、なんとかなったのだが……とくりかえし言った意味が、今ごろになってわかった。

サンド中尉は、ぼくの部屋のことを、とほうもなくフィルシーと言って、あとは言葉をきったが、フィルシーとは、きたない、不潔なという意味だが、気持の上での不潔さ、けがらわしさもある。サンド中尉は、自分が監督してるクラブのなかに、ぼくの部屋みたいなおぞましいところがあるのを見て、吐き気がしたのではないか。しかも、異人種のもつ不潔さ、それこそ異臭は、努力しても、なかなか相容れることができないものだ。しかし、牧子が寝ていってたころの部屋は、まだ、いくらかきれいだったが……。

学校には、ほとんどいってない。考えてみれば、ぼくが東京にきて、まだ、まる一年たっていない。

おまえの女房エリザベス

夢を見ない、とジャックは言った。

「それ、どういうこと（ミーン）?」ときいたら、「意味《ミーン》はない。ただ、おれは夢を見ない」とジャックはこたえた。

だれかと夢のはなしをしているところに、ジャックがきたのだろう。夢のはなしなんて、たいていつまらないおしゃべりだ。たとえば、夢には色彩がないというけど、ぼくが見る夢は色がついてるとかさ。もうなん回もしゃべったことで、自分でもあきがきている。

ところが、夢だけ色がない、というのはニホンでは常識だが、アメリカでは色があるのがふつうだ、ってこともある。こんな例がちょいちょいあって、びっくりする。

また、ニホンでも、色がある夢のほうが、だんだんふつうになってきたのではないか。映画が白黒がふつうだったのが、ほとんどカラー映画になったなんてことが、夢が色つきになったことに関係があるのかもしれない。バカらしいことだが、あんがいそういったことではないか。

ともかく、夢に色があるかないかなんて根本的なことが、時代によってかわるなんて、あきれたことで、そんなチョボイチがあるか、と腹がたつ。

だいたい、ぼくは時代というのを信用していない。いや、時代というモノがあるかどうかもうたがわしい。それなのに、なにかを時代のせいにするなど、理屈屋としては、こまる。時代なんて規定できない、得体の知れないものだ。その時代のせいにするなんて……。なにかのせいにするとは、それに原因を見ることで、原因・結果というのは理屈の範囲に属する。それが得体が知れなくて、原因と言えるか。それによって理屈をすすめ、理屈を組みたてることができるか。

夢のことをしゃべってた相手はニホン人ではあるまい。エリザベスでないことはたしかだ。エリザベスは女子薬科専門学校（いまの薬科大学）をでたニホン人の女性で、ぼくはあちこちの米軍にいたが（あちこちでクビになるんだからしかたがない）エリザベスなんて優雅な名前でよばれてるニホン人の女性には、はじめてあった。その後もあったことはない。

ところが、エリザベスはほかのことはともかく、優雅ということでは、およそ優雅からはかけはなれた女性だった。背はそんなにひくくはないが、ずんぐりしたからだつきで、足もがっしりし、胸はもうばんばんに大きかった。砲弾の弾頭みたいな乳房がせりだして、ほんまかいな、と目を見張るようだった。

がっしりした足だが、太腿のあたりはほんとにぶっとくて、またかたく肉《み》がつまっている。ところが、膝から下はまあまあで、本人はけっこうカッコいい足だとおもってるようだ。けっこうどころか、太腿のあたりは豊満でグラマーで、しかし足首はきゅんとほそくしまっていて、と西洋の女性小説にでてくるようなことを、エリザベスは自分にあてはめておもっていたかもしれない。

　こんな言いかたそのものが通俗だが、エリザベスの場合は通俗でももったいないくらいで……これでは、まるでわる口だな。

　いや、エリザベスが自分の足をとてもカッコいいとおもいこんでるようなところも、彼女を優美さからはなれたものにしてるのではないか。ともかく、なにもかもガサツで、自分の足についてもガサツにおもいこんでるというわけだ。

　ぼくがトイレにいるときに、となりのトイレにエリザベスがはいってきたことがある。あらっぽい足音からエリザベスだとすぐわかり、大きな足音ではなくても、ガサツで、無えんりょな足音なので、エリザベスだとわかった。

　ふつうニホンの女性は、トイレにはいりオシッコをしだすと、水を流す。ところが、エリザベスはそんなことはしない。だから、オシッコの水流のこれも無えんりょな音がきこえおまけにそのとき、エリザベスはオナラもした。

　このことを、化学器具の洗い場ではなすと、そんなものじゃないよ、と洗い場の徳さんが言った。アメリカ人の女性はトイレでオシッコをしてる最中に水洗の水をながして、その音をけすようなことはしない。エリザベスも米軍勤めにとっぷりで、アメリカの女性みたいになったのか、それとおなじことをしてるのだが、背はずんぐりでも、太腿あたりのぶっとさはアメ公の女なみで、トイレの便器にまたがったときの股の奥のさけ目もアメ公なみで、大オ×コだ。エリザベスは、ドーミトリ（寮）の自分の部屋ではまっ裸でいることなどふつうで、なにかで徳さんは見たことがあるそうだが、エリザベスのヘアーはくろぐろとねじれあがってヘソのあたりにまで達してるという。エリザベスは九州の生れで、熊襲の血をひいており、熊襲のエリザベス、熊襲の性器《カント》で、あれならアメリカの女にもひけはとらない、と徳さんは感心した。

そいつがバリバリと小便を吐きだすと、カミナリまでもよぶようで、稲妻の閃光もつらぬく大オ××コ、だそうだ。

ぼくはある夕焼をおもいだした。空襲にあったままの敗戦後の軍艦かなにか、大きな艦船の残骸がある夕焼で、夕陽が空や雲を赤く染めているといった水彩ふうの夕焼ではなく、まださかんに熾《おこ》っている火がめらめら燃えたち、あれは雲なのか艦船のシルエットか、まっ黒に空をいろどっている。その赤と黒が息づいてからみあい、それにむらさきじみたかげも、まだらに線になっていりまじっていた。

そんな夕焼が実際にあったかどうかはわからない。でも、ぼくは、エリザベスの性器《カント》を、空いっぱいのまがまがしい夕焼のようにおもった。赤と黒とむらさきのびらびらの大夕焼のなかに立ちすくんでる気持だった。

エリザベスが加来になぐられた。加来はぼくたちの生化学部のクラークだった。

クラークはふつう書記と訳されてるが、この訳語は古くさい。ただの事務でいいのではないか。

ぼくは職がほしくてうろうろしてるときでも、クラークはいやだった。職をさがすのは米軍だけだったのもおかしい。ニホンの会社など、ぼくにつとまるような仕事はなかった。

クラークがいやなのは、だいいち給料が安かった。米軍（進駐軍そのあとは駐留軍）のニホン人の給料としては最低のほうだった。もちろん、ペインター（ペンキ屋）なんかのほうがうんとよかった。

それに、クラークは事務所《オフィス》にいなきゃいけない。ぼくは米軍でも、オフィスではたらいたことは一度もない。オフィスではサボれない。本も読めない。オフィスにいる者は遊び好きのアメリカ兵でも、だまってデスクでなにかしている。おまけに、クラークは給料が安い。

レーバーつまり人夫、技能のない労務者よりも給料は安かった。レーバーの下の雑役《ジャニター》とおなじくらいだろうか。ぼくもこの生化学部にはいったときはジャニターの職種で、化学器具の洗い場で、徳さんといっしょにはたらいていた。

加来はクラークを六年間やり、いまぼくがいるクリニカル・テスト（臨床検査）の部屋にうつってきた。やっと、スペシャル・テクニシアン（特殊技術者）になれたのだ。六年間、はじめの一年ぐらいはべつにして、すくなくとも五年間ぐらいは、加来はスペシャル・テクニシアンになることをねがい、うったえつづけてきたのだろう。

加来はカクと発音する。北九州の名前だ。加来の故郷も北九州だが、満州（東北地区）からの引揚者だった。加来は大きな男でヒゲが濃く、胸毛もあった。

バイオ・ケミストリー（生化学）部長室の入口ちかくのぽつんとはなれた、ちいさなデスクに、加来はごつい背中を前かがみにするように腰かけていた。あまり仕事はないようだった。

そんなふうにして、加来は、六年間デスクにいたのだろう。米軍は、やはりニホンの会社などにくらべると、やめていく者や人の出入りもおおい。六年間じっとしていたというのは、ぼくにはとほうもないことのようにおもわれた。

ところが、念願がかなって、加来はスペシャル・テクニシアンになることができ、臨床検査の部屋にうつってきた。ただし、加来は生化学の知識などはなく、また臨床検査の器具のつかいかたも知らない。それで、エリザベスがつきっきりで教えた。

ぼくも洗い場の雑役《ジャニター》の職種からスペシャル・テクニシアンになった。しかし、洗い場にいたのは、たったの二ヵ月だけだった。また、ぼくはスペシャル・テクニシアンになるようにねがいでたりしたわけではない
とつぜん、スペシャル・テクニシアンにしてくれて、ぼくはびっくりした。部長のジェファリス中佐がやったとのことだった。ぼくたちの生化学部や、病理学部、ヴァイラス（ビールス）部などもあるこの米陸軍の医学研究所には、世界的な学者もなん人もいるということだった。

もっとも、そのころのニホンでは夢みたいでも、アメリカで世界的というのは、めずらしいことではなかった。アメリカの研究所の若い研究員にあったニホン人が、「もちろん、ノーベル賞

をねらってる」と言われて、びっくりしたはなしがあるが、むこうは、ごくふつうのことを言ったのだろう。

どんな生化学の部門かは知らないけど、ジェファリス中佐は世界的な学者だという。ジェファリス中佐は兵隊あがりだそうで、ニホン軍では兵隊あがりというのは、せいぜい少尉か中尉、戦争もおわりちかくに、いくらか階級が上の将校もでてきたらしい。アメリカ軍でも、兵隊あがりの中佐とか大佐とかいうのは、あまりきいたことがない。ところがジェファリス中佐は世界的な学者で、兵隊あがりの学者、博士っていうのは、これはもうめずらしい。

ジェファリス中佐は部長室のデスクで、ほかの部や女性秘書たちの腕時計の修理をよくやっていた。各部の部長には、アメリカ人の女性の秘書がついていたが、アメリカの会社の幹部の秘書というと、仕事のできる、しっかりした中年の女性の秘書みたいなのがおおいけど、ここの秘書たちは、みんな若くて、女っぽいにおいがした。

研究所にもＷＡＣ（女の兵隊）はいた。でも、ＷＡＣに美人がいないのはあたりまえみたいな気持で、美人なんかはどうでもいいが、ＷＡＣは女のにおいがしなかった。

軍服のそっけない生地、下着まで官品かどうかはわからないが、そんなもので、きっちり身をつつんでるので、女のにおいが外にもれないというような観念的なことではない。ＷＡＣはどうにも田舎のねえちゃんぽく、色気があるところまでいかない気がしていた。

しかし、秘書たちのスカートのなかでは、空気がゆれ、しろい肌がゆるみがちにほとびているのではないか。そのにおいが、ゆれてゆれて、スカートからこぼれでてくる。

ジェファリス中佐は時計の修理がまえからの趣味でじょうずだったのではなく、とにかく、なにか手をうごかしてることが好きで、時計の修理もやってみたらできた、といったことではなかったのか。

だから、時計の修理もやりはじめて、おもしろく、秘書たちが腕時計をもってくる。それに、ジェファリス中佐は若い女性が好きだったのだろう。兵隊あがりの学者で博士の中佐が、女のコが好きというのもいいではないか。

ぼくの小学校のときからの友人で、アメリカの大学や研究所で、有機化学の方面でそれこそノーベル賞級の仕事をした男がいる。この男もとにかく手をうごかすのが好きで、「おれたちの仕事は、理論の整理はあと、なんとか、なにかをつくりだしゃいいんだ」と言っていた。ジェファリス中佐もおなじようなものだったのかもしれない。

同人雑誌に書いたぼくの短篇を、ミス大屋がジェファリス中佐に翻訳して読んでやったときいて、ぼくはふしぎな気持がした。このことは、かなりあとになって知った。ミス大屋もジェファリス中佐も、ぼくにはそんなはなしはしなかったからだ。

その短篇はやたらに広いアメリカ空軍基地のはずれにあるバンプダンプ（バクダン置場）のカマボコ兵舎のオフィスにいるニホン人タイピストのはなしだ。そんな辺鄙なところのバンプダンプなので、いままで、女性などひとりもきたことがない。だから、女性用のトイレもない。そこに、ニホン人の若い女のコのタイピストがやってきた。オフィスの中尉、下士官二人、クラークの兵隊もオマツリのようにはしゃいで、彼女の昼食も基地の下士官食堂からM27というバクダンをはこぶ、ウインチがついた大げさな音をたてるトラックでもってきた。

フライド・チキンにまっ黒なイタリアン・オリーヴ（ライプ・オリーヴ）がのっかったポテトサラダ……ところが、彼女はそんなごちそうはほしくない。できれば、基地のニホン人食堂にいきたい。そこなら女性のトイレもあるだろう。

ま、そんな短篇だが、そのごちそうのところから書きだしている。でも、ポテトサラダはぼくの好物だが、フライド・チキンをごちそうにしてるのがなつかしいような気持だった。

いまみたいに、それこそケンタッキー・フライド・チキンとかロースト・チキンが、かんたんに安く買えるのとはちがい、米兵たちに、フライド・チキンは最高のごちそうだった。まして、ニホン人は、フライド・チキンなど、実際に見た者はあまりいなかった。

さいしょに、ぼくが進駐軍ではたらきだしたのは、中国の上海から復員してきたすぐあと、両親がいた広島県のもとの軍港呉のアメリカ軍政府の兵舎のキッチン（炊事場）だった。その年のクリスマスのメニューにフライド・チキンがあったのをおぼえている。軍政府は人数がすくないので、下士官も兵隊もおなじメスルーム（食堂）だったが、メスルームの壁にタイプでうったクリスマスのメニューがはりだされ、ハード・キャンデーというのもあった。ハード・キャンデーはかたいキャンデー、かたいドロップのことで、そんなものまでメニューにはタイプしてあった。

クリスマスだからターキー（七面鳥）もある。それについた甘いジェリー状のソースなどは、もちろん、れいれいしくメニューにのっていた。

だが、チキンがあるのにターキーというのは、どういうことか。いや、クリスマスには七面鳥をたべなきゃいけないのか。

ぼくはK・Pで、G・Iたちの残り物ではなく、G・Iたちとおなじものか、それ以上のものをたべていた。K・PはKitchen Policeの頭文字で、皿洗いがおもな仕事だ。それを、キッチン・ポリスというのはおかしい。おかしいのは、ポリスは警官だとおもってるからだろう。

ところが、ごちそうのなかでもとくべつのごちそうのターキー、はなしはきいていても、生れてはじめてたべたターキーが、なんだかおいしくなかった。昭和二十一年のクリスマス、みんな腹をすかし、おなじ呉の町で父も母も妹もロクなものはたべてないのに、ターキーは味がなかった。

それからも、ターキーをたべるたびに、あまりおいしくないのがふしぎだった。でも、いま気がついた。ほかのひとたちはともかく、ぼくには、ターキーはぱさぱさして、おいしくないのだ。

もう、どこかの外国の町の売店で、こりずにターキー・サンドイッチなんかを買うのはよそう。

ミス大屋も女子薬科専門学校をでており、エリザベスもそうだし、あとで生化学部にはいってきたニホンの女性も薬科大学を卒業した者だった。

ミス大屋も米軍どっぷりのほうだから、兵隊たちとしゃべるのは不自由なかったが、ぼくの短篇をたとえはじめのところだけでも、ジェファリス中佐に翻訳してきかせたというのは、ちょっと信じられなかった。

ジェファリス中佐は部長の大きな椅子に腰をおろしていて、ミス大屋はその椅子によっかかるかなんかして、うすい同人誌を片手にもち、英語で読んでいったのだろう。ミス大屋がそれほど英語ができたかどうかというより、そういう光景が信じられなかった。

そして、ジェファリス中佐は、「そんなごちそうのことなんか書いてたら、小説家として売れないのはあたりまえだ」みたいなことを、ミス大屋に言ったらしい。まだ世にでない、売れない連中があつまって、とミス大屋は同人雑誌のことをはなしたのだろう。

いや、ぼくがとつぜんスペシャル・テクニシアンになったことと、ジェファリス中佐が、同人誌のぼくの短篇を、ミス大屋の口うつしみたいな訳できいたのとは……カンケイないだろうなあ。ニホン語で書かれた、うすい雑誌の短篇と生化学の仕事はカンケイないもんな。

兵隊たちがミス大屋とよぶとき、ミスとオーヤがくっついて、味噌屋みたいにきこえた。

エリザベスは、ごく当然みたいに、ミス大屋のわる口を言った。ほかの女のことは、みんなわるく言う、というのはいかにもエリザベスらしい。だが、ミス大屋はエリザベスとけんかしたりはしなかった。

アメリカ人の女でもエリザベスとけんかはしない。まして、男の兵隊たちは、ただ首をすくめていた。新しく転属してきた先任下士官などが、エリザベスのことを知らないで、さいしょはやりあったりしても、エリザベスにわめきたてられ、彼女がいるクリニカル・テスト（臨床検査）の部屋からとびだして、自分の部屋に逃げていった。エリザベスは、自分の部屋に逃げこんだ相手を、廊下にまで出てきて、大声で追及し、だれが見ても、その勝負ははっきりしていた。

なぜ、エリザベスはそんなに強くなったのだろうか。アメリカの男は女を甘やかすからなあ、と洗い場の徳さんなんかは言った。それに、アメリカの男たちは（ニホンの男どもも、だんだんそれに近づいてきたが）おっかない看護婦をこわがるようなところがある。マザー・コンプレックスみたいなものだろうが、そうやって、自分でおっかないもの、スターをつくってもいる。

エリザベスも看護婦だったら、これまたずいぶんこわい、いばった看護婦だっただろう。でも米軍には少佐の看護婦だっている。エリザベスはニホン人で、アメリカの軍属《シビリアン》でもない。ところが、臨床検査技師は、外地の部隊などではたいへんめずらしく、米軍でも臨床検査技師の将校はいない。それどころか、臨床検査《クリニカル・テスト》が専門の女性もいなかっただろう。エリザベスは臨床検査ではだれにも負けないという自信があった。その自信を、アメリカの兵隊たちは、いくらかおもしろがって、自分たちに便利なものにした。なにしろ、エリザベスはやたら仕事熱心で、兵隊たちの仕事まで、どんどんやってくれるんだから……。

安易なサクセス物語ふうに言うと、こうして、エリザベスは特別な存在になっていった。スターだと言ってもいい。スターはひとりだからスターだ。ミス大屋はスターではなかった。

でも、ミス大屋も、たとえばジェファリス中佐などを、ぜんぜんこわがっていなかった。ま、対等というところだろう。ニホン人の男たちは、やはり白人コンプレックスがあった。

ぼくはあまり白人コンプレックスみたいなものはなかった。これは、めずらしいことかもしれない。しかし、白人でも黒人でも、また近ごろふえているスペイン語をはなす人たちにしろ、さきにその国、その土地にいた先輩って気持がある。先輩にはどうにも頭があがらない。

くりかえすが、エリザベスもミス大屋も、相手が白人だから、どうってことはないようだった。ただ、この二人は黒人は相手にしなかった。仕事のことではなしはしても、つき合うようなことは、まるでなかった。やはり、この二人は自分たちを白人の側においてたのだろうか。そういったことを、やかましく言いたがる人たちにはあいすまないが、ぼくはそんなに興味はない。

また、中佐というような階級については、もと陸軍二等兵のぼくには、雲の上の階級みたいだが、これもエリザベスやミス大屋には、どうってことはあるまい。ミス大屋が同人誌のぼくの短篇をジェファリス中佐に翻訳してきかせたときも、ミス大屋は中佐とただの友だちみたいな気持だったのだろう。でなければ、ミス大屋が中佐の椅子によっかかって、ニホン人のニホン語で書かれた短篇を英語で読んでやったりはすまい。

「相手が白人の男でも、寝ちまえば、白人もクソもないもんな」

ぼくたちは、洗い場で、つい、そんなはなしになる。

「それに、これも、いっしょに寝れば、カノもジェノもあるもんか」

カノは colonel のこと。ふつうコロネルなどと発言するが、それではつうじない。ニホン語の仮名で書くならば、カノあたりが、いちばん近いところだろう。また、colonel は大佐だが、lieutenant colonel もおなじように colonel とよび、これは中佐に相当する。どちらもカノなのだ。

ついでだが、lieutenant はルテナンみたいに発音する。

こんなことを言うのはわずらわしいが、たとえば教科書に書いてある英語と実際につかわれている英語といったことを、僕は言いたいのか。でも実際は、と言いだすと、ことがややこしくなる。

実際は単純で、教科書的な、つまりは知識は多岐にわたり複雑で、ってこともあるだろう。でも、知識はどんなに豊富でも整理されるから知識で、ところが実際のことは、そんなにたくさんではなくても、底が知れなかったり、範囲がわからなかったりして、見当がつけにくい。

また、教科書的と言えば、ふつうバカにされてるけど、入学試験だって、みんな教科書的なことで、それ以外はむしろじゃまになる。教科書的でりっぱに生きていけるし、生きていくには、教科書的でなければいけないのではないか。

教科書的では実際はやっていけない。なんて言ってる人は、自分がウソをついてる、真ではない偽を言ってることに気がついていない甘い人なのだ。実際なんて、それこそ得体が知れなくて、つまりは相手にもできないものを、どうやって相手にするのだ。

生きていくとは、みんなで（たとえ仲よくではなくても）つき合って生きていくことで、その共通の指針となるのは教科書以外にはない。共通とは教科書ってことではないか。ぼくたちはずっと教科書どおりにしてきて、会社でも家庭でも、教科書どおりにやってるではないか。会社とか家庭とかいうのが教科書の別名だとわからないのか。

それでも、教科書からはなれた気で、実際は、なんて言いたがる。さて、ふつうは（教科書的だと）colonel は大佐で、コロネルだけど、実際は大佐より lieutenant colonel 中佐のほうが数が多くて、これも colonel で、どちらも実際はコロネルよりカノの音に近いってわけだ。ルテナンのつかないただのカノ（大佐）のことを full colonel、フル・カノという言いかたがある。僕はそんなことがおもしろく、実際好きなのだろう。実際好きだからこそ、教科書的ではなくて実際、なんてことをもちだしたが、これも旗色がわるいので、実際好きといったところにとどめておく。

ジェノというのは general で、これもジェネラルという表記がふつうだが、それでは（実際には）つうじない。それはともかく、エリザベスの口からは、しょっちゅうカノ（中佐か大佐）とかジェノ（将官）って言葉がでてくる。エリザベスは、ごくふつうにカノやジェノとつきあっているのだろう。これは、洗い場ふうの考えでいくと、ごくふつうに、カノやジェノと寝てることになる。

しかし、ジェノと寝る女なんて、大びっくりだなあ。これを、将軍と寝る女と訳したら、まことにファンタジックだが、将官と寝る女、と訳してもふしぎさがある。そんな幻想的なことを、九州生れで、ずんぐりしたからだつきのエリザベスはやってるのだろうか。

女は白人の男でも、それこそジェノとでも寝るから、白人でも将官《ジェノ》でも対等とおもってる、というのは下司なおしゃべりだが、実際にこのあたりはどうなのか。英雄と寝た女は、寝たということで、英雄となにかを共有し、いや、英雄そのものの一部になってる、なんてはなしは、下司をとおりこしたぎんぎらのお伽噺か。逆に、英雄も女と寝てるときは英雄ではない、というのも、はなはだ下司なはなしだろう。いや、カノやジェノとごくふつうに寝てるらしいエリザベスのことだが……。

それに、そんなにあちこちにカノやジェノがいるかという疑問もある。しかし、「戦争になると、ほんとに若い、坊やみたいなカノがいるのよねえ。カノだけでなく、若いジェノも、それも、たくさん」と、じつにたのしそうに、エリザベスがはなしてるのをきいたことがある。

戦争というのは朝鮮戦争のことだ。そのころ、現地での戦闘はおわっていたが、まだ米軍は活気があっていわば米軍ぜんたいがザワめいていた。世界最大の陸軍、海軍、空軍がザワめいていたのだ。

この研究所の所長は大佐で、研究所の人員の数はたいしたことはないが、軍隊というところは、いろんな連中がやってくる。除隊をまえの本国にかえる連中がなん日かいることもある。研究所の病理部《パソロジー》だけでも、カノ（中佐や大佐）がごろごろしてるなんてこともあった。パソロジーはとくに医者（ドクター）がおおい。空軍基地の司令官も大佐だが、まだたいした歳ではない中佐や大佐の飛行機乗り、それこそジェノ（将官）もめずらしくない。若い坊やみたいなカノやジェノと、いうことは、ミス大屋からもきいた。やはり、うれしそうにはなしていた。

とつぜん、ぼくはスペシャル・テクニシアンになった。かりに特殊技術者に訳してみても、意味はなかろう。そういう職種の名前で、あちこちの米軍ではたらいたぼくも、はじめての職名だった。この研究所でしかきいたことがない職種だ。

スペシャル・テクニシアンになって、洗い場で徳さんと化学器具を洗っていたときのジャニター（雑役）の基本給の倍以上になった。倍以上の給料というのは、たいへんなことだ。

スペシャル・テクニシアンになり、ぼくはP・B・Iのチームにはいった。P・B・Iは新しいプロジェクトで、いまではニホンの会社でもつかわれているプロジェクトという言葉も、ニホン人にはなじみがなかった。

P・B・IはProtein Bound Iodineのことで、血液の血清のなかにある蛋白質（protein）にくっついたヨード（Iodine）の定量をはかる検査だった。

米軍のアジア地区での医学研究所は、海軍も空軍もふくめて、この医学研究所だけで、ほかにP・B・Iの検査をしてるところはなかった。あとでは、P・B・Iの検査の数が、ほかの血糖値の検査などの臨床検査にくらべて断然おおくなるが、このときは、くりかえすが、アジアではじめてで、ほんとに新しいプロジェクトだった。ニホンの大学の医学部なども、どこもやってなかった。

P・B・Iのチームは三人で、マンというユダヤ人の兵隊に、新しく就職してきた木田とぼくの三人だった。木田は横浜高等工業学校（いまの横浜国大工学部）の応用化学部を卒業した男で、顔だちがととのい、背もすらっとしていた。ぼくよりも三歳ほど歳上で、もとは陸軍の技術将校だ。木田も、なんでも、とにかくつくってしまうという男で、こういう男といっしょに仕事をしていると、ほんとに心強い。

高等工業や大学の工学部をでた男には、そんな男はちょいちょいいそうだが、じつは、ほんとにちゃんとなにかをつくりだす男というのは、きわめてめずらしい。

「軍の兵器廠にいたときも、戦後のまともな物資なんかがないときも、いろんなものをつくりましたからねえ」と木田はわらっていたが、自慢にもしないのは実力があったからだろう。新しいプロジェクトにはもってこいの男だ。

マンはまるっきりだめだった。なにをたのんでももたもたしてるので、なにもさせないことにした。なにもしないと、マンはじゃまにならなかった。これは、わる口でも冗談でもない。役にたたない男は、手助けにならないうえに、ひとのじゃまをするものだ。マンは臨床検査室の実験台のすみにかくれるようにして、本を読んでいた。

P・B・Iの検査にはいくつか方法があるようだったが、血清のなかの蛋白（これにごく微量のヨードがくっついている）を高温度の炉（ファーネス）のなかで長時間かけて焼いて灰にする(incineration) 方法をやることになった。

こういった方法は、つまり本に書いてある。だが、書いてあることを、そのとおりに実際にやるのは、たいへんにむずかしい。文字と文章は、なかなか行為・作業にはならないのだ。
この文章を、作業になるように読んでいくのはぼくがやり、木田はそれをきいて、手をうごかし、作業をした。なんども試験をくりかえすこともあったが、わりとすんなり文字が行為になった。

こんなことをするのは、ぼくはP・B・Iのときがはじめてだったが、あとでは、それがお得意みたいになった。検査・実験の方法が書いてあるものを、実際の作業ができるように読むことだ。兵隊たちもぼくにききにきた。英語の理解ということでは、アメリカ人とぼくとでは、たいへんな差がある。なにしろ、彼等は英語で生れ、英語でそだっている。理解なんてものではなく、英語は彼等自身なのだ。そのアメリカの兵隊たちが、英語で書かれた検査・実験の方法を、どう読むか、ぼくにききにきた。

これは、ぼくがリクツ屋なのがさいわいしたのだろう。実験方法などの文章はリクツ（論理）で書いてある。リクツの組みたてと、そのすすみかたがわかれば、リクツの文章は読める。屁理屈が大好きなぼくは、リクツなら見当がつくのだ。ところが、リクツに慣れない人たちには、リクツで成りたってる文章は、たとえ自国語でも読みにくい。しかし、こっちはある年齢にたっし、生意気になり、屁理屈をこねるようになってからだろうが、もう一度、リクツで生れリクツでそだっている。生れるのは一度だけではない。宗教経験なんてことでは、一度生れ、二度生れみたいなのは、ごくふつうのことだ。無自覚な出生、誕生は一度目の出生。そして自覚ぴりぴりの二度目、三度目の誕生、自分の手での自分自身の子育て、自己教育、かくて金甌無欠《きんおうむけつ》ゆるぎなきリクツ人間ができあがる。

P・B・Iのチームは生化学部の部長室におかれた。部長のデスクと大きな椅子のうしろには窓ぎわに実験台があり、流し《シンク》もついていた。ぼくと木田とマンはそこにいたのだ。

だが、仕事のじゃまはしないマンは、すぐに、雑然とした（広くて地形複雑な）クリニカル・ルーム（臨床検査室）のいりくんだ実験台のすみにひそんで小説本を読みだし、木田とぼくは部長室にとりのこされた。

P・B・Iはほかの新しい検査《テスト》なんかとちがい、大きなプロジェクトで、ジェファリス部長はじきじきその指導をするつもりだったらしい。だから、部長室に場所をつくったのだ。

でも、検査方法の説明は、ぼくが英文を読んで、ニホン語で木田につたえ、生化学のことなどなにも知らないぼくで、たいへん不器用なのに、試験管（テスト・チューブ）のつかいかたなども、わりとはやくに慣れてきた。

ぼくはコドモのときから不器用だったが、アメリカならこれぐらい不器用なのはめずらしくない、とアメリカに長くいた父は、いつも言っていた。だから、アメリカ人のなかでは、手ですることも、自信なんかはないが、なんとかできそうな気がしていたのだ。いや、とにかくやらなきゃいけない。

しかし、こうしてすこし慣れてくると、部長室にいるのが、なんともきゅうくつだった。それで、部長室から逃げだす口実を、あれこれ、ジェファリス部長にうったえた。木田が言うことを、ぼくが通訳するというふうにしたのだ。

そのころ、ぼくたちの医学研究所は、東京の丸の内の三菱仲七号館だった。仲にニンベンがついてるのも古風で、建物も戦災で焼けのこった古風なレンガ造りだった。場所は東京都庁の角、日赤本社の前だ。あとで、まわりの建物もいっしょに、新東京ビルになった。

生化学部の部長室の窓のすぐうしろは、結婚式場などの東京会館の裏手で、調理場の煙突がたち、黒い煙を吐きだしていた。気候がよくなり、部長室の窓をあけておくと、その黒い煙がながれこんでくることもあって、試験管のなかなどに煙の煤がはいり、ひどいコンタミネーション(汚染とおなじ言葉、実験の妨害)をおこすことがあった。

木田は技術者らしくこまかなデータをあげてといったぐあいに、じゅんじゅんとはなし、ぼくがそれをジェファリス中佐に通訳して、わりとかんたんに許可がおり、ぼくたちP・B・Iのチームは部長室から逃げだした。

引越したさきは、洗い場や水質検査をやってる部屋で、水質検査はあまり仕事もないし、ぼくたちP・B・Iチームはそこにもぐりこんだ。ここは部長室からはいちばん遠く、辺境といった感じで、気楽にサボれたし、あちこちの部屋の者が洗い場にあつまり、ほんとに一日じゅう、おしゃべりをしていた。

男たちのおしゃべりだ。エリザベスはひとのわる口は言っても、おしゃべりではなかった。駐留軍にいたニホン人の男たちは、女どもに威張られて、だらしなく、こそこそかげ口をたたいたりするのは、めずらしくない。

木田は、とにかくなにかをつくりだすことを考えてる、根っからの技術者で、管理されるのは好きではないようだった。けっこう遊び人で、ただもう仕事熱心な男ではなかった。だいいち、部長の前でよくはたらいて点数をかせぐような気はなかろう。そんな男なら、はじめから、駐留軍なんかにはこない。でも、どうして木田は米軍の医学研究所ではたらきだしたのだろう。

ぼくもそうだが、おれたちはチュウ軍（進駐軍、駐留軍）以外はつかいみちがないもんな、という者ばかりのなかで、木田はめずらしい存在だったが、まわりのぼくたちが、おなじボヤキ節をくりかえしてるうちに、医学研究所をやめ、ニホンの会社に就職した。ところが、木田はその会社でめきめき出世したわけではなかった。技術者の実力と出世なんてことを言いだすときりがなく、しまいには、実力というのもあやしくなる。ともかくなにかをつくりだすという木田の才能（ただの才能でなく、そういう全人格）も、それこそ世の中がおちついてくると、あまり役にたたないのかもしれない。

P・B・Iチームは、ひっそり片すみにいて、できるだけサボっていこうというポリシイが、はじめからあったようだ。いや、これはぼくの気持で、木田はよく協力してくれたのかもしれない。

まえにも言ったが、P・B・Iの検体数はどんどんふえていった。沖縄をふくめたニホンじゅうのアメリカの陸軍、海軍、空軍の診療所《デイスペンサリー》や病院からの検体、韓国、台湾、フィリピンあたりからもあったかも知れない。そのほかインド洋の米軍基地とか、おもいもかけないところからも検体はきているらしかった。ほんとうに世界じゅう、とんでもないところにもアメリカ軍はいた。

P・B・Iつまり血清のなかの蛋白にふくまれたヨードの値は一〇〇ミリリットルで四マイクログラムから七マイクログラムが平常値ということだったが、これは甲状腺の病気に関係があるらしい。でも、どんな病気かは知らない。ニホンでもP・B・Iの臨床検査はやってるのだろうが、とくにアメリカはP・B・Iの検査がおおいとかきいた。

アメリカの女性が医者にいき、からだのどこがおかしいとか、だるいとか言うと、みんなP・B・Iの検査をするのだそうだ。外地に駐留するアメリカ軍の兵隊の女房などは、とくにそんなぶらぶら病気がおおい、つまりは、アメリカの女のぜいたく病の気やすめ検査さ、というふうにもきいた。

そう言えば、送られてくる検体の患者の名前はほとんど女性で……とおもったりしたが、そんなでもないこともある。ともかく、女性の患者が圧倒的におおいということはなかった。だとすると、アメリカの女のぜいたく病というのはあやしい。

だんだんふえてくるP・B・Iの検体を、木田とぼくは調子よく片づけていた。仕事さえしていれば、あいだでいくらサボっていてもかまうまい、と考えるのは、使われてる側で、上司は、部下がどんなに仕事の量はさばいていても、あいだでサボるのは好まない。あたりまえのことだ。

しかし、医学研究所が東京駅前の丸の内から小田急沿線の新しい建物にうつると、P・B・Iは一部屋もらい、それがまた部長室や先任下士官《サージャン》なんかがいるところからいちばん遠くて、隔離されるような部屋で、えらい人がとつぜん部屋にはいってくるようなことはなかった。しかし、軍隊だから、一週間に一度はインスペクション（査閲）がある。

ぼくはP・B・Iの部屋の実験台の奥に、まわりの棚に試薬の壜をならべて秘密のアルコーヴみたいなものをつくり、そこで翻訳をやっていた。おもにミステリの翻訳で、P・B・Iをやるようになってから、ぼくはミステリの翻訳の注文がきて、それはずっとつづいた。

ぼくのために翻訳する原書をえらんでくれたのは、しっかりした推理作家のM・Tさんで、M・Tさんは、ミステリをだす出版社の編集者だった。ぼくは自分ではなにひとつ原書はさがさず、M・Tさんがえらんでくれるミステリの原書を、ただ受けとって翻訳していた。考えてみれば、かなりふしぎなことだった。

翻訳の量はどんどんふえて、おおいときは一月に七〇〇枚ぐらいだった。それを、P・B・Iの部屋でやった。うちにかえってからも、休みの日も、ぼくは翻訳はやらなかった。これは、ぼくにはふしぎではなかったが、ひとから見ると、ふしぎなことだっただろう。

この医学研究所をやめると、ぼくはどこにもはたらきにいかなくなったが、翻訳の量は、とたんにがくんとおち、やがて、ほとんど翻訳をしなくなった。うちにいるとついあそんでしまう、と言うと甘ったれてきこえるだろうが、そんなところだった。翻訳とちがい小説を書く時間などは、ほんとにタカがしれている。あそんで酒を飲んでる時間のほうが、ずっとずっとおおい。

P・B・Iをはじめたころ、エリザベスはうるさく口をだした。生化学部の先輩として、とうぜんのことだとおもったのだろう。エリザベスはほかのヴァイラス（ビールス）部のことなんかにも口をだし、あちこちの部の者からもいろいろ苦情をきいた。エリザベスにはなんのカンケイもないことなのに……しかし、エリザベスは自分にカンケイがないことなんかない、とあたりまえのようにおもっていたのだろう。

P・B・Iをはじめたときは部長室にいたし、ジェファリス部長が見るに見かねてエリザベスに注意したということもない。マンガ的なくりかえしだけど、だれもエリザベスに注意する者などはいない。また、それこそカノだろうがジェノだろうが、エリザベスはだれかの言うことなどはきかなかった。

ぼくがP・B・Iからクリニカル・テスト（臨床検査）の部屋にうつったあたりのいきさつについては、おぼえていない。

しかし、クリニカル・ルームにうつってからも、ぼくは実験台の奥のほうに試薬の壜でバリケードをきずき、そのなかで翻訳をつづけた。ぼくの前の実験台の引出しはからにしてあり、えらい人がくる気はいがすると、翻訳している原書と原稿用紙を、いそいで、そのなかにほうりこんだ。

エリザベスは、いろんな臨床検査をひとつひとつ、ぼくにおしえようとした。その熱心さは、頭をふってあきれるようなものどころか、目まいがしそうだった。

エリザベスは、なにかをやってるぼくのうしろにまわり、ぼくの右手には自分の右手、左手には左手をそえて、検査のやりかたというより、手のうごきまでおしえた。

つまり、ぼくのうしろにぴったりくっついてるわけで、これもアメリカの女性なみに大きな乳房を、ぐりぐり、ぼくの背中におしつけた。女性に乳房をおしつけられるなど、ぼくにははじめてのことで、まったくへんな感じだった。ぐりぐりが長くつづいたりするとふっと気がとおくなるようなこともあった。

それとおなじことを、加来もエリザベスにされたわけだ。まえにも言ったが、加来は六年間クラークをやって、念願がかない、スペシャル・テクニシアンになった。しかし、加来は大学の文科系の学部の中退かなんかで、生化学、有機化学のことなど知らない。そのころ、バイオ・ケミストリー（生化学）のことなど知ってる者が、どれだけいただろう。

クリニカル・テストの部屋は大きな部屋で、実験台がむかいあって三列、そのあいだに試薬の棚があり、ぼくは部屋の入口からはいちばん遠い実験台の奥にいたので、外国の戦争みたいにおもっていたが、エリザベスは加来につきっきりで、加来も息もつけないほどだったのではないか。

そんなこともできないで……なんどおしえたらわかるのよ……エリザベスの声は、ひろいクリニカル・テストの部屋の外、洗い場あたりにもひびいたらしい。

ついにがまんできずに、加来はエリザベスをぶんなぐった。かえりの電車のなかだった。

エリザベスは研究所と病院がいっしょになった構内のドーミトリ（寮）にいる。また、たいていの日は、おそくまで残業していた。命令もされず、オーバータイムの金ももらわないで残業してるというのは、アメリカ人の目にはずいぶん奇異なことのようだった。

その日は、エリザベスは仕事がおわったあと、東京に（と土地の人たちは言った）用でもあったのか。みんなとおなじように新宿行の小田急線の電車にのった。通勤のかえりのたいへんに混む電車だった。

電車のなかでも、エリザベスはクリニカル・テストのやりかたについて、こまごま、しつこくしゃべりつづけ、とつぜん、加来は腕をふりあげたという。

加来は無口で陰気な男だった。部内でも友だちはなく、クラークの席にひとりでぽつんといた。日曜日には、加来は丸の内の東京中央郵便局で記念切手を売りだす列にならんでるということを、郵便局の前の靴みがきの友人からぼくはきいたが、生化学部でもそんなことを知ってる者はだれもいなかった。

六年間、加来は事務下級職で給料も安いクラークでがまんし、それが晴れてスペシャル・テクニシアンになったとたん、六日もたたないうちに、満員の電車のなかでエリザベスをなぐり、クビになった。

絵にかいたような悲劇だが、なぜか、悲劇みたいにはならなかった。加来に友だちがなく、同情する者もなかったためだけではなく、このできごとは、舞台と役者はそろって、物語性もじゅうぶんあるのに、なにかがどこかくいちがっていた。

加来はふだんはだまってる男だが、むっつりスケベみたいな凶暴さがあり、それを、エリザベスが職場からひきつづいて満員の電車のなかまで……と、すぐにでも物語になりそうだが、しゃべりだすと、おもしろくない。物語性はたっぷりあるようで、すきま風がふいている。物語というのは空気もちゃんとフレーヴァーされ缶詰めされた空気でなくちゃいけない。ナマな風などがはいりこんではこまるのだ。フレッシュ・エアは物語の敵。(フレッシュ・エアを、わざわざ新鮮な空気と訳すことはない。外の空気ぐらいでいい)

エリザベスのわる口ばかり言ってきたが、それですむだろうか。こんなひどい女がいて、とエリザベスをそれこそ物語の邪悪な女神にして、おしゃべりのタネにしてるあいだはいい。

エリザベスが、もし、ぼくの女房だったら、とおもう。いくらなんでも、そんなひどい女を自分の女房になんかはしない、とおもうかもしれないが、結婚後に独裁者になる女房はめずらしくない。

エリザベスは自分のおもいどおりにし、だれの言うこともきかないから、ひどい女だってことになっている。世界じゅうでも、こんなひどい女はいない、とみんなあきれてる。

でも、なんでも自分のおもうとおりにし、だれの言うこともきかないのは、おまえの女房とおなじではないか。

なんでも自分のおもいどおりというのは、たいへんなことで、五分《ぶ》と五分がふつうではないか。

五分と五分でなくてもいい。おまえが七で、こちらが三だっていい。いや、一〇〇のうち、おまえが九九、こちらひとつだってかまわない。ところが、ほんとに、なにひとつ、ひとの言うことはきかない。

「そんなにひどい奥さんでも、なにかいいところがあるから、いっしょにいるんでしょう」とみなさんおっしゃる。わるいところが九三で、いいところが七つなくて、夫婦のあいだで（ニンゲンのあいだで）そんな計算ができるものか。また、エリザベスのひどさ、そのモーレツさも、じつは、エリザベスのはげしすぎる親切、おせっかいからきている、とこれもみなさんおっしゃる。それは、だれでも認めてるらしい。でもぼくは、エリザベスの親切によって、ほんのちょっとでも、いいことがあっただろうか。そんな親切を認めるというのか。おまえさんの、いやぼくの女房の親切もそんなものではないのか。

「フレッシュ・エアは物語の敵」ふうに、また戦争中の対スパイ・防諜標語式に言うならば、「エリザベスはひとりではない。エリザベスはどこにでもいる」

わーい、おまえの女房エリザベス！

「夢を見ない」とジャックがぼくに言ったときは、加来がクビになり、エリザベスもクリニカル・ルームからほかにうつったあとだろう。ぼくたちは平和なおしゃべりをしてたような気がする。

しかし、ジャックはおかしな男だった。べつに、どうってことはない男だが……。やせてもいない、ふとってもいない。身長はアメリカ人としては、ややひくいほうだろう。

シャキっと兵隊っぽい男ではない。からだのあちこちの関節の連結がうまくいってないみたいな、だらしないからだつきで、顔も長めでだらしない。

エリザベスとぼくがおなじ歳だということはわかってたが、ジャックもおなじ歳だと知っておどろいた。ジャックがぼくやエリザベスより老《ふ》けて見えるとか、逆に若々しくとかってことではなく、ジャックがおなじ歳というのがふしぎだった。

第二次大戦でジャックは兵隊になり、戦後、G・Iマネーで大学にいった、とだれかにはなしてるのをきいた。大学に在学中に兵隊になった者は、戦後、除隊したあと政府が学費をだしてくれ、それをG・Iマネーと言った。ジャックは大学では生化学を専攻したらしい。そして、また兵隊になり、医療部隊にいた。

この研究所のまえは、彦根でマラリアの研究班みたいなところにいたらしい。彦根にそんな米軍の部隊がいたことなど、ぼくは知らなかった。ニホンにもマラリアはあって、彦根あたりには、戦後もマラリア蚊がいたという。そういうことも、ぼくははじめてきいた。

そして、ジャックは彦根でニホン人の女性と結婚した。これも、クリニカル・テストの部屋での昼間のクリスマス・パーティにジャックのワイフがきたのでわかった。

ジャックは秘密主義の男ではない。また、けっして悪口ではなく、しゃべるときは、よくしゃべる。それに、アメリカ人の兵隊たちは、べつにどうってことはない会話のなかでも、ごくふつうにワイフのことがでてくるが、ジャックはそうではなかった。

ジャックのワイフが、また、ごくふつうのニホンの女だった。けばけばの基地の女ふうでもないし、ことさら地味でもない。すこしオバさんみたいに見えたが、ぼくもジャックもオジさんだから、その女房がオバさんなのは、おどろくことはない。それでいて、あんまりふつうのニホンの女なので、これもふしぎな気がした。

ジャックは長いあいだ陸軍《アーミイ》にいて、その職種に関連した大学もでてるのに、階級がサージャンというのは、たいへんにふしぎだった。ただのサージャン（buck sergeant 階級のいちばん下のサージャン）だ。ふつう、サージャンは下士官、軍曹と訳されてるが、なんにもつかないただのサージャンはせいぜい上等兵ぐらいのもので、下級の下士官でもない。クラブでも下士官クラブには属してなくて、ふつうの兵隊のクラブにいる。

ジャックは第二次大戦のときから医療部隊にいて、朝鮮戦争、あいだに大学いってても、ずっと陸軍の医療関係に勤務していたのに、ただの上等兵という階級は、どうにもひくすぎる。彦根のマラリア研究班は統合編成してこの研究所になったようで、そういう勤務だけでも長い。

しかし、夢を見ないというのは、まったくおかしい。ほかには、そんな変な男はいないだろう。

変人奇人というひとたちにも、なんどかあった。しかし、みんな俗な考えだった。俗な考えの者はちっとも変ってはいない。それよりもっと良質のこんなひともいた。

「わたしは変った男でしてね。大学は文学部の国文科をでて、女学校で国語をおしえてました。もともと教師なんです。それが、戦後、ふっとおもいたって、まるっきり畑のちがういまの会社にはいった。そのころは労働争議がはなやかで、会社でそちらのほうにまわされ、労働法を自分ひとりで勉強しました。労働三法は戦後の新しい法律で、その点では大学の法科や経済学部を卒業した者と同格で……」

このひとは、あとで、その会社の重役になった。しかし、このひとは努力家でりっぱなひとかもしれないが、べつに変ったひとではない。

えらいお坊さん、予言者、メシアなどは、宗教的な英雄か天才のようにおもわれてるが、英雄や天才ではない。英雄や天才はつまらない。モノとコトの論議みたいだけど、どんなにえらい人や異常な才能も、そういうモノは、神の光がそこにおいて光りかがやくといったコトにはかなわない。また、まるっきりちがったことだ。

そんなことも考えると、変ったひとなど、ほんとにすくない。だけど、夢を見ないというのはおかしいよねえ。夢を見ないって、いったいどんなことなのか、いまでもふしぎにおもってる。

案内新聞

ここに、案内新聞のコピイがある。案内新聞はふつうの新聞のはんぶんの紙面の週刊のタブロイド判の新聞で、今ならば「ぴあ」のような情報紙だ。一目でわかる東京の一週間《〔ママ〕》行事・集会・催物と新聞名の横に書いてある。

ただし「ぴあ」などが発刊されるずっと前のことで、昭和二二年（一九四七年）から昭和二三年（一九四八年）にかけてだ。昭和二二年三月三日に近刊予告見本がでて、四月二八日に五月第一週号が発行され、翌昭和二三年四月一二日の四月第三週号でおわっている。さいしょの号の定価が一円で、最終号の定価が五円。ちょうど一年のあいだに、値段が五倍になっている。これだけを見ても、たいへんな世の中だった。

編集・印刷・発行人は中津井広太。じつは、中津井広太さんのお嬢さんから案内新聞のコピイをいただいた。お嬢さんはキャリア　ガイダンスという雑誌の編集長をしている。

ぼくはこの雑誌に戦後あれこれやったことを書いた。その参考に、と案内新聞をコピイして、送ってくださったのだ。

さて、昭和二二年三月三日の案内新聞の近刊予告見本から見ていこう。くりかえすが、案内新聞はタブロイド判で、昭和二二年八月第三週号までは一枚だけの裏・表二ページ、それ以後は、二つ折りの四ページになる。

昭和二二年三月三日の近刊予告見本紙は、表ページのさいしょが映画の案内で、さて何処へ列(なら)ぼうか、と書いてある。戦争がひどくなってからは、買物などの行列がおおかった。なんのための行列かもわからずに、人がならんでれば、そのうしろにくっついたりした。こういうことは、いくら説明してもわからないのではないか。また、説明は説明なりのことしかわからない。

百聞は一見にしかずとも言う。ものの味などは、味わってみてはじめてわかるのだろう。しかし、ひとのはなしをきいてるときは、とってもおいしそうだった異郷の果物などが、実際に口にいれてみたら、たべられたものではないといったことも、よくある。説明のほうがよかった、というわけだ。こんなものは説明にかぎる、といったこともあるのだろう。説明によってしか、それに届くことはできないとか。観念とモノとはまるでちがうもののようだが、観念のなかでしか実在しないモノもあるだろう。そんな考えかたでなく、実際にそんなモノもあるのではないか。

映画　さて何処へ列ぼうか　勤めの帰りにちょっと　と築地映画が「路傍の石」(第二部)小杉勇・片山明彦主演、銀座松坂シネマ「キューリー夫人」、丸の内スバル座「夜霧の港」ジャン・ギャバン主演。「ユ社ニュース」第二三九号というのは、ユナイト社のニュースなのだろうか。いまは映画のニュースというのがなくなったんだなあ。あ、これもテレビのせいか。
▼学校をサボル勿れ　神田日活「凸凹お化け騒動」、東横第一映画、東横第二、東横第三「地獄の顔」水島道太郎、木暮実千代主演。この主題歌はディック・ミネの歌で有名だ。学校をサボル勿れ　で学生街の神田の映画館がでてるのはわかるけど、渋谷もそのうちにはいっている。渋谷はつぎの〈のて人の覗く小屋〉のほうみたいだが、東横第一映画から第三映画までは、渋谷東横デパートの三階に、ベニヤ板で仕切ってあった。しかし、ベニヤ仕切りの三つの映画館で、おなじ映画の「地獄の顔」をやってたのだろうか。
▼のて人の覗く小屋　のて人という言葉もきかれなくなった。山の手人のことだ。新宿の映画館のことがでている。武蔵野館「春姿五人男」長谷川一夫、阪《〔ママ〕》東好太郎主演。
▼工場帰りのひとときは　ここは浅草の映画館。浅草日本館「忍術千一夜」高田好吉、柳家金語楼主演。「新世界ニュース」
▼西郷君にあった後　戦争に負けるまでは、西郷さんの銅像を西郷君と言ったりはしなかったのではないか。だとすれば、これも戦後のあらわれか。もちろん上野の映画館のことで、上野地下劇場「わが青春に悔なし」黒沢明監督、藤田進、原節子主演。
▼買物袋を提げたまま　人形町から向島、新小岩、千住、中野、杉並、三軒茶屋、品川、大井などの映画館の案内がならんでいる。新小岩映画は「銀嶺セレナード」ソニヤ・ヘニー主演。
この映画欄のまわりの映画の広告は、スバル座「アメリカ交響曲《〔ママ〕》」有名なラプソディ・イン・

ブルーだ。東宝映画「素晴らしき日曜日」植草圭之助脚本、黒沢明監督、沼崎勲、中北千枝子主演。松竹映画「深夜の市長」安部徹、山内明、村田知英子主演。川島雄三監督なので、へえ、とおもった。川島監督はそんなに古い監督かとおもったのだ。ところが、いま教養文庫の「日本映画作家全史」(下)を見ると、川島監督は、昭和十九年に織田作之助原作の「還って来た男」が第一回作品だそうだ。川島雄三監督といえば、今村昌平さんや藤本義一さんなどを弟子にもち、小津安二郎などとはいくらかちがうが、よく書かれたり語られる映画監督だ。

そのほかの催物の広告は川口松太郎作、新生新派と水谷八重子の「明治一代女」「不良少年と妻」が新宿第一劇場。歌舞伎座も浅草の国際劇場も戦災で屋根がぬけ、残骸のかたちで残っていた。だから、そのころ松竹歌劇はこの新宿第一劇場を本拠地にしていたとおもう。この劇場は甲州街道を新宿駅南口のほうに坂をあがってくる右側にあった。和田組マーケットのうんとうしろのほうでもある。レオニード・クロイツァー指揮の日響定期演奏は日比谷公会堂。日劇小劇場はヌードをはじめるずーっと前で東宝名人会、先代の円歌、金馬、講談の貞丈の名前も見える。帝国劇場は劇団東芸の「林檎園日記」、有楽座は新協劇団の「武器と自由」久保栄作。

▼剣と泪とクスグリの数々　のなかに、空気座三月一日より、東横四階第一劇場、金子洋文作「花と泥棒」三幕、小沢不二夫作・演出「暗黒街の顔役」、ライトレビュー「桃色猟奇」十二景がでている。

前にも言ったが、渋谷のいまの東急デパート東横店、そのころの東横デパートの三階には、べニヤで仕切った映画館が三つあり、四階には、やはりベニヤ仕切りの軽演劇の小屋が二つに寄席がひとつあった。その第一劇場が空気座で第二劇場がトーキョー・フォリーズで第三劇場が寄席だったが、この昭和二二年三月三日の案内新聞の近刊予告見本には、東横四階第二劇場のトーキョー・フォリーズのことはでていない。しかし東横四階第三劇場の東横有名会の案内はある。落語が三遊亭円洲、小さく、三遊亭柳好。講談は龍斎、貞丈。ハーモニカ漫芸の中野一郎など。

昭和二一年七月、ぼくは氷川丸で上海から復員した。氷川丸はたった一隻だけ沈没しないで残っていた一万トン以上の貨客船で、そのころは病院船になっていた。戦争がおわったあと、湖南省からひきあげてくる途中、ぼくは南京で真性コレラになった。それに栄養失調で、なん種類かのマラリアももっていたので、氷川丸でも重病人の船室だった。

そして、広島県呉市の両親のところにかえり、昭和二二年の三月に東京にでてきた。四月から東京大学文学部哲学科に復学するためだ。復学といっても、ぼくが中国で長い行軍をしていた昭和二〇年四月に、ぼくは東大に入学したことになっており、大学にいくのははじめてだった。

そして、大学にいきだすとほとんど同時に、ぼくは東横四階第二劇場のトーキョー・フォリーズにはいった。ベニヤ板に「文芸部員募集」と書いた紙がはってあり、楽屋にいくと、みじかい脚本を書いてこいと言われた。

ぼくは十五枚ぐらいのものを書いてもっていき、トーキョー・フォリーズの舞台雑用をするようになった。その書いたものだが、前から考えてたことなどではなく、なにか頭にうかんだのを、ざっと書いてもっていったのだろう。いまだに、おなじようなことをやってるんだもの。

ぼくがトーキョー・フォリーズにいたのはなんカ月かだが、ほとんど毎日のように脚本めいたものを書いた、とあるところに書いたことがある。ところが、それが活字では毎月のように、となっていた。いくらなんでも、一日に一本の脚本めいたものというのは、おおすぎる、それにぼくの字はひどい字なので、日の字に足がはえて、月になったのだろう。

たしかに、一日一本、月に三十本の脚本なんてむちゃだ。でも、書くときは、一日に一本ぐらい書いた。もちろんいいかげんなもので、屁みたいなものだから、たくさん書けたのだろう。書いていて、自分で手ごたえがあるなんてことはない。ぶつかって、おしていくみたいな感じは、まったくない。

案内新聞の見本ではない、さいしょの号、昭和二二年四月二八日（月曜日）発行の第一号、五月第一週号には、トーキョー・フォリーズがでている。東横四階第二劇場で①菜川作太郎演出「狙われた踊り子」②中江良夫作並演出「困った娘」③河上五郎作・振付、バラエティ「韓国羅妖伝」

中江良夫も菜川作太郎も新宿のムーランルージュの系統の作家だときいた。トーキョー・フォリーズもムーラン系だという。

昭和二二年の四月二八日には、ぼくはもうトーキョー・フォリーズの舞台雑用をしていたにちがいない。なんだかあたりまえのことみたいに、ぼくはトーキョー・フォリーズにはいった。旧制の福岡高等学校で同級でなかのよかった富永昭男は東大で須藤出穂などと演劇部をつくり、それはもちろん新劇研究会ふうだった。

しかし、ぼくは新劇に反抗して軽演劇の小屋に、といったわけではない。また、どうしても軽演劇でなくっちゃ、という気持もなかった。こういうところは、それこそ説明しても、なかなかわかってもらえない。

つい最近、旧制福高の水泳部の先輩で、おたがい東大の籍がなくなるころまで、よくいっしょに飲んであるいた岩田達馬さんにあい、「なんでもみんな、どマジでねーえ」とぼくが言うと、岩田さんは「みんな志をたてて、なにかやる。おまえは志をたてたことなんかないからな」とわらった。

志をたてるなんて言葉は、ひさしぶりにきいた。うーん、みんな志をたてるのに、ぼくは志をたてないのか。志をたてようにも、たてられないんだなあ。それに、どうにも力がはいらない。これは力まないなんてこととはちがう。

案内新聞五月第一週号には、東横第一劇場の空気座やムーランルージュ新宿座のことも書いてあり、やはり新宿の帝都座三階の案内もある。ふつうは帝都座五階とよばれてる小劇場だ。この案内新聞でも、あとでは帝都座五階になる。ここの演《だ》し物は、①小田茂〔ママ〕作、舞踊劇「棒しばり」②柳沢義風作、布目貫一演出「霊交術」③長谷四郎作、モダンアルバム「好敵手」④丸木砂土ショウ「女の学校」

丸木砂土はゲーテの「ファウスト」の翻訳もある秦豊吉で、東宝の日劇担当の重役だったのが追放になり、帝都座五階の社長になったとかきいた。大きな会社の社長や重役で追放になっても、資本金のすくない、ちいさな会社の重役や社長になれたという。

この丸木砂土ショウのひとつのシーンとして、ニホンでさいしょのヌードの舞台、いわゆる額縁ショウがはじまったのではないか。

舞台の左てに大きな額縁のようなのが立っていて、白い幕がかぶせてある。その幕をとると、額縁状の木の枠のなかに、乳房をだした、上半身裸体の女がたっていた。泰西名画の活人画といったところだ。

あとで、額縁ショウと言われるようになったこのシーンは、昭和二二年三月の二〇日すぎからはじまったという。案内新聞の五月第一週号がでた昭和二二年四月二八日ごろは、帝都座五階の小劇場は、額縁ショウを見る客で混んでいただろう。

さて、昭和二二年（一九四七年）という年だが、朝日新聞の縮刷版によると、この年の一月一日から新聞の見出しの活字のならべかたが、英語ふうに左から右になったそうで、マ元帥、年頭の言葉、と左から右に書いてある。

この見出しとマッカーサー元帥の写真は新聞の一面トップで、それからななめ左にさがって、やせている吉田茂首相の写真がある。この一月一日の午前七時半から、吉田首相はラジオ放送をし、政争の目的のため、経済再建の挙国一致を破らんとするがごとき者は不ていのやからだ、みたいなことを言い、不ていのやからという言葉が流行《はや》ったらしい。

一月二一日の新聞（朝日新聞縮刷版、以下おなじ）では、元名横綱の双葉山や碁の呉清源八段などを熱心な信者にもつ璽光尊《じこうそん》に出頭命令がでたこと、一月二三日の新聞では璽光尊検挙にむかった警察と立ちまわり、と双葉山が警官とドタドタやってる、わりと大きな写真がのっている。これまた有名な写真だ。璽光尊は璽光様、璽光さまと新聞ではなってるが、本名長岡良子《ながこ》というらしいこの女性は、警官に逮捕されるような、どんなわるいことをしたのだろう。

二月一日の新聞は、マッカーサー元帥の命令で、二・一ゼネストが中止になったことが、大きな見出しになっている。ニホンではじめての全国規模のストライキをやるはずだったのが中止になり、それ以後もゼネストはない。

共闘・全国組織をとく、国鉄・全逓信、中止を指令、と新聞の見出しにもあるように、あまりさわぎにはならず、ゼネストは中止になった。しかし、いくらか逮捕者はあったようだ。そのころ、列車の運行妨害とか、電信の妨害みたいなことを新聞で見たような気がする。

ぼくは二・一ゼネストに関連して逮捕されたという人と、丸の内警察署の留置所でいっしょになった。なんとかの青年部長とかで、まだ三十歳前のような人だった。共産党の人かもしれない。

丸の内署の留置所でいっしょだったのは、三月のおわりか四月か、あったかいころだ。二月一日のゼネストのあとで、時期もちょうどあってる、とずっとぼくはおもっていた。

ところが、いまかんがえてみると、ぼくが丸の内署の留置所にいれられたのは、たしかに三月か四月だけど、昭和二二年ではない。

昭和二二年の四月に、ぼくは大学にいきだし、トーキョー・フォリーズの舞台雑用になった。それからなんカ月かして、トーキョー・フォリーズがあった東横四階は火事で焼け、ぼくはおなじ渋谷の松濤町のアメリカ通信師団の将校クラブのバーテンになった。そのバーテンを人員整理ということで、ぼくひとりだけクビになり、たぶんしばらくあそんで、通信師団司令部の三信ビルのG・I食堂のバスボーイになった。バスボーイは、安食堂のウェイターのことだ。

それからまた、渋谷松濤町の将校クラブにまいもどり、雑役で煙突掃除なんかをやったあと、バーテンになった。そして、ウイスキー一本（たしかシーグラムV・O）とビール二缶を部屋にもちこんでるのが見つかり、窃盗罪で丸の内署の留置所にいれられた。

だとすると、くりかえすが昭和二二年ではない。昭和二二年の三月や四月のはじめは、将校クラブどころか、ぼくはトーキョー・フォリーズにもいってないかもしれない。

だったら、昭和二三年の三月末か四月か。すると、二・一ゼネストの関連で逮捕されたという人は、一年以上も留置所のなかにいたのか。

そういえば、丸の内署の留置所では、あちこちの警察署の留置所をたらいまわしにされ、うんざりしてるという男が、ほかになん人かいたなあ。昔の特高じゃあるまいし、そんなことがあり得るわけがないとおっしゃるかもしれないが、進駐軍関係の逮捕者はブタ箱住いが無制限ということだった。

ぼくはみじかいあいだしか、留置所にいなかったのに、よく、いろんな人のはなしをきいたなあ。ぼくに身上話や相談ごとをする女はいない。しかし男どもは、とくにわるいことをしたやつ、ヤクザ連中は、ぼくにはよくはなす。

二月二〇日の新聞には、前日の一九日の朝九時すぎ、世田谷区烏山の麦畑のなかで二二歳の娘さんの死体が発見されたことがでている。娘さんの死体は裸体で顔や太腿、左腕上部、左肺上から肺まで食いとられ（ここのところの書きかたは、ちょっとおかしいんじゃないかな）、頭はガイコツさながらだったという。野犬に食われたらしい。死体は裸体で、と新聞には書いてあるので、二月一八日の残雪がある夜、若い女性がなんで裸体で野犬に食われなければいけないのかとおもったが、着てるものを犬が食いちぎったらしい。現場二〇メートル四方にちぎられたオーバー、洋服、下着、髪、タビなどが四散、と新聞にはある。洋服という言いかたも、いまから考えるとおもしろいし、洋服にタビだ。

新聞には見取り図ものっていて、烏山のわりと甲州街道近く、久我山のほうにいく道の右てのほうで、死体があったところの左に小川が描いてある。いまは、ここには小川はあるまい。ここだけでなく、東京には、もう小川なんてない。かつて小川とよばれていたものがなくなっただけでなく、小川というコトバもなくなった。

死んでいた娘さん（娘という言葉も、とくべつの場合のほかはきかなくなった）は武蔵野町吉祥寺にすんでおり、井之頭食堂の給仕をしていたという。井之頭線の吉祥寺駅の近くにでもあった食堂だろうか。娘さんはだれかに殺されて、その死体を野犬に食われたという疑問もある、と警視庁の鑑識係長は言っている。

しかし、どうして、娘さんはこんなところにきたんだろう。いまは、このあたりから吉祥寺にいくバスもあるかもしれないが、そのころは交通不便なさみしいところだ。

野犬かニンゲンか、どちらかに殺された娘さんは、二月一八日、井之頭食堂で石ウスのひきかたがわるいと叱られて午後三時ごろ店をでたというが、食堂では、なにを石ウスでひいていたのだろう。なにか、この娘さんはふつうでない気がする。新聞の写真を見ると、頬にまるみのある娘っぽい顔だちで、それに二二歳という歳ごろだが、どうもふつうではない。

三月一二日の新聞には、台湾での独立運動（二・二八事件）をおさえるため、国府（蔣介石）の軍隊が台湾に大増派されたことが書いてある。この事件で、たくさんの台湾の人が殺されたり投獄されたりしたらしい。このときからすこしあとだが、台湾人のある作家が「剣をペンにかえて」と言うのをきいた。今どきそんな大げさな、とぼくはおもい、失礼なはなしだが、「本気でそうおもってるんですか」とたずねると、「もちろん本気ですよ」とその作家はうなずいた。その後、この作家はずいぶん変ったように言われるが、あんまり変ってないかもしれない。ひとを変った、とわるく言う者は、たぶんいやしいニンゲンだろう。

四月二二日の新聞には、はじめての参議院選挙の結果がでており、翌四月二三日の新聞には文化新議員の第一声座談会というのがのっている。前文相田中耕太郎、作家山本有三、評論家羽仁五郎、小学教員岩間正男の座談会だ。

五月三日の宮城前の新憲法施行式典の新聞写真は壇上の天皇陛下だけがコウモリ傘をさしている。だれかが傘をさしかけてるのではなく、陛下自身が傘をもって立っており、壇の下にならんだ人たちも、壇の上でうしろにひかえている人たちも傘はもってない。

この日はひどい雨だった。そのなん日かまえ、文学部の哲学科にはいったんだから、と広島県呉市の小学校で同級でずいぶんなかがよく、だが、それっきり別れて、おたがい消息も知らなかった梅谷昇にさそわれ、哲学科の研究室にいくと、五月三日の新憲法施行式典に哲学科からだれかでなくちゃいけないので、きみたちたのむよ、と助手か副手の人に言われた。

その人たちは二人か三人だったが、ぼくを見ると、もうわらうのをがまんできず、こまっていた。ぼくの頭が禿げてたからだ。大学の新入生で頭が禿げている。悲哀みたいなコトバをつかうならば、悲哀でいっぱい、息もできない状態だろう。

梅谷昇は海軍士官の息子で旧制浦和高校の理科から北海道大学の理学部にいったが、東大文学部の哲学科に再入学した。はじめて東大にいった日に、梅谷とぼくはおたがい同時に見つけ、声をかけた。小学校の五年で別れ、頭も禿げてるぼくを、よく、梅谷はぼくだとわかったもんだ。

あ、帽子をかぶってたか。

それにしても、東大にいった日、それもいったとたん、講義もきかないまえに梅谷昇にあい、しかもおなじ哲学科だった。これはいったい、どういうことか。

六月一日の新聞には片山内閣の顔ぶれがのっている。片山哲首相は社会党、外務大臣の芦田均は民主党、国協党の三木武夫は逓信大臣。

六月九日から新聞小説の「青い山脈」がはじまっている。戦争がうんとひどくなってからあと、それまでは新聞小説はなかったのだろう。「青い山脈」は石坂洋次郎作、佐藤敬のさし画で、ずいぶん評判だった。東宝で映画にもなり、主題歌もよくうたわれた。

この第一回の「青い山脈」の下のほうに、商工省・内務省・全国各府県の「ボロの特別回収」の広告がでている。活かせ古ボロ、み国の宝……　皆さん、どうかこの大切な産業復興運動に御協力ください。（ボロを）お出しの方へ褒賞……サッカリン、電球、洗剤、銘仙、生絹、ちり紙、木綿糸、絹織糸、家庭綿、外に優秀品（抽選有）買上価格一貫に付金弐円。

七月一六日の新聞には、新宿の大親分尾津喜之助の公判の記事と写真がでている。尾津親分は着物姿、公判のおわりのほうで、裁判長と親分子分制度と民主主義について応答があったとか。

七月三〇日午前九時一五分、幸田露伴が死去。八一歳。

案内新聞にもどろう。昭和二二年五月五日（月）発行の五月第二週号。案内新聞は毎週月曜日に発行されている。その軽演劇欄から——

帝都座五階劇場〇漫談松井翠声〇モダンスケッチ・アルバムNO４長谷四郎作「口紅」〇丸木

砂土ショウ「女の学校」二五景、岡本八重子、文子姉妹、木針田陽子出演。

ムーランルージュ新宿座○中江良夫作、演出「月を抱いた禁欲者」四景○山本浩久構成、演出スキングショウ「踊る海賊船」二一景。

日劇小劇場　新風ショウ公演。○穂積純太郎作、演出「我が心誰に語らん」○山本紫朗作、演出「青春ホテル」一二景。他に淡谷のり子とその楽団出演。

常盤座（浅草六区）水の江滝子一座「たんぽぽ劇団」

さて、東横四階第二劇場のわがトーキョー・フォリーズ。○中江良夫作、演出「うっかりした娘」○吉田史郎作、演出「百万人の目撃者」○小林菊治作、演出バラエティ「世紀の祭典」一二景。

「百万人の目撃者」のことはおぼえている。吉田史郎さんの芝居は、人情物とか、かるいくすぐりみたいな軽演劇におおい作品とはちがい、事件がおきたり、ピストルが鳴ったりして、なにか男っぽく芝居がすすむ。軽演劇は風刺がミソみたいに言われてたけど、芝居のしめくくりは、やはりホロッとさせるようなところだった。

「百万人の目撃者」の台本を書いてるころの吉田史郎さんのところにたずねていったことがある。たしか、日暮里あたりのお寺で、それもお寺の一室ではなく、広い本堂みたいなところの隅のほうに吉田さん夫婦はいた。新婚の、きれいな初々しい奥さんで、芸（能）界のひとではあるまい。吉田さんは着物で、奥さんも着物だ。吉田さんの台本の原稿がおくれ、ぼくはとりにいったのだろう。

案内新聞五月第三週のトーキョー・フォリーズの演《だ》し物はおなじ。軽演劇の芝居二本にバラエティ。入場料一五円。

おむかいの東横第一劇場の空気座は、八木隆一郎作、加納浩演出「故郷の声」一幕。小沢不二夫作、小崎政房演出「極楽ボーイ二人組」六景。二宮次郎作、演出のバラエティ「桃色の風は光る」一二景。空気座は演出に大都映画の監督もやった小崎政房や、役者では堺駿二、有島一郎などがいたが、このとき出演していたかどうかはわからない。空気座結成の同人の吉村平吉さんは、ぼくとは親しい先輩で、つい昨日も電話ではなした。みんなにヘイさんとよばれる吉村平吉さんは、ずっと独身で、吉原のもとの赤線のアパートにすんでいる。あとで空気座は、帝都座五階の劇場で田村泰次郎原作、小崎政房演出の「肉体の門」で評判になる。わがトーキョー・フォリーズには、いまでも活躍している人では佐山俊二がいた。佐山俊二は小柄でタップもうまく、バラエティでも男性の主役だった。

軽演劇の芝居にでる女優は、ほとんど踊り子の研究生としてはいった人たちで、そんななかから、ごくわずかなコが芝居にでるようになる。そして、芝居にでても、歌と踊りのバラエティにもでる。トーキョー・フォリーズのいちばんのおねえさんは、ムーランルージュでもファンがおおかった小柳ナナ子だった。

案内新聞五月第四週号。東横四階第二劇場、トーキョー・フォリーズは、〇桜井有三作、演出

「青い湖の乙女」〇上代利一作、演出「望郷」〇河上五郎構成、演出のバラエティ「乳房の天ぷら」

桜井有三さんはいちばん若手のほうの軽演劇の先生で、いくらかナンセンスな台本を書き、ぼくは好きだった。上代利一さんは十代のころから、ムーランルージュで台本を書いていたという。十代で軽演劇の台本を書くなんて信じられないようなことだけど、吉村平吉さんやぼくなどとあそんでまわってた深井俊彦さんもそうらしい。上代さんの芝居は人情がらみのムード芝居といったところだった。

案内新聞五月第五週号。東横第二劇場のトーキョー・フォリーズは五月三〇日までは前週とおなじ演し物だけど、五月二二、三日ごろにたいへんなことがおこった。歳は一九だが、からだがよくて踊りもじょうずなラナー多坂が舞台で乳《にゅう》バン（ブラジャー）をとったのだ。

記念すべきその日、ぼくは浦和の梅谷昇のうちにいたかなんかして小屋をサボり、翌日やってきて、おどろいた。東横デパートの一階にまで行列ができている。でも、東横デパートの二階の売場で、衣料キップのいらない端切かなんかでも売出してるのだろうとおもい、階段をあがっていくと、その行列は二階の売場をとおりこし、三階の映画館のフロアもすぎて、四階にのぼっていってるではないか。そして、その長い長い行列は、東横四階第二劇場のわがトーキョー・フォリーズのテケツ（キップ売場）にまでのびていた。

バラエティ「乳房の天ぷら」のなかの一シーンで、はじめはラナー多坂の前でなん人かの踊り子が群舞をし、それからラナー多坂のソロ・ダンスがあって、最後に舞台中央の奥のタップ台の上でラナー多坂がポーズをきめ、乳バンをとる。

ただし、ポーズをきめたら、手も足もからだはうごかさないから、自分では乳バンはとれない、ストリップのテクニックなど、まるでないころだ。テクニックどころか、ニホンではストリップという言葉もなかった。

それで、だれかが、うしろの割りドン（割り緞帳）のあいだから手をさしいれて、乳バン（ブラジャー）のホックをはずし、するっと乳バンをぬきとったのだ。その役は、ぼくもやった。舞台雑用なんだもの。

さて、ラナー多坂はどんなことで、乳バンをとる気になったのだろう。脱ぐから、うんと高い日だて（ギャラ）をくれと言ったわけでもあるまい。「乳房の天ぷら」という題名のバラエティなのに、看板の乳房はでてこないで、「乳房はどうした！」と客席から野次がとんだりしたこともあり、「よーし、いっちょやったろか」とラナー多坂はおもったのかどうか。くりかえすが、ラナー多坂はからだもよく、踊りもくっきりしてたが、十九歳だ。また芝居のほうにいく気もない。芝居はできなかったのだろう。そんなことも原因みたいなものか。

もしかしたら、ラナー多坂はべつにどうってことはなく脱いだのかもしれない。いや、そのころ舞台で脱ぐのはたいへんなことだ。だからあれだけ客がきたんじゃないか、と言う人もあるだろう。ジプシー・ローズの亭主でマネジャーだった正邦乙彦さんは、浅草の常盤座のバラエティのなかで脱ぐ踊り子をさがして苦労するはなしを書いている。しかも、それは翌年の昭和二三年のことだ。

だが、ほかの人たちはともかく、ラナー多坂は大決心をするのでもなく、劇団の人たちにしつこくすすめられたわけでもなく、またそんなふうだったからこそ、どうってことはなく脱いだのではないか。

じつは、ラナー多坂はつぎの週はもう脱がないと言いだした。なにげなく脱いでみたら、大さわぎになり、イヤになったのだろう。このときは、劇団の人たちはしつこく説得しただろうし、ギャラのはなしもでたとおもうが、ラナー多坂はことわりつづけたようだ。

しかし、これはちがってるかもしれない。どうってことはなく脱ぐ、なんてのはぼくの好きな解釈だからだ。利害にカンケイなくても、つい自分好みの解釈になる。

本人にきいてみるのがいちばんいいみたいだが、これがたいへんにアテにならない。いや、世間なみの答えを当てにしてる人にはアテになるだろう。逆に、これまでの常識的な答えを待ってたのに、それとはちがう答えをきくと、不愉快になる。

「あのときは、どんなお気持で?」などきかれると、たいていきまった答えがかえってくる。このきまった答えというのが、ぼくはおもしろくない。公式な答えを、それこそ利害には関係なくてもつくってしまうのだ。きまった答えではなく、ああ答えたり、こう答えたりでもいいではないか。ところが、たいていの人がそんな答えはあやしむ。不愉快な気持になる。それで、きまった公式な答えになるのだろう。

そのときの自分の気持というのを、物語みたいにつくってしまうのだ。ところが、そんな物語のほうを世間はよろこび、逆に、物語でないみたいなものには、顔をしかめる。

ラナー多坂は、あのころ脱いだおぼえはない、と言った。

すると、ぼくのほうが、あのときラナー多坂が脱いだという物語をつくってるのだろうか。

バラエティ「乳房の天ぷら」なんて、腹をすかして色気があるみたいでおかしい。

案内新聞六月第一週号では、トーキョー・フォリーズは東横四階第一劇場で、空気座新集団が第二劇場になっている。第一劇場のほうが、かなり大きい。ラナー多坂の乳バンとりで、さっそく劇場のとりかえっこというのは、まったく現金だ。ぼくも、劇場をとりかえたのはおぼえていたが、こんなに即だったとは、と案内新聞を見てあきれている。

トーキョー・フォリーズは六月九日まで、泉新太郎作、吉田史郎演出「嚙みつかれた人妻」一幕。吉田史郎作・演出「海鳴り」三景　鳥江克構成、小林菊治演出、河上五郎振付「情炎のジプシイ」二場六景。

泉新太郎はペンネームだが、まことにマジメな男で、あとで東京都の役人になったとかきいた。たぶん、ぼくよりも一歳ぐらい下で、兵隊にはいっていない。特攻隊くずれなどと安手のおセンチな言葉がはやり、とくに軽演劇青年などは自分でもそうおもってる連中がふつうみたいななかで、泉新太郎はしずかでおだやかで、大人《おとな》びてるというより、ちゃんとした大人だった。この

「嚙みつかれた人妻」という芝居も、おちついて出しゃばらず、ちゃんとまとまっていて、ぼくはおもしろくなかった。軽演劇の台本はこんなものというのを、そっくり書きうつしたみたいなのだ。

ぼくはさかんに悪口を言ったが、これはみっともないことだった。桜井有三は文芸部の先生では若手だったが、先生でない文芸部員では、歳は若くても、泉新太郎がいちばん先輩だ。それに、今ごろになって気がついたんだけど、泉新太郎の「嚙みつかれた人妻」にはつまり新奇なものがない、とぼくは悪口を言ったのだが、泉新太郎ははじめから新奇なものなどねらっていなかったにちがいない。もちろん、ぼくは泉新太郎に嫉妬していた。こちらは文芸部では後輩でも、なにしろ、書くときは一日に一本ぐらい、それも、ひとが考えなかったような台本を書いてるのだ。もっとも、ぼくが書いたものが舞台《いた》にのらない、と本気で腹をたててたわけではない。やはり、自分が書いたものは新奇ではあっても、新奇な屁みたいなものだとわかってたのだろう。

しかし、泉新太郎みたいな男が、どうして軽演劇なんかにきたのだろう。こういう言いかたは、はなはだ不遜だということはわかっている。だれがなにをしようが、かってではないか。

大企業の重役で、「わたしはもと教員でして……」とくりかえしてるひとがいた。でも、そのひとが女学校の先生だったのは、ごくわずかなあいだで、あとはずっとその大企業ではたらき、いそがしい仕事のあいだで死んだが、「わたしはもと教員でして……」と毎日のように、だれかに言ってたのではないか。

建設業の社長で、日本舞踊の名取りのあるひとは、もと警官で、東京の丸の内署の巡査をしていた、と、これまた毎日のようにくりかえした。これも、警官だったのはほんの半年か一年ぐらいのことだ。

だけど、教員や警察官をやっていたのは、ほんのわずかなあいだでも、そのひとの原点か核みたいになっている、なんて言ったりするが、そんなこともあるかもしれないけど、ぼくはあんまり信用しない。

でも、どうして、そんなことを、毎日のように言うのか。毎日のようにしゃべる、という現象のほうが、核とか原点なんてことよりも、もっと重大なのではないか。

いや、泉新太郎の台本はこれ一本だけで、ほかの台本が舞台《いた》にのったということはきいていない。泉新太郎も東京都庁ではたらいてるあいだ、そんなことを、くりかえしはなしてただろうか。

あとで、ぼくはラジオドラマなども書いたけど、一本も採用になったものはなかった。おそらくは、採用するかどうかといったところまでもいかなかったのだろう。

ある新聞社の学芸部のひとが、民放のラジオ局に紹介してやるというので、ぼくはラジオドラマを二本ばかり書いてもっていった。しかし、その台本は二本ともラジオ局にはもちこまれなかったようで、一年ぐらい、そのひとの机の上にあり、ラジオドラマのことで、だれかが相談にくると、こういう台本は書いちゃいけない、とぼくの台本をダメな見本として読ませたそうだ。

ぼくには芝居はむかないとわかったのは、それから一五年ぐらいあとだろうか。ぼくが書くものはだらだらアタマもシッポもなく、きゅんとひきしぼるようなところがないんだもの。芝居はダメだ。ところが、近ごろの芝居は変ってきてますからねえ、だらだらでも、またおもしろいんじゃないですか、なんて言うひとがあり、そんなふうでも、ぼくのだらだらは、とうてい舞台にはのらない、といくら説明しても、相手はニヤニヤしてるだけだ。こういったことでも、さっぱりわかってもらえない。

「嚙みつかれた人妻」は泉新太郎作で吉田史郎演出になってるのは、泉新太郎は若いので、演出はむりということだろう。

じつは、この週に、またびっくりするようなことがおこった。くりかえすが、ラナー多坂はもう脱がないという。だが、わがトーキョー・フォリーズは空気座といれかわって、大きな第一劇場にうつっている。

だれか脱ぐかわりのコを、と劇団の人たちはあせったにちがいない。でも、そんな踊り子はいないので、画のモデルをつれてきた。そのコの名前は、看板では佐藤美子となっていた。画家の佐藤敬の奥さんで、フランス人との混血の鼻が高い女性と同名だ。

画のモデルならば、戦争がおわるずっとまえから裸体でモデルになっている。ただし、踊りはできない。

この佐藤美子も踊りはだめで、「懐しのボレロ」の曲で、ただ舞台をぐるぐるまわった。そのころとしては大柄なからだで、のっしのっしというように舞台をあるく。うすい紗《しゃ》の布を一枚、肩からひらひらひっかけただけで。

透きとおった紗の布ひとつでは、股のあいだのもじゃもじゃ黒いものがよく見える。まえの週にラナー多坂がソロ・ダンスのあとタップ台でポーズをきめ、ほんの一、二秒、乳バンをとって見せたというだけで、劇場の開館前に、東横デパートの一階から四階まで人の列ができた。

それが、乳バンどころか、ツンパ（パンツ）もとって、舞台をぐるぐるあるいている。そのときのぎっしり満員の客は、さわぐどころか、だまりこんでいた。あっけにとられ、なにかのまちがいではないか、と空おそろしくなったのかもしれない。

じつは、佐藤美子が画のモデルをしていたかどうかはわからない。ただ、舞台にでるときのほかも、たいていパンツははいていなかった。また、あったかい季節にもなっていた。もちろん、ふつうのお脳のコではない。そして、舞台のそでで出番を待つあいだ、舞台雑用のぼくの膝にハダカでのっかって、小道具の電話の受話器をとりあげ、モシモシ、と言ったりした。このコはぼくにはなついていた。劇団の者は、ほかにはだれも相手にしないんだもの。通路などでこのコとあうと、キャッ、と逃げだす踊り子もいた。

そのころはストリップというニホン語もなく、看板にはモデル佐藤美子と書いてあったが、ぼくたちはハダカとよんだ。

ともかく、すごくたくさんの客がきた。客が混みすぎて、舞台の下のオーケストラ・ボックスの柵がこわれ、客がなだれこんだり、とうとう客があふれ、舞台にまで客があがって立ってることもあった。こうなると、客がおおすぎてパニック状態で、舞台で芝居や歌や踊りなどはできない。劇場が大入りで客が混んだはなしはよくきくが、こんなに混んだのはめずらしいのではないか。

このあと、ツンパを脱ぐストリップのいわゆる特出《とくだし》が舞台で見れるようになるのは、うんと早いところで昭和三〇年ぐらいだから、これが、どんなに大さわぎだったかわかるだろう。

東横四階第二劇場は空気座新集団。○木下順二作、佐々木孝丸演出「赤い陣羽織」一幕。○西川清士作、寺田一夫演出、河上五郎振付「死のルムバ」

木下順二も佐々木孝丸も新劇の人だ。いま、吉村平吉さんとはなしたのだが、空気座は百人をこえる人員で、渋谷の東横四階の劇場だけでなく、四カ所ぐらいにわかれて出演していたという。こんなことも、いまはじめて知って、おどろいた。でも、空気座という名前は、なんと軽演劇らしい、しゃれた名前だろう。

案内新聞六月第二週号。東横四階第一劇場トーキョー・フォリーズ、桜井有三作並演出「男の世界」五景。上代利一作並演出「貞操の手帖」三景。バラエティ林茂平構成、小林菊治演出「裸女の誘惑」一五景　東横四階第二劇場の空気座の案内はない。

常盤座　菊田一夫、佐々木孝丸演出、薔薇座公演「東京哀詩・汚れた顔の子達」四幕。森川信一座「モデルと若様」

浅草六区の常盤座のこの「モデルと若様」のモデルが、帝都座五階のれいの額縁ショウよりももっと早い、ニホンでさいしょのヌードだというひとがいるけど、この案内新聞で見るかぎり、すこしあとで、わがトーキョー・フォリーズよりもあとだということがわかる。

案内新聞六月第三週号。東横四階第一劇場のトーキョー・フォリーズは前週とおなじ。

東横四階第二劇場の空気座新集団は、鈴木泉三郎作、西川清士演出「生きている小平次」三幕。シュニッツレル作、寺田一夫演出「結婚式の朝」一幕。小崎政房作、八田元夫演出「吸殻往生」四景。料金一五円。

「生きている小平次」は六代目尾上菊五郎が歌舞伎でやったときいた。また、その舞台映画もある。小崎政房作の「吸殻往生」は戦争がおわるまでのムーランルージュの代表作のように言われた。

おむかいのわがトーキョー・フォリーズのごったがえした客とちがい、ちいさな劇場のしかもちらほらとしか客のいない座席にすわり、ぼくはなにか倦怠感のようなものを感じながら、「吸殻往生」を見た。すこし暑くなりかかった日にふさわしい倦怠感のようだった。空気座はエロはおむかいのトーキョー・フォリーズにまかせて、というところだったのかもしれない。

案内新聞六月第四週号。東横四階第一劇場トーキョー・フォリーズ、林茂平作・演出「もう結構です」一幕。中江良夫作、吉田史郎演出「花と咲く人達」一幕。バラエティ「おへその接吻」三景、構成・演出・振付河上五郎。

東横四階第二劇場は空気座ではなく、劇団新潮公演。雪丘純、秋山秀子等出演。山下三郎作・

演出「処女学園」一景。片山力作・演出「浅草の顔役」四景。山下三郎作・演出「大岡政談・大笑い権三と助十」六景。

だいぶあとになって、片山力さんといっしょに浜松のヌード劇場「金馬車」にいったことがある。深井俊彦先生が大夫元《たゆうもと》（プロモーター）で、なにかやったのだ。深井先生はじつにだらしない大夫元で、ぼくたちは片山力さんなんかと、毎日、楽屋で飲んでいた。こんなときは、かならず、吉村平吉さんがやってくる。吉村さんは新幹線がきらいで、東名高速をはしるバスできた。「金馬車」の事務所で、ぼくと吉村さんはフロ券をもらい、銭湯があくのを待ってフロにいく。吉村さんのフロ券は深井先生のぶんだ。深井先生はほとんどフロにはいらない。

ほかにはひとのいない、あかるい陽のさしこむフロ場の床にすわり、吉村さんはゆっくりゆっくり、からだをあらう。からだつきに似合わず、その胸にはたっぷり胸毛がはえている。しかも白と黒のあざやかなツー・トーンだ。ぼくが胸毛をほめると、吉村さんは言った。「ま、胸毛はかなりありますが、剃ったことはないもんだから、のびてきて……」

空気座が東横四階からでて、帝都座五階での大ヒット作「肉体の門」の上演の許可を、原作者の田村泰次郎からもらってきたのは、吉村平吉さんだ。

案内新聞の七月第一週号と第二週号はとばして、第三週号より。

東横四階第一劇場トーキョー・フォリーズ。北川竹雄作、上代利一演出「華やかな一族」三景。桜井有三作・演出「幽霊千一夜」三景。鳥居克構成・演出バラエティ「龍宮城のエロ合戦」鳥居克は案内新聞六月第一週号では、鳥江克になっていた。
案内新聞七月第四週号には東横四階の劇場の案内はない。じつは火事があったのだ。初日の朝はやくで、初日のために徹夜で稽古していた踊り子や、大道具の人たちもいたらしい。たいした火事ではないが、舞台はつかえない。そして、これを機会に、四階の劇場二つと寄席はなくなり、東横デパートの売場になった。そろそろ、デパートで売る品物も出まわってきたのだろう。三階のベニヤ仕切りの映画館もデパートの売場になったはずだが、そちらのほうの事情は知らない。

これまでずっとベニヤ仕切りと言ってきたけど、そのころ、ベニヤ板は貴重品で、もっと安物のふつうのうすい板もつかってたのかもしれない。

トーキョー・フォリーズは火事で出演する劇場もなくなり、一時解散ということになり、おそらくその日のうちに、ぼくは渋谷松濤町の米通信師団の将校クラブのバーテンになった。旧鍋島侯爵邸だ。広大なお庭とりっぱな屋敷で、バーも壁にオーク材をつかっていた。この将校クラブにきて、ぼくはなんとか空腹からのがれたのではないか。

案内新聞八月第一週号。多摩川園劇場にトーキョー・フォリーズの名前があり、演し物は七月第三週号の案内とおなじ軽演劇二つにバラエティ。一時解散したトーキョー・フォリーズが、またすぐあつまったのだろう。このときは、ハダカさんはでていない。料金は昼一五円、夜一〇円。昼間のほうが入場料金はふつう安いのだが。

多摩川園劇場は東横線の多摩川園の奥のほうにあった。すぐうしろが、どりこの坂だ。どりこの坂をあがった角にどりこの邸がある。どりこのは一時流行した清涼飲料水で、ぼくが子供のころ、少年倶楽部にもエジソン頭帯《バンド》などといっしょに広告がでていた。どりこの社長の家がどりこの邸だろう。このあたりも田園調布だ。

当時、もともと劇場としてつくられた建物で戦災をのがれて残っているというのは、たいへんにすくなかった。多摩川園劇場はそのすくない劇場のひとつだが、場所が新宿とか渋谷みたいな盛り場ではない。多摩川のそばで、川をわたれば神奈川県だ。それまで多摩川園劇場は時代劇俳優の杉山昌三九劇団とか、あとになってはもと宝塚の湊川みさ代劇団などがでていた。

案内新聞八月第一週号の帝都座五階劇場の案内は、八月一日より空気座公演、田村泰次郎作、小崎政房演出「肉体の門」三場、三〇円、とある。あの有名な空気座の「肉体の門」の名前がはじめて見られる。

しかし、吉村平吉さんのはなしだと、案内新聞八月第四週号の帝都座五階劇場の案内にでている文化座の佐々木隆演出の朝鮮古典「春香伝」六幕一二場と、さいしょは二本立てだったという。でも、初日から二、三日もすると、ぐっと客がふえ、それが「肉体の門」が目当てだということは、はっきりしていたので、文化座は一週だけ共演で、あとはひいていった、と。このことは、旗一兵さんの本「喜劇人回り舞台」のなかにも、そんなふうに書いてあるそうだ。

案内新聞八月第二週号。帝都座五階劇場、空気座公演、中野実作、山田寿夫演出「女優と詩人」そして「肉体の門」

文化座が帝都座五階劇場からひいていったので、「肉体の門」一本だけではやっていけないから、空気座としてはなんどか上演し出演者もすくなく手なれていた「女優と詩人」を二本立てで舞台にのせた、と吉村さんは言う。

ところが、案内新聞八月第三週号には、帝都座五階劇場は空気座の「肉体の門」だけの名前が見え、一五日より文化座公演とある。文化座の名前が、ここでさいしょにでてくるのだ。そして、おなじ八月第三週号には、浅草ロック座の予告として、一七日より空気座公演「肉体の門」となっている。

案内新聞八月第四週号には、帝都座五階劇場は文化座公演。浅草ロック座は空気座「肉体の門」北里俊夫構成、演出「処女読本」八月第五週号も、帝都座五階劇場、ロック座ともおなじ。案内新聞九月第一週号。帝都座五階劇場、四日より帝都座ショウ、空気座合同公演。丸木砂土ショウ第二回作品「女と罰」二二景。空気座「肉体の門」

空気座の「肉体の門」は浅草ロック座で二週上演したあと、新宿にカムバックしたようで、九月第二、第三、第四週号も帝都座五階劇場の案内はおなじ。

案内新聞九月第五週号には、帝都座五階劇場は、九月二七日より劇団東童出演「若きウエルテルの悲しみ」九場。ゲーテ作、秦豊吉訳、小沢不二夫脚色、宮津博演出。四〇円。

一〇月第一週号はぬけて、つぎは一〇月第二週号だが、帝都座五階劇場はやはり劇団東童の

「若きウエルテルの悲しみ」で、このつぎ空気座の「肉体の門」の名前がでるのは、一〇月第四週号でまた浅草ロック座の空気座公演。ほかに「突飛な娘」というのもある。

一〇月第五週号では、浅草ロック座は三〇日まで空気座の「肉体の門」三場。一一月一日より第二回「なやまし会」山野一郎、大辻司郎、生駒雷遊、奈美乃一郎などの無声映画時代の弁士たちの劇団の出演。

一一月第一週号では、空気座の「肉体の門」は、またまた新宿の帝都座五階にもどって、ほかに伊沢六郎作、伊達諒演出「突飛な娘」三景。入場料四〇円。

一一月第二週号、第三週号でも、「肉体の門」は帝都座五階劇場で続演。おなじ号に浅草国際劇場が再開場とでている。戦災でやられたのを、やっと改築したのだろう。やはり戦災にあった歌舞伎座の改築はもっとあとではないか。

一一月第四週号には、帝都座五階劇場は二四日まで空気座の「肉体の門」とあるが、そのつぎに「肉体の門」の名前が見えるのは、昭和二三年一月第一・第二週合併号で、一二月三〇日から一月三〇日まで浅草ロック座で、ほかにバラエティ「春のプレリュード」一五景。入場料五〇円。

「肉体の門」のほかの一本は、つぎの週は山田春夫作「結婚診断書」キドシン一座の名前を、あちこちの劇場の案内に見かける。はじめは、れいの多摩川園劇場あたりだったのが、浅草六区にでてくるのだ。

案内新聞昭和二三年二月第三週号。日劇小劇場一六日―二九日。菊田一夫作演出。河野国夫装

置「鐘の鳴る丘」四幕六場再演。小山げんき（放送劇団）水谷史朗、能勢妙子、加藤道子、劇団つくし座、東京フェニックス楽団等出演。五〇円。水谷史朗は映画の「鐘の鳴る丘」でも主演だった。水谷史朗とは大阪や広島のヌード劇場に旅をしたこともある。キドシンみたいにお尻をつきだして、ひょこひょこあるくとか、むりなおかしさなどはださない、ほんとに、かるーい演技のすばらしい役者だった。

そんな水谷史朗が剣劇の一座にいるとき、ぼくは、沼津の町はずれの海辺の松林のうしろにある温泉をたずねていった。この温泉にきた客はお湯にはいったあと、大広間で酒を飲んだり、なにかたべたりしながら、剣劇一座の芝居と歌と踊りの余興を見て、夕方はやくにかえっていく。町なかの温泉ではないから、客がかえれば、あたりはひっそりして、客がいない大広間の舞台の上のテーブルをくっつけ、一座の夕食がはじまる。芝居をやっていた舞台で晩ゴハンをたべるのだ。ぼくもいっしょに飲んだが、水谷史朗はあまり飲まなかった。

そのあとすこしして、水谷史朗はここの楽屋でひとりで死んだ。服を着たまま、その服の胸のところにタバコの灰がころがってたそうだ。タバコを吸いかけて死んだのだろう。水谷史朗はその前から肝臓がわるく、なんどか入院していた。

二月第四週号。池袋文化、三木鶏郎ショウ。総指揮三木鶏郎、脚色・演出深井俊彦「大学のピーナッツ娘」八景。葉村みき子、旭輝子、有島一郎、河野恭平等出演。「青春落語」林家三平。入場料二五円。

ひやぁ、深井先生の名前がでている。でも、このころは、深井先生はほんとに脚色・演出なんてことをやってたのだろうか。

水谷史朗と大阪の築港のちかくのダイコー・ミュージックや広島の広栄座にいったときも、深井先生が大夫元（プロモーター）で作・演出深井俊彦と看板にはでていた。ピンク女優の実演というやつだ。ポルノ女優ではなくてピンク女優。ああ、なんと古いおさないころだろう。

その実演はいいかげんでふしぎな芝居めいたものをやったのだが、題名はない。ただのピンク女優の実演。それどころか、女と男の十なん人かの一行だけど、一座に名前がない。名前のない一座など、ほかではきいたことがない。また、無名座とか無名劇団とかってのでもない。しぜんに、あたりまえみたいに名前がない。深井先生は一座の名前など考えもしなかったのだろう。ほんと、なんで名前がいるのよ。

このとき、大阪のダイコー・ミュージックの実演のなかで、深井先生は、女子高生の役をだそうかなと言いだした。それには、女子高生の制服がいる。長い芝居、ちゃんとした芝居なら、制服を着てない女子高生もださせるかもしれない。でも、こんなものじゃ、制服を着せなきゃ女子高生はできない。そのかわり、女子高生の制服さえ着れば、一目で女子高生になる。

ま、そこまでの深井先生のはなしはわかる。そして、深井先生は衣裳屋に女子高生の衣裳をかりにいった。だれかを使いにだしてもいいが、前金なしに衣裳がかりれるのは、おれぐらいだからね、と深井先生は言った。

ところが、深井先生は女子高生の衣裳をかりにいったきり、ダイコー・ミュージックにかえってこない。やっと、広島の広栄座にうつる前の日にかえってきたが、女子高生の衣裳はもってなかった。衣裳屋にいったかどうかもわからない。

広島の広栄座では新しい芝居をやる、と深井先生は言った。だが、深井先生はその新しい芝居を書いたりはしなかった。台本は書かないが、口で筋書きなどをつたえる口《くち》ダテみたいなこともない。深井先生はただ楽屋に寝ころんでる。長身でやせたからだを楽屋の隅によこにしている。いつも楽屋の隅だ。深井先生は威張るひとではない。声もちいさく、しずかだ。長身で長髪、その顔はスフィンクスに似てるとぼくはおもう。深井先生は楽屋の隅に寝ころんで、近くに、だれか女のコがいると、ヤラセロとくりかえす。ほかのことは言わないで、ただヤラセロとくりかえす。

このときの一行に、舞台もピンク映画もなんにも出たことがない、まったくの素人のケイコという、歯ぐきの色がへんにくろいが、気性はさっぱりした女のコがいて、深井先生はヤラセロをくりかえし、ケイコは言った。

「だめ!」

「どうして?」

「先生はわたしのおかあさんに似てるから」

はじめて、ぼくが深井先生を見かけたのは、東横四階のトーキョー・フォリーズにいたときで、深井先生はおむかいの空気座の通路をあるいていた。深井先生は着ながしの着物で下駄をはき、長身をうつむきかげんにしていた。長髪で、スフィンクスに似て、ケイコのおかあさんにも似てる顔は、忘れられるものではない。

広島の広栄座での新しい芝居のことで、いまおもいだしたが、大阪のダイコー・ミュージックと広栄座では、舞台のつくり、小屋そのものがまるっきりちがうので、おなじ実演というわけにはいかなかったのだろう。

ストリッパーやわれわれの一行には、プロ野球みたいな移動日はない。今夜の夜行で広島にいくという日になっても、深井先生は新しい芝居の台本のようなものは書かない。

たまりかねた男や女の役者は、自分たちで芝居をつくろうとした。その相談をしている連中のあいだに、ぼくが首をつっこむと、じゃましないでくれと言われた。ぼくは深井先生と同類だとおもわれたのだ。なんと、ぼくはハッピイな気持だったことか。楽屋の隅の深井先生のよこに、ぼくはならんで寝そべり、「シッシッ、とおっぱらわれたよ」とうれしそうな声をだしたにちがいない。

深井先生と旅にでると、こんなことはしょっちゅうだったが、役者たちが考えた芝居を舞台でやったようなことは一度もない。役者たちが考えたみたいな芝居とは、いつも、まるでちがったものになっていた。だったら、やはり深井先生が考えたものかというと、そうとも言えず、ふしぎなはなしだ。

案内新聞三月第二週号。帝都座五階劇場　空気座結成二周年記念興行、森鷗外原作、山田寿夫脚色、伊達諒演出「雁」五景。小沢不二夫作、小崎政房演出「群狼」二幕。六〇円。

三月第三週号。池袋アバンギャルド第一五回公演。北里俊夫演出「とぼけ署長」「霧に浮ぶ女」「下界の淫獣」上は山手線の電車がはしる池袋のガード下のちいさな劇場だ。ガード下なのでせまい客席に大きな柱が二つぐらいたっていた。このとき、池袋アバンギャルドがもう一五回目の公演だとは。

三月第四週号。常盤座　劇団新風俗公演。田村泰次郎原作、中江良夫演出「春婦伝」二幕五場。山口国敏演出「怪しき真珠」十二景。ストリップショウ出演。五〇円。

「春婦伝」はかなり評判になり、谷口千吉監督で映画化された。映画題名は「暁の脱走」池部良と山口淑子が主演だ。ストリップショウ出演というのはおかしい。ストリップというニホン語ができたころのことだ。あとでジプシー・ローズの亭主兼マネジャーになる正邦乙彦さんが、昭和二三年三月一日から常盤座でストリップをやることで、もう準備金をうけとっており、そのため、バタバタはしりまわって、渋谷百軒店のジュライ座から、滝洋子という大柄な踊り子をひきぬいてきた、とご本人の正邦乙彦さんが東京スポーツ新聞に書いている。その滝洋子がヘレン滝だ。しかし、三月一日に間にあったかどうか。この案内も三月第四週号。

四月第一週号。常盤座は「春婦伝」を続演。帝都座五階劇場は三月三〇日まで空気座で、四月から帝都座ショウになる。「肉体の門」の名前は案内新聞の最終刊の四月第三週号まででてこない。空気座の「肉体の門」はニホンじゅうあちこちに旅をしている。もう、そろそろ、「肉体の門」の旅がはじまったころだろうか。

四月第二週号。浅草常盤座は続演で、荒木陽、南順子、桜むつ子、滝沢ノボル等。ヘレン滝とストリップショウ特別出演。五〇円。

四月第三週号。常盤座は続演。ムーランルージュ（新宿座）一周年記念公演。中江良夫作・演出「にしん場」一幕五場。MR構成部構成、山本浩久演出ピックアップショウ「イヴの誘惑」より一七景。六〇円。

この四月第三週号に、「本紙は内容刷新準備の都合上次号四月第四週号は臨時休刊します。御了承下さい。案内新聞社」という社告がのってるが、それっきり、案内新聞は発行されていない。

昭和二二年三月三日発行の近刊予告見本と四月二八日発行の第一号、五月第一週号から翌昭和二三年四月一二日発行の四月第三週号までのほぼ一年間、案内新聞はつづいたわけだが、この一年間は、ぼくにもたいへんな一年間だった。

昭和二一年七月に中国から復員したが、神奈川県の久里浜沖でコレラが発生して、船のなかに二週間ぐらいいたり、そのあと、横須賀走水《はしりみず》のもと海軍病院分院に、また一週間ぐらいいて、広島県呉市の両親のところにかえってきたのは、八月もなかばちかくではなかったのか。

すぐに、呉にあったアメリカ軍政府の炊事場《キッチン》ではたらきはじめ、翌昭和二二年の三月に軍政府をクビになり、東京にでてきて、四月から東大にいく。それとほとんど同時に渋谷の東横四階のトーキョー・フォリーズの舞台雑用となる。文芸部の下っぱは台本のガリ版きりをやらなきゃいけないが、ぼくはガリ版きりなど、とうていできないので舞台雑用だ。また、「ルミちゃん、出番だよ」と楽屋に踊り子をよびにいったりするのは、ぼくの性分にあっていた。

案内新聞が発行されていた一年間は、こんな言いかたは恥ずかしいが、ぼくにはがたがただいじな一年間だった。いや、ほかのときがだいじでないのではない。ウイリアム・サローヤンふうの言いかただと、このときがとてもだいじなときだとわかると、ほかのときもだいじなときだとわかるといったぐあいだろう。ウイリアム・サローヤンをもちだしたのは、こんな言いかたは、やはり恥ずかしいのでつまりはひとにおっかぶせたのか。

ところが、そんなときなのに、実際はどんなことだったかとなると、てんでおぼつかない。もっとも、この実際はというのが、そうカンタンにはいかない。事実関係みたいな言いかたがあるが、はなはだうさんくさい。でも、案内新聞で、たとえば、各週の軽演劇の小屋のプログラムを見ていくなんてのは、わりと信用のおける実際ではないだろうか。

東横四階のトーキョー・フォリーズでラナー多坂が乳バンをとったころのことは、バラエティの「乳房の天ぷら」の名前ぐらいしかおぼえてなかったが、泉新太郎の「嚙みつかれた人妻」のことなども記憶にうかんできた。

そして、空気座の「肉体の門」。脚色は小沢不二夫で、これを、小崎政房がミュージカルふうな演出にしたとのこと。夜、焼跡のたき火のそばでパンパンたちが酒に酔っておどるところ、女が手首をしばられ、吊しあげられ私刑《リンチ》をうけるシーンなども、いかにも軽演劇の踊り子ふうでよかったのをおもいだす。吉村平吉さんは、「肉体の門」の小崎政房の演出を、絶妙の演出と言った。とにかく、案内新聞を読んでいて、ずいぶん勉強になった。考えちがいをしていたことも、たくさんあった。

空気座が帝都座五階にうつったあと、あの有名な「肉体の門」を上演し……なんてことを、ぼくは書いてきたが、これもまちがいだった。

帝都座五階で空気座の「肉体の門」をやることがきまり、それで、空気座が帝都座五階にいったのだ。しかも、おかしいというか、おそろしいというか、そういったことは、吉村平吉さんあたりから、おそらくなんどもきいてるのに、空気座が帝都座五階にうつったあと「肉体の門」を上演しと自分でかってに作文してしまっていたぼくは、吉村さんの言うことが耳にはいらなかった。

それを、案内新聞を見て、あれ、と考えなおし、吉村さんにも電話して、ぼくには不得手なことだし、あきらめていた実際がうかびあがってきた。

また、帝都座五階で空気座が「肉体の門」を上演すると大評判になり、続演また続演とおもってたのに、昭和二二年八月一日に帝都座五階で開演してまもなく、案内新聞によると、もう八月一七日から浅草ロック座で「肉体の門」をやっている。これは、空気座の製作の責任者だった吉村平吉さんにも意外におもえたようだ。帝都座五階劇場では、まさか、空気座のこんどの芝居

「肉体の門」がこんなに客をよぶとはおもわれず、ほかの劇団ないしグループの出演をとりきめてたのをうごかすことができなかったのではないか、と吉村さんは言う。だから、空気座は帝都座五階劇場をでて、浅草ロック座にいき、また、帝都座五階にもどり、こんどはしばらく続演してから、ふたたび浅草のロック座で再演し、またまた、新宿の帝都座五階劇場にかえってきて、と案内新聞は「肉体の門」の続演ぶりの実際をつたえている。

昭和二二年五月二六日発行の案内新聞五月第五週号では、東横四階第二劇場にいたトーキョー・フォリーズが、つぎの六月二日発行の案内新聞六月第一週号では、空気座といれかわって大きな第一劇場にうつっている。バラエティ「乳房の天ぷら」のなかに、ラナー多坂の乳バンとりがはいったこと、ラナー多坂が乳バンとりをやめたこと、ハダカさんの佐藤美子。

うつったばかりの東横四階第一劇場の舞台下手《しもて》のそでで、置き道具の椅子に腰かけ、やはり置き道具の机で、ぼくは舞台《いた》にのらない台本をせっせと書いている。舞台にのらない台本といっても、着てはもらえぬセーターみたいな思い入れはない。せっせとも、そんなふうだったかもしれない。長い時間はすぐあきるが、三分とか五分とかのみじかい時間だと、ぼくはわりとせっせと原稿を書く。

そこに、ほかの楽屋は踊り子などでひしめきあってるのに、敬遠されて、せまいけれども一人楽屋におしこまれたハダカさんの佐藤美子がたいくつな顔でやってきて、せっせと台本の原稿を書いてるぼくのそばの床にすわりこんで、ぼくの膝に手をかけ、頭をのっける。

佐藤美子は靴底がつぶれたドタ靴をはき、どばっと大きなからだでため息をつく。顔もどばーっと大きく、べつにふとってはいないが、しまりなく肉《み》がついている。着てるのはねずみ色のワンピースぐらい。米の袋をワンピースに仕立て直したのかもしれない。それがよごれて、ねずみ色になったのか。洗濯しても、よごれた色はおちにくい。生地そのものもいたんで弱って、薄くなり透いてるようなところもある。いま見たら信じられないようなボロだ。

舞台雑用のぼくは、しょっちゅう置き道具の椅子をたって、なにかしなきゃいけない。それをいちいち、佐藤美子はついてまわったりする。

ちいさな犬がついてくるのはいいが、そのころとしては、佐藤美子は大女のほうだ。こんなのがくっついてまわるので、みんなわらう。なかにはびっくりする者もいる。

佐藤美子はぼくが書いてる机の上にものっかり、あれこれ、ぼくにはなしかける。しかし、ほかの踊り子みたいに、友だちのこと、家族のこと、映画のことなどは、佐藤美子はしゃべらない。劇場からうちにかえってからのこと、これまでの自分のこと、なにをしてきたかみたいなことは、なんにもはなさない。だから、佐藤美子のことを、みんなは新宿の世界堂でクロッキーのモデルをしていたなどと噂してたが、ぼくは彼女からはなにもきいてない。

そんなふうなのに、ハダカさんの佐藤美子はぼくにはなしかけてくる。いや、あれこれはなすことはないから、舞台のそでにある、そのときつかっていない小道具や置き道具をつかい、佐藤美子はぼくを相手に、きれぎれだが、はてしなくつづくままごとみたいなことをするのだ。

舞台にでてハダカをやったあとも、そのままのカッコで舞台のそでのぼくのところにずっといたり。六月第一週、そろそろ暑くなりかかってとぼくは言ったが、そのことは、佐藤美子がたいていパンツをはいてなかったことの理由にはならない。いくら衣類がないころでも、暑くなりかかったから、とパンツをはかない女はいない。

佐藤美子の肌はしろいほうだが、つやつやとしたしろさ、ないしはフレッシュなしろさではなく、なにかしろさがにごっている。それに、しまりなく肉《み》がついてるというのは、悪口ではなく、肉《み》がこりこりしてるわけではなく、肉《み》がへんにやわらかいってことだ。

佐藤美子は椅子にかけたぼくの膝にのり、小道具の電話の受話器をとりあげる。「モシモシ……」

ラナー多坂は一九歳だが、仰ぎ見るようなおねえさん。でも、やはり一九歳で、ぼくは二二歳。佐藤美子もおない歳あたりかな。西洋の小説だと、空腹だが希望はあり、ちょっぴり誇りもある、と書いたりするのだろう。しかし、ぼくは希望みたいなことは考えない。失望してもいない。誇りはない。誇りなんていらない。敗戦二年目の夏に近い日だ。

テツゾーさんのこと

土田先生がなくなった。そして、五十日後に先生の会があった。その日が、土田先生の七十七歳の誕生日だった。

土田先生はぼくの翻訳の先生だ。先生はマージャンをしていて、なくなった。牌をつもり、その手を高くあげたとき、先生はよこにたおれ、右どなりにいた小説家の膝に頭があたった。ほかに翻訳家二人とマージャンをしていたのだ。

だから、たおれたとき、先生はマージャンの牌をにぎっていた。土田先生はコドモっぽい大げさなひとなので、すごい牌でもつもり、ふざけて、よこにころがったのだろう、とほかの三人はおもったそうだ。

しかし、それはわずかなあいだで、小説家が救急車をよぶために電話した。その小説家の仕事場のアパートの部屋でマージャンをしていたのだ。そして、小説家と翻訳家のKが、救急車を案内するため、表にでていった。救急車がくる方向が、二つ考えられたからだった。

そのとき、部屋にのこった翻訳家のTは土田先生の脈をみた。脈はかすかにあったという。T

は、土田先生がにぎっている牌を見てみた。七索《チーソ》で、つまらない牌だった、と通夜のとき、Tは言った。

つまらない牌というのは、土田先生がその牌をとってきても、なんにもならないし、そのまま、切って、すてても、だれもどうってことはない、って意味だろうか？　ぼくはマージャンのことはしらない。

ただ、Tはおだやかな、きちんとした人柄で、そのTが、土田先生がつもって、手ににぎったまま、たおれて、なくなったときの牌のことを、つまらない牌だった、と言ったのが、ぼくの耳にのこった。つまらない牌というのが、むりのない、自然な感じがしたのかもしれない。

救急車はきたが、土田先生は重症で、搬送不能、と救急員は言い、救急車は医者をつれにいった。のこった救急員が人工呼吸をつづけていたが、医者がきたときには、土田先生はなくなっていた。

「先生がにぎっていた牌は、どうなった？」

ついさっきのことだが、ぼくは電話でTにたずね、Tは、「さあ、あの牌はどうなったのかなあ」とおだやかにくりかえした。

青山斎場での土田先生のお葬式には、ずいぶんたくさんの人がきた。そこで、ぼくは弔辞を読むことになったけど、これは、まことにみょうなことで、こまった。青山斎場についたとき、やはり翻訳家で小説なども書いているOが、「カミ、もってきた？」とぼくにきいた。

「カミ? カミってなんだい?」ぼくはききかえし、Oは、「ほうら、やっぱり、カミをもってない。今、カミをあげようか。今、書く?」と言った。

それでも、まだ、ぼくにはわからなかったが、だれかのお葬式で弔辞を読むというのは、文字通り、紙に書いた弔辞を読むらしい。「書かないよ。書けないもの。それよか、そんなだったら、ぼくが弔辞ってのは、やめてくれないか。たのむよ」

ぼくはなんどもおねがいしたが、Oもほかの者もニコニコしていて、とりあわなかった。

それに、弔辞を読むというのは、なにかのパーティで、いろんなひとが挨拶をしたり、お祝いの言葉を言ったりするのとは、まるでちがうのもぼくは知らなかった。だいいち、弔辞を読む者はたったの四人で、ぼくのほかは、もちろん弔辞を紙に書いてもってきていた。

それに、弔辞を読むときには、みんなのほうに背中をむけ、霊前というのか、土田先生の写真がおいてあるほうにむかい、くりかえすけど、弔辞を手にもって、読む。

ぼくの番がきて、霊前の壇にあがったが、なんともこまってしまった。ぼくは弔辞はもってない。弔辞の紙を手にもってれば、みんなに背中をむけ、土田先生の写真のほうにむかって立ち、弔辞を読んでも、カッコがつくかもしれないが、ぼくはどうしたらいいのか?

でも、もし、ぼくが弔辞を書いた紙をもってたら、というのはインチキだ。げんに、ぼくはもっておらず、霊前の壇に立っている。また、あまりないことかもしれないが、とつぜん、弔辞をと言われ、弔辞の文なしに、弔辞をのべることになったというひともあるだろう。そして、そんなひとは、やはり、ちゃんとカッコはついたにちがいない。

つまり、これはぼくだけのことだが、とにかくヨワった。それも、霊前の壇にあがったあとで、これはこまったな、とあわてたのだから、ぼくはよほどのバカか、おなじことだけど、欠けてるニンゲンなのだろう。

ぼくは、霊前の壇の上に立ち、しばらく、ぼんやりしていた。こまると、ぼくはぼんやりする。そして、しかたがないので、マイクをゴトゴトうごかし、はんぶん、みんなのほうにむいて、なにか言った。土田先生の写真をうしろに、まっすぐ、みんなのほうをむくというのも恥ずかしくてできなかった。

ぼくのほかに弔辞を読んだのは、土田先生と旧制の中学、高校が同窓で、東大名誉教授なんてひとで、大先輩とか社会的に地位の高いひともたくさんお葬式にきていたのに、ぼくなんかがそんなことになったのは、ぼくが土田先生の弟子のうちでは、いちばん年長で、弟子代表ということだったらしい。

しかし、ぼくは、もう長いあいだ、翻訳はやっていない。いつごろから、翻訳をやらなくなったか、今、ひとにきいてみたら(自分ではしらべられない)もう十五年ぐらいたつのではないかというので、おどろいた。

なんでおどろいたのか説明しにくいが、わかってることをひとにきかされて、おどろいたというふうだろう。ぜんぜん知らなかったことに、はっと気がついたりするときは、おどろきのジャンプが大きいが、わかってることを、さらにわからされたときは、じんわりおどろきがこたえる。

今では、もう、ぼくは翻訳はできない。ごくたまに、二十枚ぐらいのみじかい短篇の翻訳をたのまれ、そのたのまれたときが、たいてい、〆切の半年前とか一年前ぐらいなので、そんなあいだには、二十枚ていどの翻訳ならできるだろうとおもってるうちに、たとえ一年でも、一年たてば、〆切は確実にやってくる。そんなときになって、翻訳をはじめると、たった二十枚ほどなのに、たいへんにつらい。

毎日、プールで四、五百メートル泳いでいた者が、十なん年も泳がないでいて、しかも、そのあいだ歳もとって、体力もおとろえてると、二十メートル泳ぐのでも、アップアップするのは、あたりまえだ。

しかし、そんなつらさは、くるしさが身にひびくけど、翻訳のことなどは、からだがくるしくてたまらない、というような痛みがないだけ、つらさが鈍重で、やりきれない。

いや、やはり体力もおとろえてるのだ。それも、体力だけでなく、その日、その日をすごす力がなくなっている。その日、その日をすごす力、なんて言いかたをしたのは、生きる力、みたいなもの、そういった言葉を、ぼくは信じていないからだ。その日、その日をすごす力もない。ぼくは力も信じない。ただ、その日、その日のすごしぶりが、だらしなく、なさけなくなっている。

土田先生は七十七歳の誕生日の五十日前になくなるまで、ずっと翻訳をしていた。大学の英文科の教授などではなく、翻訳を職業にした人の草分けのひとりでもある。土田先生というのは、ぼくがかってにつくった仮名で、つまり仮人で、ある人物のことを書くなど、ぼくにはとうてい不可能だ。もっとわるいのは、ウソをついてしまう。ついでだが、このぼくというのも仮名で、仮名なやつがしゃべることに、実名の人や地名がでてこれるわけがない。

これは屁理屈だけど、土田先生、なんて仮名でしか書けないが、土田先生、と仮名でよびかけることができないのが、なさけない。なにかのこと、だれかのことなど、ぼくには書けないけど、だれかのことを書いたりはなしたりではなくても、だれかのことをおもいながら、こうしてしゃべってるときには、だれかによびかけてるようなものだろう。

じつは、ぼくみたいにずっと年少の後輩たちも、土田先生などとは言わず、気やすく、その名前をよんでいた。それも、仮りに、哲三さん、としておこう。しかし、テツゾーさんでは、なさけないなあ。くりかえすが、テツゾーさん、なんてよびかけることはできないもの。

テツゾーさんは男だけの三人兄弟で、これも仮名で言うと、哲二という兄さんと、その上に、哲一というお兄さんがいた。

いちばん上のお兄さんの哲一さんは大会社の重役から、ある会社の社長、会長になり、一年ばかり前になくなった。それから、半年ぐらいして、若いときは新進作家で、いろんなことをやっただろうが、発明家だった哲二さんが死に、その三カ月後にテツゾーさんがなくなった。

哲二さんのことだけど、若いときは新進作家で、というのはらんぼうな言いかたというより、世間的なウソっぽい言いかただ。この三兄弟は旧制高校では、みんな理科で、長男の哲一さんは、大学の工学部なんかをでた技術屋だった。

哲二さんは大学は工学部などの理科系か文科系かはわからない。旧制高校をでてれば、理科でも大学の文科系に、ほとんど無試験ではいれた。しかし、哲二さんは大学は卒業してないとおもう。大学に籍があるときに書いた小説が雑誌にでだして、もうそのころは、大学にもほとんどいってなかっただろうし、大学もやめちまったのではないか。そういうひとのことを、世間では新進作家と言ったりした。今でも、新進作家は通用するだろうが、そのころは、新進作家という文字が、まことに新進作家らしくひびいたのだろう。今から五、六十年前のことだ。しかし、そのころでも、新進作家はもう古くて、そのまた、十年か二十年前は、もっと新鮮にきこえたかもしれない。そこまでは、ぼくの想像もとどかない。想像ならば、どんなに遠くまでもいけそうだが、やはり、自分のからだ、手はとどかなくても、手をのばしたさきぐらいでなきゃだめなのではないか。想像とは、そこにはいけなくても自分に見えるつもりのことだろう。

ともかく、長男の哲一さんがなくなってから、たぶん一年以内に、哲二さん、テツゾーさんはなくなっている。

このことを、ある女にはなすと、「つまり、三人の兄弟のうち、テツゾーさんがいちばん早死にしたってわけね」と言い、ぼくはむかっ腹がたった。

兄弟三人が一年以内に死んでいったのがふしぎだなんてことを、ぼくはしゃべりたいのではない。いちばん上のお兄さんの哲一さんには、ぼくはあったことはないが、テツゾーさん、テツジさん、テツイチさん、とぼくはよびかけてるのに、バカ女は小りこうぶって計算してやがる。

哲二さんは、とくに戦争中と戦後はいろんな発明をしたらしい。戦争中に(というのは、太平洋戦争中とはかぎらない)哲二さんが発明したミシンで会社をつくり、一時、その会社は景気がよかったということもきいた。しかし、なんでも一時だったのだろう。することが長つづきするようでは、哲二さんが哲二さんでなくなる。

ヤシの実を割る機械のはなしを、哲二さんからきいたことがある。テツゾーさんもいっしょだった。ヤシの実は、かたい殻のなかの果肉を干したコプラが役にたつ。だから、ヤシの実をそのままはこぶのをやめ、ヤシの実をとったところで、ヤシの実を割るかんたんな機械があれば、コプラだけをむきとり、はこべばいいのだから、たいへんに労力がはぶける。また、ヤシの木があって、ヤシの実がとれるところは、交通が不便な場所がおおいので、ヤシの実を割る機械はまことに便利だ。この機械は、まず、フィリピンに輸出するが、その利益だけで四億円になる。それに、この金は、フィリピンへの賠償金から取るので、取りっぱぐれるということはない、と哲二さんは説明した。それで、テツゾーさんは言った。

「その四億の金がはいったら、二千万円ほど貸しちゃらんね」

すると、哲二さんは、まことになげかわしいという顔つきをした。

「テツゾー、おまえは、いつから、そげんなさけなか男になったとや。四億もうかったら、はんぶんの二億円はおまえのもんたい」

九州のニンゲンにもいろんなのがいる。イキがったニンゲンばかりでなく、ぐずぐず、尻ごみばかりしてるようなニンゲンもいる。しかし、もうおじいさんどうしの兄弟が、こんな芝居っぽいやりとりをし、それがまた、芝居っぽくなく、自然に口からでてくるというのは、やはり九州人だからだろう。

そのヤシの実を割る機械を、どうやってつくるかは、哲二さんははなさなかったが、発明はアイデアがだいいちで、いや、アイデアだけと言ってもよく、こんなものをつくろう、というアイデアさえうかべば、なんとしてでもつくれるものだ、と哲二さんはおしえてくれた。

そのとき、ぼくもテツゾーさんに便乗して、四億円はいったら、ホンダ・ドリームを買ってくれないか、と言った。自転車に原動機をくっつけた、いわゆるバタバタ自転車ができたときから、ぼくはあんなのがほしかったのだ。ホンダ・ドリームはバタバタよりずっと高級で、その当時、十六万円か十六万五千円だった。そして、これも哲二さんは、かんたんに、買ってくれると約束した。

ヤシの実を割る機械は、フィリピンだけで、利益がざっと四億円で、世界じゅうのヤシの木があるところに輸出すると、はいってくる金額は計算できないとのことだった。

しかし、この機械をつくるのに、ひとつ難点があって、それは、実験用のヤシの実がないことだった。そのころは、果物屋にヤシの実がおいてあったりはしなかった。それに、ほかの物とちがい、許可のない農産物の輸入は不可能だという。でも、ヤシの実を密輸入すればいい、と哲二さんは言った。外国から船でつんできたヤシの実を、領海外で海にほうりこみ、それを、こちらの船でひろいあげるのだそうだ。その場所が、なぜか伊豆の下田の沖だった。

前に、哲三さんが下田の沖に沈んでる船の引揚げを計画したことがあり、そのため、下田沖というのがでてきたのかもしれない。引揚げる船のなかには、なにか金目のものがあったらしい。下田のある旅館を借りきるようにして、大ぜいの者が、毎日、ドンチャンさわぎをしたそうだ。もちろん、引揚げの調査とか準備とかにいった者ではない。ただのヤジ馬だ。

ヤシの実を割る機械のことから十年ぐらいたって哲二さんにあったとき、ぼくは、まだホンダ・ドリームを買ってもらってない、と言い、「なんだ、それは?」と哲二さんはききかえした。

「オートバイですよ」

「オートバイ? おれが、そげなものば買《こ》うちゃる、言うたとか。オートバイはつまらん。ヒコーキ買《こ》うちゃる。ヒコーキはよかぞ。ヒコーキは便利だ」

まことにお話っぽい、バカなはなしにきこえるだろう。事実、そのとおりだが、哲二さんが、ヒコーキは便利だ、と言ったのはどこかで自家用飛行機にでものったのか、ほんとに、ヒコーキは便利だ、とつくづくおもってるひびきがあった。

テツゾーさんが、マージャンをしてる最中に、たおれて、なくなったとき、手ににぎっていた牌はどうなったのか、と翻訳家のTに電話できいたあとで、ぼくはTに、「ゴルフはやってるの?」とたずねた。Tは運動好きで、ゴルフにも熱心だったからだ。

ところが、Tは「近ごろは、ゴルフにも、ほとんどいってないんだよ」とこたえた。ぼくはゴルフのこともしらない。だから、「へえ……」と言っただけだったが、Tは、なんだかぽつん、ぽつん言葉をつづけた。

「……前からね、おれたちの仲間で、いちばんのワルはだれだろう、とはなしてたんだがね、いなくなってから、わかったよ」

「テツゾーさんがいなくなってから……」

「そう……」

「やはり、テツゾーさんがいちばんのワルだったのかい」

ぼくは電話口でわらった。テツゾーさんたちが野球チームをつくってたときがあった。「キラーズ」という名前の野球チームだ。Tはキャッチャーで、送球するときなど、ほっそり見えるが筋肉質のからだがしなやかにうごき（だから筋肉質なからだとわかった）、いいキャッチャーだった。テツゾーさんが監督で、「キラーズ」と文字のはいったユニホームを着て、大声でどなっていた。翻訳をやり、小説などを書いているOは、青山斎場のお葬式のときも、テツゾーさんのことを、「カントクは……」とよんでいた。

テツゾーさんは、もちろん、ぼくにも「キラーズ」にはいるようにすすめ、「きみは、もう、チームのメンバーになってる。ユニホームは、おれがこしらえてやるよ」と言った。

しかし、ぼくは野球なんか、ぜんぜんできない。「キラーズ」解散のあとも、テツゾーさんたちは、ゴルフの会をつくったり、あつまってはマージャンをしていた。徹夜でマージャンをしたあと、一日じゅう、ゴルフ・コースをまわったりしたこともあって、テツゾーさんにはかなわないよ、とみんなであきれていた。お葬式のとき、ぼくがテツゾーさんの最年長の弟子として、弟子代表にされたぐらいだから、TやOは、ぼくよりもっと歳下で、テツゾーさんとは三十歳以上も歳がちがうだろう。

くりかえすが、ぼくは、マージャンも野球もゴルフも、なんにもできず、また、翻訳をやらなくなった。テツゾーさんは、Oにさそわれて、翻訳学校の先生もやっていた。熱心できびしい先生だったらしいが、テツゾーさんは、講義がおわったあと、生徒たちを、ほんとにゾロゾロつれて、飲んであるくのをたのしみにしていた。しかし、テツゾーさんは、もともとは酒飲みではない。だから、テツゾーさんの家には、ぼく用の酒があった。テツゾーさんがなくなったあと、お宅にいったとき、「まだあるよ」とお嬢さんがぼく用の酒壜をだしてきた。

たしかに、テツゾーさんが、いちばんのワルだった。おだやかで、きちんとした性格のマジメなTが、テツゾーさんのことを、ワル、と言ったのはおかしいが、もちろんTがテツゾーさんが好きだったためだけど、なるほど、ワルという言葉は、テツゾーさんにぴったりのようだ。

それに、テツゾーさんは、こんな高齢まで、ずっと翻訳をつづけていた。翻訳の質もたしかなものだった。テツゾーさんのうちに電話すると、お嬢さんが、「おきてるかどうか、ちょっと見てくる」と言う。テツゾーさんは高齢のため、昼間でも眠りこんだりするようになったらしい。

それでいて、翻訳の量がたしかだったというのは、うちにいるときは、夜、昼なしに、すこし眠っては、翻訳をつづけたのだろう。これなんかも大ワルだ。しかも、それが、べつにむりをしてるようでもなかった。

おそらく、どんな仕事でも、あるスピードと量がなければ、仕事とは言えまい。ただ、歳をとると仕事ができなくなる。いや、たいていの場合は仕事がなくなってしまう。テツゾーさんは、歳をとっても、仕事があって、仕事ができた。でも、だからしあわせ、なんて言いかたは、安直でウソになる。テツゾーさんはテツゾーさんで、歳とっても、テツゾーさんだってことにかわりはなかった。それがテツゾーさんだからあたりまえみたいなのが、テツゾーさんらしい。テツゾーさんだからあたりまえでも、ふつうでは、なかなかないことだ。

テツゾーさんにはじめてあったのは、昭和二十六年（一九五一年）の二月ごろだとおもう。昭和二十五年の六月に朝鮮戦争がはじまり、ぼくは横田空軍基地にいくようになり、青梅線の福生《ふっさ》のひとつてまえの牛浜駅の近くに部屋をかりた。

ここから、青梅線で立川にでて、南武線にのりかえ、登戸《のぼりと》でまた小田急線にのりかえて、喜多見《きたみ》の駅でおり、今の狛江市、もとの東京都北多摩郡喜多見町覚東《〔ママ〕》《がくとう》のテツゾーさんのところにいった。寒い日だった。

小田急線の喜多見駅の西側の線路と平行の道には、両側に家がたっていたが、それも、せいぜい百メートルぐらいで、線路と平行の道が、またという感じで小田急線の線路にぶつかるあたりは、はだかな風景だった。線路はまっすぐのびてるし、遠くにいくらか人家もあり、畑も見えたかもしれないけど、はだかな感じだった。

その道が小田急の線路とぶつかるところを入口の門にして、電力中央技術研究所ができたのは、はじめて、テツゾーさんのところにいったときから、なん年もたったあとではないか。かなり広い敷地の研究所だ。だから、前は、広い野っ原か雑木ぐらいは立っていたかもしれない。

ともかく、その研究所の金網にそって（今は、たしかコンクリートの塀になっている）ずっとあるいていき、金網が左におれると、やはり、それにくっついてまがり、金網はまたやや左のほうにまわりこみ、そこが三叉路のようになっていた。畑のなかの三叉路だ。

畑には菜っ葉などがあったが、青々ときちんとならんでる菜っ葉ではなく、またキャベツとか、あるいは馬鈴薯の葉とか、くっきり、畑の土の上にかたちをつくってるものでもなく、さえない色の菜っ葉が、なんだかいじけて地面にはいつくばってるようだった。

しかし、これは、ぼくがかってに言ってることだ。広い畑という言いかたができないのは、いっぽうには研究所の金網が遠ざかりながらもつづいており、畑のなかの三叉路に立ってるぼくの目の位置によるのだろうが、面積としてはかなりのもので、ある方向はずーっと畑だった。だから、季節によっては、馬鈴薯の葉なども見えたかもしれない。

畑の菜っ葉には下肥がかかっていた。肥は地面にしみこむが、肥にまじった便所の紙は、そのままのこる。紙はちいさくきれぎれになっていて、消えのこった雪のようにも見えたけど、畑の上をつめたい風がふくときは、地面にこびりついてのこってる紙は、消えのこった雪よりもさむざむとしていた。だいいち、雪は生きてるけど、ちいさな紙つぶは死んでいる。死んでるから、かたちも消えない。

畑のなかの三叉路を、電気の研究所の金網とは逆のほうの道をいくと、わりとすぐ片側は畑でなくなる。でこぼこ道で、そちら側には人家もあるようだが、家のまわりには常緑樹がとりかこんでいて、かなりの大木もあったりして、家の姿は見えない。昔からの農家だろう。

そのでこぼこ道から、左にはいる、ちいさな道があり、道のまんなかがえぐれて、土の骨でも剝きだしにしたように、そこだけ、へんにしろっぽく、また、まわりの土の色とちがい、骨にくっついた肉みたいにうす赤いところもあった。このちいさな道は下りになっていて、雨が降ると、水がながれるのだ。

テツゾーさんの家は、この道を右のほうにいくのだが、この道だって、道とよべるかどうかあやしい。今も言ったように、雨が降ったとき、雨水がながれるすじだったのだろう。

ともかく、この道は、間の抜けた（びっしりつづいてはいない）藪のあいだをとおっていたが、テツゾーさんの家は、道の右側の藪がきれたところをはいっていくと、なんだかぽかんと地面がひらったくなった林のなかにあった。

ぼくは樹木のことは知らないけど、これもナラとかクヌギとかいう、つまりは雑木なのだろう。

しかし、わりと姿勢よく、まっすぐ高くのびており、木と木とのあいだもまばらでもなく、混みあってもおらず、足もとも、ところどころ藪はあっても、靴の底にさわる土はさらさらした感じで、こんなのを林というのだろう。

林なんて、どこにでもありそうだが、あるいて気持のいい雑木林なんて、あんがいとないものだ。テツゾーさんの家は、この林の奥にあり、そして、家のうしろにも林がつづいていた。

しかし、はじめて、ぼくがたずねていったときには、テツゾーさんの家は、まだつくってる最中で、テツゾーさんは、つくりかけの家に住んでいた。村本さんという大工さんと二人で、テツゾーさんは自分の家をつくっていたのだ。テツゾーさんが器用な人だったかどうかは知らない。また、器用なだけでは、大工さんと二人で、自分の家はつくれまい。

戦争がおわり、また、翻訳本がでるようになり、テツゾーさんは、戦争がひどくなってからいた福岡で翻訳をはじめた。ふつうの人とちがい、疎開なんて文字は、テツゾーさんにはあてはまらない。だが、やはり福岡にいて翻訳するのには、いろいろ不便だったらしく、どうしても、東京にいなくちゃいけない。でも、東京にいるとすると、いる場所、住居がいる。テツゾーさんには家族もある。ただし、金はない。

こんなとき、テツゾーさんは、大工の村本さんから、二人で家を建てりゃ、そんなに金もかかりませんよ、と言われたのだろう。

テツゾーさんは、ちょいちょい、福岡から東京にきていて、村本さんにあったのは、哲二さんのところだとおもうが、村本さんとの関係などは、ぼくもあんまりわかってるわけではなく、はぶく。

テツゾーさんは福岡から東京にうつり、村本さんと二人で家をつくりだした。せっぱつまってやりだしたことだろうが、テツゾーさんは、自分で家をつくることに、たいへんに興味があったにちがいない。

だいたい、テツゾーさんはのぼせるほうなのだ。野球やゴルフにものぼせたが、翻訳学校の先生にものぼせた。ある会社の社長になり、さいしょはちょっと社長業、というより社長役にのぼせてたみたいだったが、これだけは、あんまりのぼせなかったようだ。

ともかく、大工さんと二人きりで家をつくるなんてことは、のぼせなきゃ、できるものではない。

ところが、テツゾーさんは、翻訳をするために東京にきたのだった。とくに、このときは、医者でもあったイギリスの作家クローニンの「城塞」(The Citadel)の改訳をいそがされていた。この本は、戦争がおわるまでに、テツゾーさんが訳したもののなかでは、代表作みたいになってたのだ。

しかし、テツゾーさんは家をたてはじめており、それは片手間ですませることではなく、つまり、のぼせるぐらいでないとできない。

ぼくがテツゾーさんのところにたずねていったのは、ぼくが翻訳をやりたいと言ったので、いっしょに暮してた女が、福岡で土田テツゾーさんという翻訳家とあったことがある、とつれていったのだ。

「家をつくっていても（しかも、テツゾーさんはその家に住んでいた）翻訳どころではなく、それに、前に自分が訳したものの改訳だから、と高をくくってたら、新しく訳すよりも、すすまなくてね。あいだに、戦争がはいってるから、むちゃくちゃだよ」

テツゾーさんはボヤいたが、だから、いそがしいので、これで失礼、と大工さんの仕事をするとか、翻訳をやりだすわけではなく、長々とぼくたちの相手をしてくれた。これは、いつものことで、死ぬまで、テツゾーさんはそんなふうだった。

「あのとき、テツゾーさんの奥さんがウドンをつくってくれたのをおぼえてるわ。見も知らずの、おまけにルンペンみたいな者に、テツゾーさんの奥さんはウドンをごちそうしてくれたのよねえ」とテツゾーさんのところにぼくをつれていった女は言った。彼女は福岡でテツゾーさんにあったことがあるといっても、ほんの一、二回で、はなしなんかもしてないようだった。もちろん、テツゾーさんの奥さんとは初対面だ。また、ぼくは、はじめてたずねていって、ウドンをごちそうになったことなど、すっかり忘れていた。その後、テツゾーさんのところにいくたびに、酒を飲んで、ごちそうになってるためだろうが、それがふつうのような気持だったのだ。テツゾーさんも奥さんも、相手をそんな気持にさせるひとで、あれが、昭和二十六年の二月ごろだとすると、いくらか食糧事情はよくなってても、めずらしい、こっちにすれば恐縮することだった。

これを書いていて、気がついたのだが、テツゾーさんの家のあたりが、それこそ武蔵野だったのではないか。

ぼくは、吉祥寺か三鷹あたりが、いろんな文章にでてくる武蔵野だとおもいこんでいた。百科事典によると、武蔵野台地の傾斜がゆるやかになり、湧水《ゆうすい》があらわれるのが、井之頭池や善福寺池などとなっている。ぼくは、西荻窪や吉祥寺で友人のところに居候していて、吉祥寺の井之頭池にもよくいったが、井之頭公園になっていて、プールもあり、日曜日など、池でボートを漕ぐ人がたくさんいた。しかし、池の水はびっくりするほどつめたく、それは湧き水だからということだった。また、井之頭池の裏のほうにある玉川上水は幅はせまいのに、水は、ど、ど、とあおぐろくながれていて、そのまわりの草むらもふかく、こわい気がした。

国鉄中央線の西荻窪駅と吉祥寺駅から、ほぼおなじ距離にある善福寺池はもっと鄙びていた。善福寺池の水際からすこしはなれたところに、つるつるした、ほそっこい幹がひょろっと長く、高い梢に派手な花を咲かせるストレンジな木があって、ひとに名前をきくと、名前はききなれたさるすべりだった。

いや、井之頭池や善福寺池のあたり、また国木田独歩の碑がたっていたのは、たしか、三鷹駅の近くだったとおもうけど、戦後、ぼくはわりとぶらぶら、あのあたりをあるいたけど、文章に出てくる武蔵野は、もうなくなったとおもっていた。

しかし、テツゾーさんがいたところも、ちゃんとした武蔵野なのだ。それも、むりに武蔵野の区域のなかにいれるのではなく、ぼくが考えていたせまい武蔵野ともお尻あわせにくっついており、むしろ武蔵野の本流だった。

テツゾーさんの家のうしろの林をぬけて、つまり、あっちからのお尻のほうにいくと、雑木がおいしげり、そんなに高くはないが崖の下の湿ってねばっこい土の道があり、そのあたりは、小高い森なのだろうが、やがて、木立ちのあいだが、あかるく透いてみえるようになり、薄の野っ原がはるばるつづいていた。じつは、薄だかなんだか知らないが、ぼくの背丈よりも長くのびていて、そんななかで迷ってしまい、ヤケになったことも、なんどかあった。

武蔵野という名前をありがたがるわけではないが、テツゾーさんの家のあたりは武蔵野だったんだなあ、とセンチメンタルにおもうのだ。

戦争がひどくなり、翻訳する本はあっても、出版ができないので、テツゾーさんは東京から福岡にうつった。では、それまでは、東京のどこに住んでいたのか？　たぶん、あちこち引越しただろうが、子供も三人ある。どこかに家があったはずだ。テツゾーさんは話好きで、あれこれ、よくはなした。でも、福岡にくるまでの東京の家については、ぼくは、なんにもきいていない。福岡にいたときの家のこともだ。

ただ、戦争がおわったあと、福岡市のわりと近くに、友人が所長をしている農業試験所があり、その友人のつてで、農業試験所にいたということはきいた。あるいは、その友人のほうで、テツゾーさんをよんだのかもしれない。

「農業試験所では、なーんもせんで、酒をつくってたよ。試験所の者みんなが飲む酒をな。みんなよろこんでた。それに、試験所に住むとこがあってね。たすかったよ」

ともテツゾーさんは言った。すると、福岡市内かどこかにあったテツゾーさんの家も、空襲で焼けだされるかなんかしたのだろうか。福岡も空襲でかなりやられている。しかし、そういうはなしもなにも、福岡で住んでいたところのことは、ぼくはぜんぜんきいてない。

テツゾーさんはおしゃべりだったが、しゃべるのは、今のことか、これからやること、やりたいことだった。

考えてみれば、お兄さんの哲二さんも、今やってることか、これからやりたいことしかはなさなかった。いや、今のことも、あまりはなさないで、これからやりたいことばかりはなした。ただ、それが、やりたいことというより、ヤシの実を割る機械みたいに、もうことははじまってるみたいな口ぶりだった。哲二さんは小説を書いていたが、小説がバカらしくなり、小説とはちがうことだけど、じつは小説とおなじようなことをやりだしたのではないか。小説だって、発明みたいなものかもしれない。批評もそうだろう。ただ、ニホンでは、そういう小説は世間でうけいれてくれず、また、発明の大天才小説によって、世間をねじふせてしまうような発明の大天才の小説家もでてこなかった。批評のほうでは、発明の大天才があらわれて、あとでは、世の中で尊敬さえされたので、つくづくそうおもうのだ。

ぼくは旧制福岡高校にいたが、昭和十九年の春休みの前一カ月ほど、福岡市からすこしはなれた春日原《かすがばる》の九州飛行機という工場に勤労動員にいった。

そのことを、ぼくがテツゾーさんにはなすと、「へえ、おれは九州飛行機で勤労課長をやったよ」と言った。

テツゾーさんは、いつからいつまで、九州飛行機で勤労課長なんてことをやってたのかは知らない。これも、きいてないはずだ。でも、たぶん、太平洋戦争も末期のころだろう。戦争がひどいころ、坂口安吾も大井広介さんのつてで、筑豊の炭坑にいったときいた。大井広介さんは、大きな炭坑主の息子かなんかだったのだ。そのころは、炭坑とか飛行機工場などではたらいてないと……まして、ぶらぶらしてれば……徴用工にとられたのではないか。

九州飛行機は大工場で、ぼくは、あちこちの職場をまわって、大きなパイプをきる工場にいちばん長くいた。しかし、あちこちの職場をまわったりしたのは、おそらく、ぼくひとりだろう。みんなは、配置されたところで、ずっとはたらいていたにちがいない。

ぼくは員数外だったのだ。員数外というのはだめニンゲンということだが、員数のうちにはいらない、とアテにもされないわけで、仕事はせずに、あちこちぶらぶらしていても、あまり文句は言われない。

昭和十九年の二月に九州飛行機にいったときは、いわゆる勤労動員だったが、七月からの佐世保海軍工廠は、学徒動員法にもとづくもので、かってに休んだり、動員にいかなかったりしたら、法律で罰せられるときいた。

ところが、同級生はみんな佐世保海軍工廠にいったのに、ぼくだけは学校にのこって、小使さんと防空壕を掘っていた。病人でもないぼくを、学校はどんなふうにして、動員からはずすことができたのかは、わからない。ぼくみたいな問題児を、動員で佐世保海軍工廠にやったりしたら、それこそ、また問題をおこして、学校の恥になる、と学校のほうではおもったんだろう、とこれまでぼくは言ってきたが、それは、考えのたりないわる口で、ぼくを佐世保海軍工廠に動員でやらないですむのなら、やらないで、ソッとしておく、という学校のふつうの言葉で言えば温情だったのではないか。

でも、ぼくはひとりきりでさみしくて、自分から言いだして、佐世保海軍工廠にいった。そして、赤痢のうたがいで隔離病棟に入院したりしたが、途中で、うちにかえってしまった。このときは、あきらかに、工場長の技術士官の温情だった。

九州飛行機で、大きなパイプをきる工場（部屋）にいちばん長くいたようなカッコになったのは、そこが、たいへんにのんびりしていたからだ。

大きなパイプ、ないしは大きな金属棒をノコギリのようなもので切っていくのだが、もちろん、ニンゲンの腕で、ごし、ごしやるのではなく、機械で切る。ふといパイプ、ふとい金属棒なので、ひとつ切るのにもかなりの時間がかかり、そのあいだは、ぼんやり見ていればいい。

旋盤でなにかを削るのも動力だが、自分の手かげんでやり、削りぐあいを、検査測定器をあてて、こまかくしらべる。ぼくは、そんなのをただ見ていただけだが、オシャカとかヤクザとかいう文字をおぼえた。オシャカは使いものにならない不良品で、ヤクザはノウ・グッド、たとえばダメな旋盤のことだった。

しかし、ぼくがいた、大きなパイプなどを切る工場では、機械が故障することはあっても、オシャカなどはなかったのではないか。だいいち、なんミリに削るなんてことではなく、ふとい金属棒をきればいいんだもの。

そういう単調な仕事のためか、オバさんたちばかりで、勤労動員の者もひとりもいなかった。旋盤をつかう場合などは、摩擦をやわらげるためか、油をたらす。しかし、この工場では、水をじょぼじょぼ切り口にながしていた。そんなことなどからも、いかにものんびりした、雑な仕事だということがわかる。オバさんたちは、自分の機械のうしろに、じっとすわりこんでるだけなのだ。そういうことはまた、オバさんでなければできないのかもしれない。ぼくは、受持ちの機械もなく、ただ、ぶらぶらしていた。

九州飛行機でのその日の作業がおわり、駅にむかってるときに、すごい吹雪にあったことがあった。ぼくは、広島県の軍港町呉市でそだった。呉は、南がおだやかな軍港の湾で、三方を山にかこまれ、広島とくらべても、冬の温度はなん度かちがう、とくべつにあったかいところだった。だから、雪が降り、たまにはすこし雪がつもることはあっても、吹雪などは、ぼくはぜんぜん知らなかった。

だから、福岡の雪にはおどろいた。九州の福岡の雪の降りっぷりにびっくりしたと言えばわらわれそうだが、それくらい、呉はあったかで、それに、福岡は北にむかって、海がひらいてるところでもある。

九州飛行機の工場があった春日原は、福岡市内からはすこし内陸にはいってるけど、この夕暮れの吹雪はすごかった。吹きつけ、吹きすぎ、ぼくたちのからだをキリキリ舞いさせるような吹雪で、びゅーびゅー吹きつける濃密な雪に、ねっとり口をふさがれて、息もできないくらいだった。

それでいて、骨をさすようなつめたさはなく、吹雪のなかで、ほんのわずかだが、春のしるしをかぐような気がした。昭和十九年の二月のおわりかもう三月にははいっていたときだ。

九州飛行機の勤労課長だったテツゾーさんは、あの吹雪をおぼえてただろうか。「おいおい、九州に吹雪なんかあるか」とテツゾーさんは言うかもしれない。

じつは、武蔵野の風景のなかのテツゾーさんの家を、いつものように、べろんしゃんに酔っぱらって出て、れいの畑のなかの三叉路のところにきたとき、吹雪の龍巻きというか、吹雪の渦のなかにまきこまれ、地面に顔をふせて、しばらくぶったおれていたことがあったのだが、それをテツゾーさんにはなすと、「ここでも、東京だぜ。東京に吹雪はないよ。それに、吹雪の龍巻なんて……雪が降るときと龍巻がおきるときとでは季節がちがう」と言ったのだ。ぼくは奥さんにたすけをもとめたが、奥さんはただほほえんで、テツゾーさんとぼくを見ていた。

カラカスでたこ八郎

「いつも清作はこんなふうに……両手を揉みあわすようにしていたでしょ」

安久津さんは右手のてのひらで左手のこぶしをつつみこんで、なでさすり、そしてこんどは、左手のてのひらで右手のこぶしをつつみ、揉みかえした。

ぼくはうーんとうなり、本名斎藤清作、ボクサー時代は河童《かっぱ》の清作というニックネームもあったたこ八郎がそんな仕種をするありさまをおもいだそうとした。

たしかに、たこ八郎はしょっちゅうそんなふうに両手を揉みあわせていたような気がする。ともかく、それはいかにもたこ八郎らしい仕種だ。でも、ぼくのかってな想像かもしれない。

安久津さんのはなしで、たこ八郎のそういう姿が、ありありと見えてしまうということもありうるのだ。

だから、つい、うーんとうなり、たこ八郎のことをおもいだす、遠い目つきというやつになった。

もっとも、本人が遠い目つきのつもりでも、はたから見たら、あんがい近目、近い目つきみたいだったり……。遠い目つきのはずが、近い目なんてのはキモチがわるいのをとおりこして、おそろしい。

ともかく、近ごろでは、うーんとうなってばかりいる。なんとも返事ができないからだ。オジイになるとわからないことが、ますますふえる。若いときは懐疑論者だったが、歳をとって達観し、なんてのとはまるで逆だ。

しかし、ぼくはオジイでよかった。若い者がうーんとうなってばかりいたらおかしい。いや、それ以上にこれもおそろしい。

相手がそう言うと、ついそんな気になってしまうものだが、ぼくはとくにひどいようで、感受性が強いオジイだろうか。

たこ八郎はぼくのことを「コミシャーン先生」とよんだ。先生もいくらかシェンシェイという音に似ていた。たこ八郎も安久津さんも東北の仙台の出身だ。それが、北九州の人みたいに先生をシェンシェイぎみに発音するのがおかしい。

安久津さんはたこ八郎（斎藤清作）と仙台の育英高校で同級生で、いつも清作とよぶ。これも、片カナで書くとセイサクではなく、セイサグに近い。安久津さんの訛《なま》りのあるセイサグという言いかたに、同級生でなかがよかった斎藤清作へのしたしさ、それも肌のぬくもりがかよいあうような、湿りけとにおいもあるしたしさを感ずる。

「こうやって、ね……いつもこうやって……」

安久津さんはまだ両手を揉みあわせてる。その安久津さんを見ながら、ぼくはおかしくなった。斎藤清作、たこ八郎はしょっちゅう、そうやって、右手と左手のこぶしを、かわるがわる揉んでいた……と安久津さんがやって見せるのだが、たこ八郎と安久津さんとでは、からだつきから腕のふとさまで、まるっきりちがう。

安久津さんは肉づきがいい。肌もつやつやしている。肩にも胸にも、そして背中も肉《み》があつい。しかし、けっして鈍重な感じはなく、肉《み》はあついけど、軽快にとびはねる大きなゴムマリのようでもある。

顔もタマゴ型でつるんとしていて、髭《ひげ》はない。ととのった顔つきだけど愛嬌がある。安久津さんは、たこ八郎の斎藤清作と同級だった仙台の育英高校にいたとき、高校レスリングの全国大会で優勝したことがあるときいた。大学時代もレスリングでチャンピオンになったそうだ。南米のこのヴェネズエラにも、レスリングの指導にきて、安久津さんのおかげで、この国のレスリングのナショナル・チーム（全国チーム）はずいぶん強くなったという。

安久津さんのからだつきも、まったくレスリングむきだが、筋肉がごつごつといったふうではなく、むかしは流線型といった、なにか紡錘状《ぼうすい》の感じで、それがフットワークもかるく、すばやくうごきまわるようだ。

たこ八郎は安久津さんにくらべると、うんとちいさい。大人とコドモと言ってもいいだろう。仙台の育英高校でも、安久津さんがからだもでっかい大親分で、たこ八郎の斎藤清作は、はんぶんにも足りない体重でチョコマカ、そのうしろにくっついていたことだろう。たこ八郎にさいしょにあったとき、ほんとにコドモみたいなからだつきにびっくりした。背丈も中学一年生ぐらいか。

しかも、そのからだつきが、なんとも貧弱なのだ。胸の肉も薄く、腕もほそい。しかも手はちいさく、相手と打ちあうボクサーの手には見えない。これで、プロの日本フライ級チャンピオンになったとは信じられなかった。信じられないという言いかたはウソっぽくなるので、ぼくはあまりつかわないが、はじめてたこ八郎にあったときは、これがかつての日本フライ級チャンピオンか、とまったく信じられなかった。

いや、安久津さんとたこ八郎とでは、なにからなにまでまるでちがうのに、その安久津さんが、大きなからだを、ちっこくちぢめるようにして、「いつも清作は、こんなふうに……」と両手を揉みあわせている。

その姿にたこ八郎のあの貧弱なちいさなからだが重なりあうわけがなく、ぼくはおかしくなったのだ。

安久津さんはたっぷり広い肩幅の、しかもこんもりまるく肉のついた肩をすぼめ、大きな腕の、でかいこぶしを、いかにもちいさなこぶしのように揉みあわせて言う。

「清作がこんなにするのがクセみたいになってたのは、じつは小児麻痺でして……」

「へえ?」ぼくはぽかんとした。

「清作は小児麻痺だったんですよ」

「はあ……」ぼくはまだわけがわからなかった。

「あいつが所属してた笹崎ジムの会長も、彼が小児麻痺だったことは知らなかったんじゃないかな」

「あの……小児麻痺でプロのボクシングをやってたんですか？」

「そうなんで……だから、いつも、手を揉んで……手がしびれてるんですよ」

安久津さんはつやつやとまるい顔を、こまったことだといったふうに、しかめる真似をした。もっとも、こんなに福々しい顔が実際にしかめたようになるわけがない。

「手がしびれていて、ボクシングを……」ぼくはバカみたいにくりかえすだけだ。

「小児麻痺で手がしびれてるんで、いつも、手を揉みあわせててね」

「ふーん……」ぼくは大きなため息をついた。ため息をつくよりしかたがないではないか。

「清作はナックル（安久津さんはナックルという言葉をつかったが、おなじことをアメリカ人の女性キャシイはフィストと言った）もできなかったんですよ」

安久津さんは肉づきのいい手で大オニギリみたいなと言うより、ラグビーのボールのようなゲンコツをつくった。

「ナックルができないんです」安久津さんもため息をついている。

「小児麻痺で手がしびれていて、手をにぎりしめナックルもできないで、ボクシングを……」

「ええ……ええ」

「しかも、プロボクシングの日本フライ級チャンピオンに……」ぼくはあきれっぱなしだ。

「高校のときに、ボクシング大会で清作は第二位になってますからね。高校をでて笹崎ジムにはいったけど、はじめから並の四回戦ボーイなんかとはちがってました」

「実力があったのか……」

ぼくはおぼつかなくつぶやいた。たこ八郎ははんぶんコドモみたいなからだつきだった。実力なんて言葉にはそぐわないからだだ。

たこ八郎、斎藤清作は減量の苦しみを知らないボクサーだと言われた。それどころか、いくらたべても、フライ級の定量に達しなかった。そのころはフライ級が最小の体重で、モスキートなどの階級はなかった。

ただし、いくらたべてもというのは、ただの言いかたで、斎藤清作はたべることにもちゃんと節制してたはずだ。いや、節制することがちっとも苦ではなく、自分ではことさら節制とはおもわずに、自然にそうなってたのではないか。

たこ八郎という男はおよそ節制とはほど遠く、朝っぱらからだらしなく酒を飲んで、言ってることもしどろもどろだし、まったくしようがないやつだ、とみんなおもってた。

実際、夏の夜の海で死ぬまえは、そんなふうにも見えた。しかし、ずっと以前から、みんながおもってるのとはまるっきり逆に、たこ八郎はきびしい男だと、ぼくはおもっていた。

安久津さんもたこ八郎の斎藤清作をよく知っており、ただ同級生でよく知っているというだけでなく、斎藤清作が好きで、ぴったりしたしくしていたので、たこ八郎のきびしさもよくわかっていた。

だから、南米のニホン移民などもとくべつすくないヴェネズエラのカラカスで安久津さんとさいしょにあったときから、気持よく、なつかしく、ぼくにはたこ八郎、安久津さんには斎藤清作のことをはなしあえたのだろう。

世間でおもってたたこ八郎像などを、いくらしゃべったところで、芸能誌のゴシップ種みたいなものだ。

ゴシップをバカにしているのではない。いわゆる芸界（ぼくたちは芸能界とは言わなかった）のゴシップ、うわさ話はたいてい眉ツバものがおおく、しかし、ぼくはそのウソっぽさが逆に好きだ。実際のはなしではなく、つまり実名で語られるフィクションをたのしんでいた。

しかし、安久津さんもぼくも、たこ八郎のだらしなく珍妙なゴシップなどはおもしろくない。いい、ほんとの斎藤清作、たこ八郎なんてことはわからない。おそらく、本人にだってわかるまい。ほんとのなんて言葉を、気がるにつかうものではない。でも、世間でうわさするようなこととはちがうことを、安久津さんとおしゃべりできてうれしかった。

「それにしても、小児麻痺で手をにぎりしめこぶしをつくることもできないのに、プロボクシングのフライ級チャンピオンとはねえ」ぼくはただくりかえすばかりだ。「チャンピオンどころか、ゲンコツもつくれないボクサーなんて、きいたことがありませんよ」

「おなじジムの連中だって、それを知らなかったんですからね」

安久津さんもくりかえし、まるい肉づきのいい肩で手を揉みあわせてる。べつに肩で手を揉んでるわけではないが……。

「小児麻痺の身体障害者でフライ級のチャンピオンっていうのは大美談と言うより、それをとおりこして、たいへんなことだ」

美談はことを卑俗化する。だいいち、美談はたこ八郎に似合わない。美談だとたこ八郎がいきいきと生きてこない。

たこ八郎が安久津さんとぼくのはなしを、いつものように、すこしよこむきかげんに、にやにや、ひとごとみたいにきいている。あっ、両手をゆっくり揉みあわせてやがる。

「河童の清作、斎藤清作は打たれ強いボクサーだということだったけど……」

ぼくは途中で言葉をにごした。つまらないことを言ったもんだ。打たれ強いボクサーなど、それこそ世間で言うことではないか。

斎藤清作は打たれても打たれても、血だらけになりながら、相手のボクサーにむかっていったという。

ほんとにキリがないほどで、相手のボクサーは一方的に打ちつづけながら、うんざりして、やる気をなくし、最後には斎藤清作のほうが勝っていた。相手のボクサーが斎藤清作のしつこさにいや気がさし、自分で負けてしまうのだ、とぼくもきいたことがある。

しかし、そんなのはありふれたボクサー物語だ。世間がそう言うのは、しかたがない。でも、ぼくが世間の言うこと、ひとの言うことを真似して、斎藤清作は打たれ強いボクサーなどと言うことはない。

安久津さんはやさしいひとだし、紳士だから、ぼくのつまらない言葉に、「いえいえ、それはちがいます」なんてこたえなかったが、おだやかにかわして、ほかのことを言った。

「清作は……きまって、こう構えてたでしょ」

ボクサーがよくやるように、かたほうのからだをななめに前にだすようにして、安久津さんはボクシングのポーズをした。これまた、肉づきゆたかな安久津さんとたこ八郎とでは姿かたちが重ならず、おかしい。

「右目のほうを前にだしてね。だから、相手は清作の右目をねらって打ってくる」

ぼくはボクシングのことはわからないので、ただうなずいていた。

「ところが、右目のあたりは清作はあまりダメージがないんです。本人も言ってましたが、効き目がないんですよ。ところが、相手のボクサーは相当にこたえてるとおもいこんで、打ちつづける。そのうち、清作の右目はもう見えないんじゃないか、と相手はおもう。事実、そのとおりなんです。右目は見えない。でも、清作の右目が見えないのは、さいしょからなんですよ。もともと右目は見えないんです。ところが相手のボクサーは自分が打ちつづけて、清作の右目が見えなくなったと信じてしまう」

「へえ、右目は見えなかったのか。小児麻痺のうえに、片目が見えなくて……」

たこ八郎は顔のかたっぽうを、すこしねじれかげんに前にだして、相手の顔をよく見ようとする仕種があった。いつもやることで、これもよくおぼえてるというより、そんな顔つきのたこ八郎が、げんに目の前にいるようだ。

おかしいのは、ふつう、どちらかの目がわるければ、いいほうの目をつきだして、相手の顔つきなどをうかがうのに、たこ八郎はわるい右目を前にだし、きょろきょろ、よこについた潜望鏡みたいなことをやってたのではないか。

そして、いいほうの左目はうしろにひかえて、相手のようすを、じっと見守っている……まさか、それほどたこ八郎は策謀的ではなかったにしても、わるいほうの目を前にだす、というのが習慣になってたのかもしれない。

「片目が見えなくて、小児麻痺で……まるで丹下左膳みたいなチャンピオンだな」

ぼくはまたよけいなことを言った。


南米ヴェネズエラのカラカスにきて、二ヵ月ほどになる。カラカスは人口は四百万ということだが、じつは五百万以上あるかもしれないという。ヴェネズエラは石油がとれ、いまは景気がよくないそうだが、南米ではいちばんお金持の国らしい。

「でも、どうしてこの国のこの町にきたんですか？」といろんなひとにきかれたが、こたえようがなかった。本人にもわかってないんだもの。すくなくとも、ひとにちゃんと返事はできない。それで、なぜきたかときかれると、うーんとうなってる。

アメリカの有名な短編作家O・ヘンリーの作品で、このカラカスの名前がとつじょでてくるのがあった。作品の舞台はぜんぜんべつなアメリカ国内らしいのに、ほんとにとつぜん、この町の名前がでてくるのだ。

このO・ヘンリーの短編を訳してたころ、ぼくはアメリカ軍ではたらいていて、いろんなアメリカ兵や将校などにも、どうしてとつぜん、カラカスの名前がでてくるのかたずねたが、だれもわからない。

そのなかには、若いのに禿げていて、Ph.D.の学位をもっており、それでぺいぺいの兵隊という男もいた。この男は小説もよく読んでおり、このO・ヘンリーの短編もはじめから読んでみて、あれこれ考えていたが、「お手あげだ！」と肩をすぼめて、両手をあげた。

いや、このカラカスにはそんな恨みがあり、その恨みを四十年もちつづけて、ついにカラカスにきた、と言えばおもしろいけど、それも、カラカスにきた動機のひとつと説明すればウソになる。

だいたい動機というようなものはないのだ。なんにでも動機とか理由とかが、かならずあるものだとおもってる人たちに、ぼくのやることを説明するのはむつかしい。また、なんによらず、ぼくは説明というのがにが手だ。動機や理由や説明がない毎日だ、と言っても、わかっていただけるだろうか。

ともかく、テキサス州のダラス経由でマイアミで二泊し、南米ヴェネズエラのカラカスについた晩に、たこ八郎がカバン持ちをしていた人がカラカスにいる、ときいた。

ぼくがいるちいさなホテル（ここに、ずーっといるのだが）から、あるいてほんの五分ぐらいのところに、あびら亭という日本レストランがある。そのあびら亭できいたのだ。

わざわざ南米のヴェネズエラまできたのに、ついたその晩に日本レストランにいくなんて、まったくみっともない、と叱られそうだが、それについての釈明も説明も動機も理由も、これまたかんべんしていただきたい。だいいち、ホテルのつい近所の日本レストランにいくのに動機なんかはない。いかないほうがおかしいではないか。

くりかえすが、ヴェネズエラのカラカスにきた晩、ホテルの近所の日本レストランにいき、たこ八郎がカバン持ちをしていたという人のことをきいたのだが、これはふつうの考えでは、きみょうなことだった。

たこ八郎はだれでもが知っていて、みんなでしょっちゅう話題にしていたようなスターではない。

夏の夜の海で死ぬまえは、たこ八郎もすこしは売れた。でも、ほんのすこしだ。ほんのすこしでもかまわない。芸たっしゃで、おまけに味のある役者（ぼくたちは、男優も女優もいわゆるコメデアンも役者とよんだ。軽演劇で踊り子が芝居にでて、ひとこと、ふたことセリフを言うていどでは、まだ女の役者ではないけど……）でも、ほんのすこしも売れない人がめずらしくないからだ。

もちろんたこ八郎ではなく、ボクサーの斎藤清作、河童の清作だったころのほうが、くらべものにならないくらい売れていた。なにしろ、ひところは日本フライ級チャンピオンだもの。

たこ八郎は死ぬ二、三年まえぐらいから、強《こわ》もてながらズッコケのヤクザのあにいの、そのまたダメな弟分みたいな役でテレビにでたりして、それで、すこしは売れた、とぼくは言ったのだが、「たこちゃん、かわいい！」とたこ八郎の背中にさわってた女のコなんかは、彼がプロボクシングの日本フライ級チャンピオンだったことは知らないだろう。

いや、女のコだけでなくオトナでも、テレビのなにかの番組か週刊誌なんかで、たこ八郎がもとフライ級チャンピオンだということを、きいたり読んだりしても、神話かおとぎ話でもきいてるようで、実感として頭にはいってなかったのではないか。すぐ忘れてしまうのではなく、はなっから頭にはいってこないのだ。「忘れたいけど、おぼえてないのだ」というのは、ごくふつうにおこっている。

いや、ヴェネズエラのカラカスについた晩、たこ八郎がカバン持ちをしていたという人のはなしをきいたのは、その晩飲んだ日本レストランのあびら亭のマネジャーの菅原さんが仙台の出身だったからだろう。たこ八郎も、たこ八郎がカバン持ちをしていたという人（安久津さん）も仙台の出身だ。ついでだが、俳優の菅原文太も仙台の出身らしい。あのあたりには菅原という姓がおおいのか。

ついでのついでだけど、あびらというのは、カラカスの町の北にそびえるAvilaという山からとった名前だ。カラカスそのものが海抜千メートルだが、その上にのしかかるようにアヴィラ山ははるかに高くそびえ、たいてい山腹から上は雲がおおっている。カラカスの人たちの自慢の山だ。

カラカスの南北には山々がつらなり、海抜千メートルの高さだけど、カラカスは東西に長い谷間の町になっている。アメリカの小説や映画などには、なんとかヴァレイという町の名前がよくでてくるけど、ニホンでは盆地はあっても、はっきり谷間の町と実感できる町はすくない。ちいさな谷間の集落はともかく、人口四百万とか五百万とかいう大きな谷間の町はない。

この町は冬もあかるい陽ざしであたたかく、たいていの男は半袖シャツか女性はまるっきりのスリーブレス（ノウスリーブ）だったりするが、ネクタイをしめて、きちんとスーツを着た男性たちもいる。夏のいちばん暑いころでも、ニホンみたいにじとついた、いやな暑さではなく、からっとさわやからしい。

海岸線から山あいをこして、ここに住みついた人々は、桃源郷、シャングリラのようにおもったかもしれない。昔からシャングリラ、桃源郷は高い山のあなたの谷間にある。

ぼくはどこにいっても、昼間はバスにのり、夜は酒を飲んでいる。カラカスはバスがおおい。

うようよとたくさんいる。ただし、方向はだいたいきまってる。東西に長い谷間の町だが、東西の方向のバスは、二日ぐらいでコースがわかった。

それを二ヵ月以上もいるんだから、毎日、おなじコースのバスにのっている。まったくバカらしい。

ぼくがいるホテルは、ホテルのリストにものってない、とみんながわらう。星ひとつのホテルでもない。星がないのだ。一日の宿泊料金は千五百円ぐらい。

ホテルの前の通りは、その名もカサノヴァ通りと言って、東のほうに長いから一方通行だ。それで、まず東のほうにいくバスにのる。

バス停はない。手をあげて……いや、腕をよこにつきだして、バスをとめる。ところが、とまってくれないバスもある。とまってくれないバスのほうがおおいだろうか。

かたちも車体の色もとりどりのバスが、あちこちでとまったり、とまらなかったり……。

ぼくはバスにのる要領がわるいのだろう。ヴェネズエラのカラカスにきて、たったの二ヵ月だもの。この国に生れ、コドモのときからバスにのってたひとたちとはちがう。

一日に五、六回はバスにのる。あきあきしながらバスにのって、夕方になるのを待って飲みにでかける。

カラカスについた夜は、ホテルの近所のあびら亭にいったが、その三日ぐらいあとからは、クロオビという日本レストランで飲んでいる。ここの主人の濱凱夫《はまよしお》さんが少林寺拳法の有段者（黒帯）で、そういう店の名前をつけたらしい。

この店にはオデンがある。外国の町の日本レストランでオデンがあるのは、たいへんにめずらしい。ロンドンのベーカー・ストリート（この通りにワトソン医師の診療所兼住居があることになっており、シャーロック・ホームズが同居している）からはいっていく通りの日本レストランにもあったかな。いや、オデン鍋はたしかにあったが、それで日本酒を燗《かん》してただけか。

ニホンから送ってきたオデン材料《だね》ではない。水産大学をでた阿佐さんというひとがつくっている。オデンの味ぐらいは亭主の口にあわせればいいのに、ニホンの都会のお惣菜の味が主婦の口にあわせてか、みんな甘ったるくなってるのにつられて、オデンの材料《たね》まで甘ったるいのはこまる。しかし、阿佐さんがつくるオデンの材料《たね》は甘くはない。

さいしょに安久津さんにあったのは、やはりクロオビか。安久津さんがレスリングの指導でこの国にきたのは二十年まえだとか。この国には日系の一世、二世はたいへんにすくない。

安久津さんと二度目にあったのは、ぼくのホテルからはあるいていける皇宮酒家という中国レストランに昼食をたべにいったときだった。

ここで、ぱったり安久津さんにあった。ぼくはそんなにおどろかなかったが、安久津さんはびっくりしていた。安久津さんはその近くで人とあう約束があり、ちょうど昼飯時だし、ほかの知ったところにたべにいくのもめんどくさく、この中国レストランにはいったらしい。カラカスにきて二十年になるが、はじめてはいった店だそうだ。ぼくもはじめてだった。

おたがいに、はじめてはいったレストランで、ぱったりあう。しかも、この町はちいさな町ではない。それに、さいしょに安久津さんにあったのは、たしかその前日で、「みょうなことですなあ」と安久津さんは言った。

皇宮酒家では安久津さんは雲呑《ワンタン》とエビ入りの焼ソバをたべ、ぼくは米粉を注文したが（中国粥《コンジー》がなかったので）はんぶんぐらいあました。ここでは安久津さんにオゴってもらった。

クロオビでか、さいしょに安久津さんにあったとき、いちばんはじめにきいたことは、「わたしはたこ八郎と高校で同級生でした」という言葉だ。そのときから、ぼくは安久津さんが好きになった。たいへんに率直なものの言いかたで、さっぱりした人がらを感じたのだ。

安久津さんの口からは「たこ八郎は自分のカバン持ちだった」ということは、それ以後も一度もきいたことがない。

安久津さんを一目見れば、高校時代の斎藤清作の親分だったことはすぐわかる。体格がちがう。カンロクがちがう。安久津さんはつやつやした福々しい大親分だっただろう。高校二年生のときから番《ばん》を張っていた（番長だった）とはほかの人からもきいた。事実、たこ八郎の斎藤清作は安久津さんのカバン持ちみたいなものだったかもしれない。あるいは、これから、だんだんにしゃべっていくが、安久津さんのまるまっこい大ゴムまりみたいなからだのうしろにかくれ、斎藤清作はひねこび、ちっちゃかっただろうか、あんがい斎藤清作は参謀役だったのかもしれない。

カバン持ちという言いかたはよくない。「あいつは、いまでこそ威張ってるが、もとは、だれだれのカバン持ちで……」といったぐあいに言ったものだ。おまけに、カバン持ちをした、だれだれ先生というのが、たとえば一流の政治家ではなく、二流、三流の地方ボスだったり……。

それに、カバン持ちという言葉は古いなあ。ぼくがコドモのときにはきいたが、戦後になってはじめてかもしれない。

しかし、だれかのことで、クロオビの濱凱夫さんがカバン持ちと言ったことがあり、これは運動部あたりの言葉かもしれない。濱さんは「ぼくも運動部の出身で……」となんどか言った。大学の法科とか経済学部出というのとおなじように、マジに運動部出身ってのがあるのか。

その運動部では子分みたいな学生、秘書役の学生をカバン持ちとよんでるのか。ともかく、古い古い言葉だ。しかし、くりかえすが安久津さんの口からは、一度もカバン持ちという言葉はきいたことがなく、うれしいことだった。

はじめて安久津さんにあったとき、ぼくのほうがさきにクロオビの長いカウンターのはしに腰をおろしており、そこに、いろいろきかされていたあの安久津さんが店にはいってきて、ぼくはストゥールから立ちあがり、安久津さんもまだ立ったままで、「たこ八郎、斎藤清作とわたしは高校の同級生です」と言ったすぐあとに、「あいつは、すごくかしこいやつでして……」と安久津さんは、ヤシの実のように大きな頭のよこのほうを指でさした。

これまた、ぼくはたいへんに同感、うれしいことで、「そう、そう……そのとおり」とうなずいた。

たこ八郎は舌ったらずのしゃべりかたで、世間ではたこちゃんをバカの代表みたいにおもっていた。しかし、ぼくはさいしょにたこ八郎にあったときから、たいへんに聡明なひとだな、とおもっていた。

はなす言葉も吟味するひとだった。ひとつひとつの言葉も吟味し、だから、言葉はぽつりぽつり、舌ったらずでバカみたいにきこえたのか。

だれでもはなしてる言葉を、おうむがえしに、反省も吟味もなくくりかえしているのが、世間のふつうの言葉で、それをいちいち自分で吟味しだすと、バカじゃないかとおもわれる。

また、たこ八郎はほんとは聡明だが、それをくらまして、バカを看板に生きていた、というのでもない。そんな安っぽいものではない。

たしかに、ほとんどの人たちはたこ八郎がたいへんに聡明な男だということを知らなかったが(知ろうともせず)それにたいして、たこ八郎はいちいち弁明したりしなかっただけのことだ。めんどくさかったのだろう。

韜晦《とうかい》というのともちがう。韜晦は無智、バカをよそおうということだ。韜晦なんてやってるやつは、けっしてかしこくない。自分ではりこうとおもっていても、浅ハカでダメなやつだ。そして、ひとのことを、あいつは韜晦だ、なんて言ってる者もていどがわるい。このことは、あまり知られていないが、ひとを、あいつは韜晦してるなどと評して、いい気になってるやつは、はっきり頭がわるい。

たこ八郎はバカのふりをしてたわけでも、韜晦してたのでもない。聡明だからバカをよそおい、韜晦するのではない。韜晦などするやつ、自分で韜晦してるつもりのやつは、くりかえすが聡明ではない。

たこ八郎は無理でバカらしい韜晦などはせず、ごく自然にやっていた。しゃべる言葉もひとつひとつ吟味し、ウソっぽいことは言うまいとした。ところが、それを世間ではたこ八郎は頭が足りなくて、言うこともたどたどしいとおもった。

世間というのはまったくバカらしく、おそろしい。テレビが普及しだしたとき、一億総白痴化——と言われた。しかし、テレビなんかはまだ罪はかるい。戦争も世間がやったことだ。一億総白痴化の最たるものだろう。

たこ八郎をぼくにあわせたのは深井俊彦先生だ。深井俊彦先生は軽演劇の大先輩で作ならびに演出の文芸部の先生だった。

しかし、戦争中や戦後すぐのころは知らないけど（戦後すぐのころ、渋谷の東横デパート、いまの東急デパート東横店の四階の空気座で深井先生を見かけてるが）あとでは、深井先生はほとんどなんにも書かず、劇場の楽屋のタタミに寝ころがって、先生が楽屋に寝そべり、そばをとおる踊り子の足首をつかんでは、「おい、やらせろ」と言ってるうちに、軽演劇の小屋がストリップ劇場になっていた、と言われてたひとだ。ストリップの主《ぬし》とも言われた。

ただし、主というのは古い池に長年巣くっていると伝えられ、しかし、その姿は見た者がいない大蛇みたいなもので、いつもストリップ小屋にはいても、いったい、なにをやってるかはわからない。

たぶん深井俊彦先生といっしょのときだとおもうが、いつ、どこでたこ八郎にあったのだろう。これだって、いつ、どこでなどととりたてて言うことはない。

深井先生ともあう日時や場所を約束したことはない。夏の夜の海で死ぬまえのたこ八郎は、新宿ゴールデン街のクラクラでたいてい飲んでいた。またカウンターがおれまがったところの奥に、ストゥールふたつをくっつけたような座席があり、そこにうずくまって寝ていた。たこちゃんのほそいちいさなからだが、くしゃくしゃになったぼろ布みたいに、その座席にのっていた。しかし、眠りこんでるのではなく、ぼくが上からその顔をのぞきこんだりすると、ぼんやり目をあけて（その片目は見えなかったというんだなあ）「あ、コミシャーン、シェンシェイ……」とつぶやく。

ふつうの人なら、ごくふつうに、いつ、どこであうのかをきめる。約束しないと、あえない。ところが、深井先生もたこ八郎もぼくなんかも、このごくふつうのことができない。めんどくさがりだし、それよりもテレ性なのだろう。テレ性なので、いつ、どこであうというような約束がはずかしい。

たこ八郎が新宿ゴールデン街のクラクラのカウンターがまがったところの奥のせまいところで寝ていたのは、ほんとに疲れてたのだろう。人生に疲れた、なんてことではない。人生に疲れるなど、テレ性の者はそんなはずかしいことは言えませんよ。たこ八郎はただただくたくたにつかれてたのだ。

「はじめから、たこ八郎はコメデアンになりたかったんだそうですね」

ぼくは安久津さんに言い、安久津さんは大きくうなずいた。クロオビのカウンターにならんですわってるとき、安久津さんがオデンをおかわりして、二皿ぺろとたべるのを見たことがある。つやつやした肉づきのいいからだつきに似合ったたべかただった。安久津さんはお酒は飲まない。そう言えば、たこ八郎がなにかをたべてるのを見かけた記憶はない。いつも飲んではいたが……。

それにたこ八郎はまったく女性とは関係がなかった。日劇ミュージックでもおどっていた悠子《ゆうこ》という女性に、たこちゃんが惚れてたようだとか、もとストリッパーでテレビによくでる大柄な女優に求婚したとかいう噂はあったが、みんな、はたがおもしろがってつくったはなしだ。

たこちゃんのまわりは深井先生にしても、ぼくなんかも、女のことではやたらそうぞうしい連中なんかのなかで、たこちゃんひとりなんにもなくてキョトンとしており、これもビョーキの一種なんじゃないか、とぼくはおもい、そのことを安久津さんにも言ってみた。

「でも、清作はストリップが好きで、ぼくをよびだして、よくいっしょに、浅草にストリップを見にいきましたよ」安久津さんはわらった。「清作がコッペパンを買ってきて、ふたりでコッペパンをかじりながら、ストリップを見るんです」

たこ八郎が高校を卒業して、東京にでてきたころのことか、安久津さんも東京の大学にいっていた。

たしかに、たこ八郎はストリップが好きで、ぼくもたこ八郎一座にはいり、ストリップ小屋をまわる旅にでたりしたが、たこちゃんはストリップ好き、ショウ好きで、女好きではなかったのではないか。女好きどころか、ぼくが知ってるかぎり、ほんとにぜんぜん女っけはなかった。

たこ八郎が新宿百人町で飲屋をやってたことがある。タコ部屋という人を喰った名前で、名前はおもしろいが、店の主人のたこちゃんがなんにもたべない男だから、酒のサカナもまるっきりないような店だった。

この飲屋は戦前、戦争中に浅草の踊り子だったママ（たこちゃんが惚れたという悠子はその娘）がオーナーで、たこ八郎はこの店の二階の部屋にすんでおり、一時、このママのかわりに店をやってたのだ。

このママは三姉妹みんな浅草の踊り子で、高見順の「如何なる星の下に」のかたちのうえでのモデルだともきいた。

新宿百人町のタコ部屋は、がらんとして、たべるものもないような店だったが、それよりも、いついっても店の主人のたこ八郎がいなかった。ほかの店で飲んでるのだ。いっしょに店をやってたタケちゃんという男が、ぼくが顔をだすたびに、それをコボしていた。

もっとも、タケちゃんもいつもチビた歯の下駄をはいてるようなフーテンで、あんまりたこ八郎が店にいないので、ヤケをおこして、自分も店をすっとびだし、ほかを飲みあるいていたりする。

たこ八郎もタケちゃんも、だれもいない店で、ぼくはひとりで、かってに焼酎をついで飲んでることもあった。

ひところ、ここの二階の部屋を深井先生も借りていた。六十歳をすぎて、深井先生は若い、まったくのしろうとの女ができ、三ヵ月ぐらい、ここの部屋でいっしょにくらしていた。

でも、やはり、その女は先生のところをでていき、先生はそうとうな高齢の母親の川崎のアパートにうつったとたんに病気になり、入院してなん日かで死んだ。

そのことをたこ八郎がきいた夜、夜中に目がさめると、深井先生と女がすんでいたとなりの部屋に皓々《こうこう》と電灯がついており、「なんにもない部屋に、電灯だけがついていて、こわかったなあ」とたこ八郎はぼくにはなした。

「高校のときから、清作はコメデアン志望でしてね」安久津さんは言った。

「ところが、プロボクシングの日本フライ級チャンピオンになってしまった。しかも、小児麻痺でナックル（こぶし）をつくることもできず、かたっぽうの目は失明してたという……」

「でも、清作は自分では、フライ級チャンピオンだったってことは、ぜんぜん言わない」

「そう、もとフライ級チャンピオンの斎藤清作、河童の清作ってことは、はたからきくだけでね。本人はまったくはなさない」

「清作にはフライ級チャンピオンなんて、たいしたことじゃないんですよ。それよりもコメデアンになりたかった。もう六回戦ボーイのころから、清作は頭のてっぺんの毛を薄く刈りとって、河童のお皿みたいにした。それで河童の清作と言われたんだけど、あれだって、コメデアン志望の証拠ですよ。リングの上でコメデアンになった」

「ところが、こいつが強いんだな」

じつはたこ八郎が頭のてっぺんに河童のお皿をつくってたことは、安久津さんにきくまで、ぼくは知らなかった。安久津さんにあい、たこ八郎のことを、ほんとにあれこれ知った。

河童のお皿はわからなかったが、たこ八郎はおでこのま上、前髪のまんなかに、？マークのように髪の毛をほんのわずか長くし、ひねっていた。たこちゃんはだらしないようで、これだけは律義に前髪にちょいひねりをつけていて、おかしかった。

これまた、安久津さんからはじめてきいたことだけど、たこ八郎、斎藤清作の実家は、仙台の近くの大地主で、それもなみたいていの大地主ではないそうだ。たこ八郎がそういう家の息子だということも、知ってる人はすくない。

「清作が死んだ年に、わたしはニホンにいきましてね。芸能関係の人にしらべてもらって、清作に電話したんです。そしたら、こちらの名前もなにも言わないまえに、安久津か、と清作が言うんです」

この安久津も、清作がセイサグのように、アグヅみたいにきこえ、ほほえましかった。

また、たこ八郎は電話にでるとすぐ、アグヅか、と言ったそうだが、安久津さんは南方〔ママ〕のこの国にきてもう二十年、ひさしぶりのことだから、いくらかはなしもあっただろうに、安久津か、というそのひとことだけで、あとはなんにも、ぼくには言わないのが、逆に、安久津さんと斎藤清作のほんとの親しさをあらわしてるのだろう。

たこ八郎が夏の夜の海で死んだときは、ぼくはシアトルにいて、ニホンにかえってからたこちゃんが死んだことを知った。

でも、夏のはじめにはたこ八郎にあっている。なにかのテレビに大泉滉さんなんかもいっしょに出演したのだ。たこちゃんはさっぱり白い、でもなにかよれよれの感じのうすい生地のセーラー服みたいなのを着ており、胸もとがおおきくひらいて、だから、やせて肉のない胸のあたりが透けて見えたが、それを女のコたちがひっぱったり、さわったりした。

ついでだが、オジイのぼくも「カワユーイー」とさわられたりした。ちかごろの女のコはフリーク趣味があるのだろうか。

ともかく、たこ八郎が女のコにさわられてるのを見て、ぼくはココロがなごむ気がした。たこ八郎が元日本フライ級チャンピオンだなんてことはまったく知らない、若い女のコのファンがいるではないか。

たこ八郎にすれば、まだまだ、ましなコメデアンではなくても、陽の光はさしてきてるのだ。

もっとも、それは夏のはじめで、それから一ヵ月もたたないうちに、たこ八郎は夏の夜の海で死んだ。

たこ八郎は死ぬ一週間まえに、南米のこの国の安久津さんのところに電話してきたという。安久津さんはうちにいなくて、奥さんが電話にでたが、「名前は言わないけど、すぐ清作さんだとわかりました」と奥さんはぼくにはなした。奥さんも高校時代から斎藤清作を知っている。

たこ八郎、斎藤清作は、長い親しい友人の安久津さんに暇《いとま》ごいをするつもりだったのだろう。

たこちゃんの死が、ただの事故死ではなく、自殺のようなものだなど、ぼくは言う気はない。そんなせんさくは、たこ八郎にも深井先生にも似つかわしくはない。

ただ、たこ八郎はちょっぴり陽がさしてきて、やれやれとおもい、それに、あーあ疲れたな、とふかいため息でもついてたのかな。

トノさん

通りのまんなかで殿山泰司さんと別れた。あんまりクルマがはしってない通りだったのだろう。なぜか。ぼくたちは通りのまんなかをあるいてきて、トノ（殿山泰司）さんがひょいと片手をあげ、「お、おれ、名古屋駅のほうにいくからね」とれいによって、すこし吃《ども》ったみたいに言い、マリもぼくも「バイ、バイ」と手をふったりしたのだろう。

そのとき、ちょっとのあいだ、ぼくはトノさんのうしろ姿を見ていたのかな。トノさんは革のジャケットを着てジーパンをはいていた。あかるい、ほんとに革らしい色のジャケットで、それがトノさんのからだにぴったりだった。

このジャケットは野坂昭如さんがヨーロッパにいったとき、たしかパリで買ったとかいうものだ。「はい、おみやげ……」と野坂さんがトノさんにジャケットをわたすとき、ぼくもそばにいて、いいジャケットだな、とおもった。

これがほんとにトノさんにはぴったりでよく似合った。大きなジャケットがおおいヨーロッパで、野坂さんはよくまあ、こんなにちいさめの、トノさんにぴったりのジャケットをさがしだしたもんだ、と感心した。

トノさんもこのジャケットが気にいったらしく、よく着ていた。トノさんはおしゃれだった。役者さんのおしゃれは、ふつうのおしゃれとはちがう。その人でなければできないおしゃれが、みごとにできる人が役者にもなれるのではないか、とぼくはおもったりする。

殿山泰司さんには「バカな役者め!!」という本もある。また、自分のことを三文役者、とよくエッセイに書いていた。ぼくは軽演劇で舞台雑用をやってたことがあるが、軽演劇では男でも女でも芝居をする人は役者といった。

しかし、トノさんは新築地劇団の出だとかで、れっきとした新劇筋だ。新劇では役者ではなくて、俳優じゃないのかなあ。しかし、トノさんは自分で役者と言ってたから、それに敬意を表して、役者ってよびかたにする。でも、役者に統一するのではない。ぼくは統一はきらい。自分で書くものでも、そのときどきにかってで、バラバラのほうが好き。

寒い季節になってきたので、地下鉄のなかなどで、革のコートを着てる人をよく見かける。たいていはまっ黒のコートで、どうも海外で買ってきたのではないかという気がする。自分で買わなくても、海外にいった人に買ってきてもらったとかさ。

くりかえすが、革は黒くて、コートはたっぷり大きめだ。しかし、トノさんが着ていたのはジャケットでコートではない。長さもウエストまでで、それがきつめではないのに、きゅっとしまっていた。

さっき、このジャケットのことを、あかるい、ほんとに革らしい色と言ったが、いまでは革らしい色であかるい色はめずらしいかもしれない。

トノさんのジーパンは有名で、いつもジーパンをはいていた。革のジャケットを着た肩は、とくにうしろ姿はすこし怒り肩で、肩がちょっぴりあがっている。そしてジーパンの足は外にひらきぎみだ。

鉄腕アトムに似てないこともない。オジンの鉄腕アトムなどとわる口を言ってはいけない。革のジャケットとジーパンの鉄腕アトムだ。それに、あんなにころころ肉《み》はついていない。

昭和二十六年の吉村公三郎監督の名作「偽れる盛装」あたりでは、トノさんはけっこうふとっていて、お腹《なか》もつきでてるみたいだが、ぼくと新宿であうようになってからは、よけいな肉《み》はそげおちて、ひきしまったからだになっていた。

野坂昭如さんがトノさんに革のジャケットをプレゼントしたときは、ほかにも人がたくさんいて、なにかの会だったのかもしれない。野坂さんの個人的な会で、酔狂連というのもあった。またラグビー・チームもやっていて、これはアドリブ・クラブって名前だった。トノさんはラグビーなんかはしないが、酔狂連にも顔をだしてたのではないか。しかし、常連ではない。

野坂さんは会がきらいではなかった。そのほうがふつうだろう。また、そうでなければ選挙なんかはやっていられない。ぼくもみんなでわいわい飲むのが好きみたいにおもわれてるけど、じつは、ひとりで飲むのはこまるが、飲む相手は一人かせいぜい二人ぐらいがいい。ぼくはけたたましく、そうぞうしい酔っぱらいだが、相手が一人でも、けっこうけたたましくなる。とくに相手もけたたましいノンベエだと、飲んでいてまことにさわがしい。ペンネームが夏文彦のトミー（富田幹雄）もそういう飲み相手だった。しかし、トミーは死んだ。けたたましいノンベエはあんまり長生きしない。

殿山泰司さんは、僕が知りあってからは、まことにしずかな人だった。だいいち飲んでないんだもの。カンパリ・ソーダとかビールを、なめるように飲んでただけで……。

じつは、トノさんはよく飲み、またさわがしいほうの酔っぱらいだったらしい。そして、仕事のうえでもあれこれ失敗はあっただろうが、大島渚監督の映画の撮影のとき、銀行強盗ギャングの役かなんかで、つきつけたピストルのさきが、力なくさがってきて、こりゃいかん、とおもったそうだ。また、撮影ははじまってるのに、トノさんは酔っぱらって地べたに寝ており、バケツで水をぶっかけられた、なんてこともきいた。

それで、とうとう大決心をして、酒をぴたりとやめたのだが、大島組の連中は酒飲みがおおいので、ロケのときなど、トノさんが酒を飲まず、メシをくってるそばで、みんなでさかんに酒を飲んでいて、なさけなかったよ、と本人がれいのぼそぼそした口調で、ぼくにはなした。

トノさん特有のぼそぼそ、ぶつぶつのしゃべりかたも、トノさんの芝居だったのかもしれない。役者は舞台の上や撮影のときにだけ芝居をするのではない。それ以外でもずっと、眠ってるときだって演技をしてるのかもしれない。

しかし、そんなにいつも芝居をしていても、酔ったとき、それも大酔払《デキアガリ》いになったとき、おもわず地がでる。ぼくはトノさんがビールやカンパリ・ソーダをなめるようになってからしか知らないから、トノさんの地は見てないのだ、と言われそうだが、それもどうかな。

だいたい、地とか芝居とかわけるのがおかしいんじゃないの。役者は芝居と地がふつうの者よりもごっちゃになって区別がつかないかもしれないが、ふつうの者だって、そうはっきりしてはいない。あれは芝居、これは自分の本心なんて意識してる人は、芝居がへたか、考えが浅いのだろう。

ロケの夜の食事など、トノさんが飲まないでメシをたべてるのに、大島組の連中はまわりでさかんに飲んでたということだが、トノさんの赤坂のうちでも、ナオがあそびにいったりすると、奥さんもナオもガンガン飲み、トノさんはそれを見ている、とナオははなしていた。

ナオは写真をやる女の子で、赤坂のアパートに住んでおり、トノさんのうちの近くだったらしい。ナオとぼくは新宿ゴールデン街の飲み友だちだった。

トノさんとナオはよくいっしょだった。夕方、ナオがトノさんのうちにより、つれだって出かけて、新宿で飲んでたのだろうか。

どこかの店にいくと、ナオとトノさんがいて、ひと晩に三べんも顔をあわせることがあり、「よくあうねえ」とぼくがため息をつくと、「飲んであるくコースがおんなじだからね」とトノさんは言ったりした。

新宿ゴールデン街だと奈々津、まえだ、そして二丁目のありでも、よくふたりにあった。

アメリカ西海岸のメキシコとの国境の町サンディエゴにぼくがいたとき、ナオがたずねてきたことがあった。グレイハウンドのバスでくるということなので、バス・ターミナルの降りた乗客がでてくるところで待ってると、うしろからナオに声をかけられたのをおぼえてる。ナオは予定よりも一つまえのバスにのったらしい。

そのあと、ハワイのホノルルでもナオにあったが、首になまなましい電線のコードの跡があった。

ニューヨークのマンハッタンのワシントン広場の近くの、ほんとにダウンタウンのホテルで、部屋にはいろうとすると、強盗がついてはいってきて、電線のコードを首にまきつけ、カメラなんかを強奪され、クロジットにおしこめられたのだそうだ。

ところが、強盗は部屋を出ようとして、なかなかドアがあかない。いつまでたっても、ドアのノブをがちゃがちゃやっている。

クロジットのなかにいるナオは見ていられず（とじこめられたクロジットのなかからよく見えたものだ。ま、音はきこえるだろうけどさ）自分でクロジットからでていって、強盗のためにドアをあけてやったという。外国のホテルでは鍵がうまくつかえなくて苦労することがよくある。それでも、部屋の内側からは、たいていかんたんにドアはあくものだが、この強盗も慣れなくてモタついたのだろう。ホノルルで、このはなしをきいたとき、ぼくはナオにたずねた。

「しかし、こわくなかった? よく、クロジットからでていったなあ」

「こわかったわよ。だから、クロジットのなかでじっとしていられず、強盗のためにドアをあけてやったの」

ひとの災難をわらってはいけないが、なにかおかしいでしょ。やはりナオはおかしい。でなかったら、トノさんやぼくといっしょに飲んでまわったりはしない。

またトノさんだって、飲めないのに、飲屋のハシゴをするというのがおかしい。もともと、人なつっこく、人好きで、だから飲めないのに(飲んじゃいけないのに)飲屋のハシゴもしたんだろう。

これは役者だってこともからまってるのかな。飲めなくても、ひとりでうちにいるのはきらいだし、また、ひとといるのが好きで、飲屋まわりをするようだから、役者にもなったとかさ。

でも、トノさんがぼくたちと新宿のゴールデン街などでいっしょにカウンターにならんでたりしたのは、トノさんが書く人だったからだろう。

しかも、トノさんはいいものを書いた。じつは、いいわるいなんてことよりも、トノさんならではの、トノさんの人柄そのままの書きかただった。

ただ書いたものがユニークだったのではない。くりかえすが、その人柄、まるごとのトノさんが文章になっていた。文章だけをいじくれるものではない。また、そういう文章はつまらない。

気取っていたり、隠しごとをしていては、ああいう文章は書けない。いつも身をひらいていなければいけない。でも、ざっくばらんに、自然に、いつも身を（ココロも）ひらいていることが、どんなにむつかしいか。自分の努力なんかではできるものではない。こんなとき、宗教のほうでは、奪われるみたいな言いかたをする。自分でなにかするのではなく、自分ではだいじにして持っている信念とか誇りとかを、奪いとられてしまうってことか。殿山泰司さんとは宗教のはなしなどしたことはないが、トノさんもなにかで奪われた人だったのではないか。

名古屋にはテレビの番組にでるためにきた。トノさんは京都の撮影所での一週間ほどの撮影がおわったあとで、ぼくは東京から名古屋へ、マリは神戸から名古屋にきた。マリとはあちこちにいっしょにいった。

マリとは名古屋駅で待ちあわせ、妙見町行のバスにのり、終点でおりると、テレビ局はあるいて二、三分だった。いまでは、テレビ局のまんまえが終点だということもきいた。

テレビ局は町なかにあるのがふつうなのに、町の中心部からでたバスの終点近くにテレビ局があるというのが、ピクニック気分になる。

ぼくはバスにのるのが好きで、どこかの町にいくと、あかるいあいだはバスにのっていて、夜になると飲みだす。

マリとぼくは妙見町の終点でバスをおり、なだらかなスロープの通りをあがって、テレビ局の建物の前をとおり、いちめんに桜が咲いてるところにいった。郊外の公園を兼ねた競技場みたいなところか。

桜並木がかなり長くつづき、そのあいだの道を、両側からのびてきた桜の枝が交叉してアーチになってるのを見あげながらいく。

そのうち、なにか胸さわぎがしだし、どうしたことか、と自分でもいぶかってるうちに、これは、とおもった。

桜の下の道ははるかに長く、風もなく、町の物音もきこえず、ほんとにしずかなのに、心はさわいでおり、こわい。

無数の桜の花がびっしりかさなって、頭の上につづいているのが、ひっそりしずかでうごかないまま、なにかの鱗のように見える。

桜の花は陽気なものだ。呆気にとられるくらい、わーっとそこいらいちめんに花が咲き、いっぱい花がついた枝がしたたりおちる。

ところが、ここではだれもいなくて、ひたすらしずかなためか、かぎりない桜の花が、人に見られず、鱗となって息づきだした。

マリとならんであるきながら、桜の花がこわい。マリといっしょのときは、バスのなかでも、はしゃいだ気分ではなくても、なごんだ気持だった。

オランダのアムステルダムでも、町からだいぶはなれた終点でバスをおり、野っ原のはしにたつと、バスのなかでは気がつかなかった、あかるい雨が降っており、足もとの赤やきいろのちいさな雑草の花が雨のしずくにきらきらひかって、なごんだ。たのしい気持だった。

それが、おなじようにマリがそばにいて、べつに心配事もないのに、おびただしい桜の花がこわい。名古屋は大都会なのに、ほんのわずか郊外にでただけで、これほどの桜の景観があるのに、ぼくたちのほかはだれも人がいないとは……。

テレビのトノさんとのトーク・ショウは、和気藹々《あいあい》というふうにおわった。しょっちゅう、新宿あたりで顔をあわせてるので、なれなれしいみたいな感じになっちゃいけない。これもなごやかなのがなによりだろう。

テレビ局のさきの桜の木の下の道をあるいたあと、テレビ局の場所をたしかめただけで、マリと町のほうにひきかえし、べつのバスにのったり、今池にもいったかもしれない。今池は名古屋の盛り場だが、ぼくはここのストリップ劇場にもなんどかでた。つまり銀座的な町とはちがう。

テレビの番組がおわったのは、もうおそかった。十一時をすぎてたんじゃないかな。今池の「貘《ばく》」は十二時ごろには店をしめてしまうバーだが、トノさんとぼくたちを待ってるとのことだった。「貘」のママは色白で丸顔で、歳をとってもかわいい顔だちだったが、もう店はやめている。マスコミの人たちや劇場関係者もよく「貘」にきていた。

そんな劇団筋のたぶん歌舞伎か新派の、けっして軽演劇ふうではない、もうだいぶ年輩のひとがふたり、ある夜、「貘」のカウンターの奥のほうで、静かな口調ではなしてるのが耳にはいった。もうだいぶまえのことだ。

「美空ひばりに結婚してくれと言われてね」

かたっぽうが静かな、だがごく自然な口ぶりで話してる。

「へえ、そうかい」

ぼくはおどろいたが、はなしかけられた相手はおどろかない。ぼくよりだいぶ歳の上のひとだ。

「よわってるんだ。なんども、美空ひばりに結婚してくれと言われてね」

冗談を言ってるような口ぶりではない。「貘」のカウンターにはほかの客はいなくて、ふたりがはなしてることは、はっきりきこえる。このふたりが歌舞伎か新派の役者さんだってことはまちがいあるまい。静かにはなしてるが、言葉がはっきりしている。舞台のセリフできたえられた声だろう。

ふたりの役者さんの顔には、ぼくは見おぼえがない。それに千両役者といった顔だちや身がまえでもない。しかし、ぼくが知らないだけで、けっこう名のとおった、いい役者さんなのかもしれない。

だが、それにしても、美空ひばりから結婚してくれと言われて、よわってるというのは、どうにも信じられないことだ。

また、「貘」は高級料亭なんかではない。名古屋の今池でも料金はいちばん安いほうかもしれない。そんなところのカウンターの奥にならんだ客が、美空ひばりに結婚してくれと言われたなんて……ぼくは頭をふりながらきいていた。

だいぶあとになってだが、そのことをこう解釈したひとがいた。「美空ひばりが結婚してくれ、と言ったというのは、そのとおりだとおもうよ。でも、それは、彼女のおかあさんと結婚してくれ、と美空ひばりは言ったんじゃないかなあ。そう言われた人は役者さんで、美空ひばりが芝居をするときに、脇をかためるしっかりした人で、信用があったりしてさ。美空ひばりのおとうさん役なんかもやったかもしれない。おとうさん役でとってもよかったから、ほんとのおとうさんになってくれ、おかあさんの夫に、なんてことはバカみたいだけど、芸（能）界の者だったら、ふつうに考えるんだよ。特に美空ひばりは役者（歌手）コドモみたいなところがあったからさ」

ぼくは、「貘」にはよくいった。名古屋の中部日本放送で女性アナウンサーとラジオ番組のディスク・ジョッキーみたいなこともやってたことがあり、二時間以上の長い放送がおわると、もう夕方ちかくで、局がよんでくれたクルマで今池の「貘」にいったりした。

そんなとき、まだほかの客はいなくて、「貘」のママはお銚子一本とお刺身などをカウンターにのっけて、ひとりで、しずかに夕食をたべた。

ふっくらと肉づきのいいママは、それが色白の顔だちによく似合ったが、ふとるのを心配してか、夕食には御飯はたべず、日本酒のお銚子一本で、それにたいてい刺身をたべた。その刺身はこってりして量がおおいものではなく、あっさりした刺身で、「貘」のママはゆっくりおいしそうに、お銚子一本の酒を飲み、刺身をたべた。

殿山泰司さんと名古屋のテレビ局でトーク・ショウにでたとき、局のさきの、だーれも人がいない桜の森のなかで、マリはいるのに（あるいはマリがいたためにかえって）こわい気持になったあと、ぼくたちは町のほうにひきかえし、べつのバスにのったり、そして「貘」にもきて、いくらか飲んだりしたことは、たぶんそのとおりだろう。

というのは、またそのテレビ局にひきかえす途中、これまた桜の花がいっぱい咲いて、たくさんの人たちが花見をしてるのを、ぼくとマリはバスの窓から見てるのだ。

そのバスは「貘」がある今池からそのテレビ局のほうにいくバスだった。わりと古い家なみの住宅地などをとおったあとで、とつぜんみたいに、バスは池のそばにでた。池のまわりは公園になっており、おそらく瑞穂公園の萩山池じゃないかな。

いわゆる夜桜の下での酒盛だが、こんなとき人々はやたらに酔っぱらい、さわぎたてる。テレビ局のむこうの桜の森とはちがい、まことに陽気でそうぞうしく、あの桜の森がひっそりしずかで、美しいという言葉もでないくらい、プラトンのイデアめいた、しずまりかえった美そのものだったのに、ニンゲンがまじり、しかも浮かれさわいでると、小汚くもある。はてのない桜の花がこわいといった感じはまったくなかった。

テレビ局の番組がおわって今池にきたのは、くりかえすが、もう夜もおそかったけど、「貘」でのトノさんは愛想がよく、だがけっして上品ぶったりはせず、てきどに下品で、だれかれとおしゃべりをしていた。

この下品っぽさが、とくに文章がそうだが、トノさんの発明で、まったく独特のものだ。いまでは、その文体の亜流みたいなのもめずらしくないが、なんでも真似はやさしいけど、新しいことをはじめるのは、もうたいへん。

ところが、ぼくなんかは、まったく新しいものをつくりだす人を、たいへんに尊敬してるけど、世間ではそうではない。新しいことは世にいれられないか、バカにされる。バカにされるのはいいほうで、たいてい無視される。

トノさんが発明した文章はハチャメチャ調だが、じつは、新しくハチャメチャ調をやりだすのには、こまやかで繊細な気づかい、書きぶりでなくちゃいけない。

だったらハチャメチャとはまるで逆ではないかってことになるが、じつにそのとおりで、ところがやはりハチャメチャでもあるのだ。

こんなふうに言うと、まるで禅問答みたいだとおもわれそうだが、なにか特殊な宗教遊びみたいなのが禅ではない。いま、世界的にはニホン人でいちばん名前が知られてる宗教哲学者の鈴木大拙についての本を読んでるけど、鈴木大拙はすべてのことが禅だと考えていたようだ。現実ばなれをした禅問答ではなく、現実が禅だと。

名古屋の今池の「貘」に殿山泰司さんといくのははじめてではない。くりかえすが、トノさんとぼくは新宿でも飲んであるくコースがいっしょだったり、京都でもなんどかあってるし、ぼくは名古屋ではいつも「貘」にいくから顔をあわせることになる。

ぼくが名古屋の中部日本放送のラジオのDJをやってるときに、「貘」である女のコと待ちあわせしたことがある。このとき、ラジオの番組がおわって「貘」にいくと、まだほかの客はだれもいなくて、トノさんがひとりでカウンターのはしにいた。

それで、ぼくもトノさんのとなりに腰をおろし、ならんで飲んでおり、そこに待ちあわせの女のコがやってきたが、トノさんとぼくの顔をみると、大きな声でさけんだ。

「わあ、ウソ!」

すると、トノさんがれいの大きな目をギョロッとさせ、ドスのきいた声で言った。

「また、おれのニセモノになって、女をナンパしたな」

こんな目つきや口ぶりは、もちろん芝居だ。それも、わざとクサい芝居をして、トノさんは相手にサービスしている。しかし、こういう芝居ができるというのが、やはりトノさんが役者だからで……。

それはともかく、ぼくはトノさんによくまちがえられた。北海道のサロマ湖のあたりをいく一両だけのディーゼル車にのり、どこかの駅でおりたら、「テレビに出てる俳優の……」と手をにぎられたこともあった。ぼくのことをトノさんだとおもったのだ。こんなことはしょっちゅうだった。

そして、これはごくたまにだが、トノさんもぼくとまちがわれたことがあったらしい。ある韓国人の作家が新宿のバーでトノさんといっしょになり、「まえにおあいしたことがありますね」

と言うので、「いいえ、はじめてです」とこたえたら、「まえにあってますよ。忘れてるんだなあ。かなしいですよ」とくりかえされ、「コミさんとまちがえてるんだ。おれもかなしかったよ」といつかトノさんははなしていた。

このときも、トノさんは吃るみたいに、とつとつといった口調でしゃべった。俳優さんなんかにはセリフを言うみたいに、なめらかに流れるようにはなす人のほうがふつうだ。トノさんはこのふつうにさからってたのだろう。ふつうじゃ、つまらないもの。

いや、トノさんとぼくが似てるというのは、ふたりとも頭が禿げてるかららしく、まことにバカらしい。ぼくが見るところでは、ぼくとトノさんは、ちっとも似ていない。トノさんだってそうおもってただろう。ところが、ほかの連中はよくトノさんとぼくをまちがえた。ぼくやトノさんには、自分が自分であり、ほかの者ではないってことは、だいじというより、どうしようもないことだ。でも、ほかの連中は、そんなことはどうでもいいんだなあ。まるっきり無責任なのよ。

でも、そんな連中でも、飲屋なんかでトノさんとぼくがならんでると、そのちがいは、一目見て歴然とわかる。だから、「貘」でトノさんとぼくがいるのを見た女のコも、おなじように禿げたオジイが、お雛さまみたいにならんでいて、しかし、ナマナマしくちがう二人だったので、「わあ、ウソ！」とさけんだのだろう。

殿山泰司さんが兵隊で中国にいたことは、お書きになったもので読んでいた。いま、ぼくは、エッセイと書いてから、ものと書きなおした。トノさんが書いたものがエッセイでは似合わない。ぼくは自分の場合は、いつも雑文と書く。しかし、自分ならともかく、ひとが書いたものに雑文というのは失礼だ。それで、ものなんてことにした。

トノさんは大正四年（一九一五年）に生れ、ぼくよりも十歳上だ。ぼくは敗戦の前年の昭和十九年の暮れに入営した最後の現役兵で、トノさんぐらいの歳になると、現役で入営したままという者はふつうの兵隊にはいない。満二十歳の徴兵検査では甲種合格ではなく、乙種か丙種かの合格で、現役入営はせず、うちにいたのが、中国との戦争で召集された者がおおく、トノさんもそうだったらしい。

そして、トノさんは太平洋戦争がはじまるまえに、いっぺん召集解除されてうちにかえり、ところが、太平洋戦争になると、またすぐ召集されて、「あれは、アメリカと戦争をやることをかくす、大規模な謀略だったんじゃないのかなあ」と再召集された兵隊たちがボヤいてることが、講談社版の「バカな役者め!!」に書いてあるのがおかしい。

あのころのニホンはナチス・ドイツもそうだけど、謀略が大好きだった。そして、とくに陸軍の軍人の秀才だとおもわれてる連中が謀略をやりたがった。謀略ができる者は頭がいいとされていたのだ。しかし、謀略ぐらいしか考えられない者は、はっきり頭のわるいやつらだ。謀略は戦争につながる。戦争は頭のわるい連中がおこしたものだ。謀略で戦争をおっぱじめることはできる。しかし、謀略では戦争には勝てない。

いまでも、たいへんに秀才だとされてる連中が、じつは、まるっきり頭がわるかったり……。頭がわるい連中は、なによりも目が見えない。目が見えないから、まっしぐらに、ひとのおしえを勉強し、いい成績もとる。自分で考えてちゃ、いい成績はとれない。つまりは高級官僚なんかにはなれない。

トノさんがなくなるまでは、新宿の飲屋などで、ぼくなんかがいちばんよくいっしょだったのではないか。

くりかえすが、トノさんは飲んではいけない状態だった。そんなふうなのに、トノさんは東京にいるときは、毎晩のように新宿にでてきた。ほんとに役者さんらしく……と言えばわかりやすいかもしれないが、飲めるのに飲まない役者だっている。やはり、そんなふうだからこそ、トノさんはトノさんだったのだろう。

しかし、トノさんとぼくが新宿の飲屋であったって、はなしがはずむというわけではない。トノさんはれいのボソボソした口調で、しかも、ごくたまに、ボソッと口をきくだけだ。

バカみたいにはしゃいで酒を飲むぼくも、トノさんといっしょにいると、なんだか安心して、あんまりはなさない。

ただふたりならんでいて、だまりがちでいるときに、ぼくは初年兵で中国にいき、善部隊にいた、とはなすと、トノさんが、うーんとうなって、「善部隊というのがあったなあ。おれも善部隊にいたよ」とびっくりすることを言いだした。

いっしょに山口の連隊に入隊した初年兵や、おなじ中隊の者以外には、ぼくは善部隊にいた者など、ほかにはひとりもあってはいない。そのたったひとりが、おもいがけなくトノさんだったのだ。

善部隊は独立旅団で独立大隊があつまっていた。トノさんの「バカな役者め!!」でも、独立大隊のことはでてきても、つまりその上部組織の独立旅団の善部隊の名前は書いてない。

トノさんは安徽省あたりの部隊にいたとき、中隊でたった二人だけ転属になって、善部隊の独立大隊にまわされたらしい。どこの部隊だって、ダメな兵隊しか転属にはださない。そして、転属させられた兵隊は自分がいく独立旅団の名前ぐらいはきいたかもしれないが、おぼえてはいない。せいぜい、自分の大隊ぐらいしか知ってないのだ。ぼくの中隊の古兵さんたちも、ぼくたちが善部隊とはなしてるのをきいて、「へえ、これは独立旅団で、善部隊という名前なのか」とはじめて知ってるような人がいた。ぼくたちは山口の連隊に入営したときから、善部隊の要員の初年兵だときかされ、つまりはほかの部隊の要員もいたことから区別され、名前もはっきりおぼえた。名前というものの発生の典型的な例だろう。

トノさんのことは、あれこれ書きたいこともあるが、ひとまず、これでやめておく。ぼくたちは殿山泰司さんのことをトノさんとよんでたけど、俳優の金子信雄さんは年齢的には後輩だが、タイちゃんと言っていた。また、兵隊のときなどは、ヤマさんという名前もあったらしい。

新劇の大先輩でテレビの水戸黄門もやった東野英治郎さんは、「タイジ、とよびすてだよ」とトノさんがわらってたのを、おもいだす。タイジとよばれるのが、うれしかったらしい。

ゆんべのこと

昨夜は中学校の同窓会だった。いや、昨夜と書いてまるっきり平気な人もおおいだろう。それどころか、これは書かれたものだから、昨夜でとうぜん、昨夜以外になにかありますかって人がほとんどか。

ところが、ぼくは昨夜のことを、ゆんべ、と言いたい。ゆんべ、はたぶん東京コトバで、ゆうべがふつうなのかな。でも、どうして、ぼくは「ゆんべ」と言いたいのか。ぼくは東京生れだが、東京っ子ではない。いや、東京っ子って言葉も、いまではつかわれているかもしれないけど、ぼくのころには（あいまいな言いかただな）だいたい江戸っ子だった。

ぼくは渋谷の日赤産院で生れたが、満一歳ぐらいのときに北九州にいき、三、四歳あたりから広島県の呉でそだった。同窓会も呉の県立第一中学校のときのものだ。ただし、あつまったのは九人だけだった。

それはともかく、ゆんべなどと、ぼくが言いたいのは、江戸っ子（東京っ子）ぶりたがってるのか。じつは、そんなに単純ではなくて、その土地の人たちがしゃべってることをだいじにするというより、土地の人がしゃべってる音こそ言葉だという気持が、ぼくにはあるのだろう。ぼくはなにかをだいじにするという性分ではない。ぼくの考えがラジカルだからだろう。ラジカルと言えば、いくらかきこえがいいが、それこそ、ぼくは過激なのだ。

　ところが、しゃべり言葉よりも、書き言葉こそ、ほんとの言葉だ、とおもってる人がいる。そういう人の理屈はまたちゃんと筋がとおっていて、理屈では言いまかすことはできない。また、昨夜は書き言葉であると同時にはなし言葉で、げんに、東京でも、ゆんべなんて言ってる人よりも、「昨夜はどうも……」とはなしてる人のほうがうんとおおいだろう。まったくそのとおりで、ぼくは、げんにその土地の人がしゃべってることこそ言葉、なんて言いながら、それこそげんにこの東京で、ゆんべとしゃべってる人は佃島か浅草あたりにわずかにいるだけで、圧倒的多数は、昨夜かゆうべなのだろう。だったら、ぼくの「げんにその土地の人がしゃべってること」というのは、ぼくがきらう抽象的な言葉か、せいぜい象徴的な言葉なのか。ともかく、げんにそういう言いかたをしてる人はいても、象徴的な意味しかないってことになる。意味ってやつが、ぼくはまたきらいだけど……。とにかく、ゆんべという言いかたがぼくは好きで、好ききらいには理屈はない、なんてところなのかな。こんなのは、ぼくがきらいな意味がなさすぎて、またまたおもしろくない。

　同窓会は市ヶ谷ハウスというところであった。銀行のクラブだそうだ。ぜいたくなクラブだった。デラックスとかゴージャスなんて形容がつくような、でここのぜいたくさではない。だいいち、場所がぜいたくなのだろう。それに、建物がゆったりスペースがある。部屋も広くて、女中さんも品があり、料理屋の女中さんっぽくはない。

この日、ぼくはヤクルト・ホールで一時半開演の「ルネッサンス・マン」という試写を見た。二時間八分とかの映画で、試写がおわると、うちでつくったパン一枚をはんぶんに切ったサンドイッチを、大きな通りからすこしはいったところのベンチでたべ、銀行で金をおろして、新橋から大久保駅にいく都バスにのった。時間はもう三時をすぎていた。ヤクルト・ホールは銀座通りのさきの新橋にある。

このバスは内幸町から霞関、国会議事堂をぐるっとまわり、紀尾井町にはいり、文藝春秋社、日本テレビの前をとおり、市ヶ谷にでて、お濠のむこうの坂を旺文社のほうにあがっていく。その途中に左官大学校という看板がでていたが、近ごろは見かけない。左官大学校そのものがなくなったのだろうか。バスは山伏町や牛込柳町、そして若松町、国立病院医療センターから大久保通りへと坂をくだる。ぼくは新大久保駅前でバスをおり、山手線で新宿にきた。そして、新宿西口から練馬車庫にいく都バスにのり、市ヶ谷台町の郵便局でバスをおりた。ここから市ヶ谷ハウスまではあるいて二、三分だ。

同窓会は五時半からだということだったが、市ヶ谷ハウスにつき、トイレでインスリンの注射をして、部屋に案内されると、ほかの八人はもう顔をそろえ、ビールや酒を飲んでいた。時間は五時四十五分ごろか。ぼくが最後で、床の間に近い、いちばんいい席があけてあった。こういうとき、いい席をことわる言葉を、ぼくは知らない。

ぼくのとなりには、坊っちゃん顔のふとった男がいて、なじみのある顔なのだが、名前をおもいださない。そのうち、こいつは級長だった男だとわかった。ぼくは呉一中(県立呉第一中学校)には二年生の二学期に編入し、四年のおわりまでいた。そのあいだ、この男が一学期の級長をやった。つまり、クラスのナンバー・ワンだった。

この男は四年修了で旧制の広島高等学校にいき、東大をでて、農林省の役人になった。役人としていい地位にあったらしい。

副級長をやっていた男は一高からやはり東大にはいり、大会社の副社長にまでなり、子会社の社長もやってたが、それも停年になった。ゆんべの同窓会にはでてきていない。

ぼくはつとめてないので、停年はないけど、みんなが停年になるまえから、書く量はがくんとおちて、停年とおなじようなものだった。

そのほか、同窓会にあつまった者は、とっくに停年になっていた。ただし、ひとりだけ現役バリバリの社長がいて、そのことをぼくが言うと、「この歳で社長なんかやってるのは、中小企業だけさ」とわらった。呉一中のとき、この男はモウコというあだ名だった。「おれは蒙古にいく」とくりかえしてたからだ。それだけで、モウコというあだ名になったのは、まことに曲がないが、中学生はそんなものなのだろう。

ぼくとは小学校のときからなかのいい同級生で、化学が好きな男がおり、庭に穴をほり火薬を爆発させて、呉の町におおい段々の石垣がくずれかけて叱られたりしていたが、大学も理学部の化学にいき、卒業すると、すぐに旧制高校の化学教室を自分でもち、そのまま大学の教授になった。この男も停年になったあと研究所にいき、その研究所もやめている。たいていの者が停年のあとに、二つぐらい勤めをかえ、それも停年ってことらしい。

ぼくのまんまえの席の男も、名前がでてくると同時に、新橋のあるバーで、よくいっしょになったことをおもいだした。この男は東工大の卒業だ。海軍兵学校をでて、大学にはいりなおした男もいる。呉一中は江田島にもちかいし、秀才たちは海軍兵学校にいく者がおおかった。

陸軍でも海軍でも、軍人の秀才というのがいた。いや、ほかの社会では、秀才だけではやっていけなくて、あれこれ夾雑物がつくものだが、軍人のなかには、赤ちゃんのように、秀才のまんま、みたいなのがいた。そんなのが、いいとかわるいとかは言わない。しかし、ほんとにみょうなものだった。

呉一中では、ごくふつうの成績の者たちがどっと広島高等工業にいったりした。いまの広島大学の工学部だ。戦争中のあるときは、呉は広島よりも人口がおおかったときいている。呉一中にも海軍関係など、いわゆる秀才がたくさんいたのだろう。

こんどの(ゆんべもしんどくなった)同窓会は五時半からはじまった。それだって時間がはやい。たいてい、なにかの会がはじまるのは六時半ぐらいだが、七時というのもめずらしくない。

七時にはじまることもある。月曜日から金曜日まで、毎日、ぼくは映画の試写を二本ずつ見る。

さいしょの試写は午後一時からで、つぎは三時十五分か三時半からだ。まえは、二回目の試写は三時からだった。だから、さいしょの試写の映画が二時間の長さならば、三時におわるので、つぎの試写は見られない。それで、三時十五分か三時半にしたのだろうか。こんなのを進歩っていうのかな、とおもったりする。進歩ってせいぜいそんなもの、という気持もある。でも、ほんのちょっとの進歩がまたたいへんで、と考えてる人もいるだろう。そういう人のほうがうんとおおく、世の中とはそういうものか。

しかし、ぼくは、ほんのちょっとの進歩をありがたがったりはしない。進歩というのも好きではない。進歩などではなく、もっとグワランと足もとからひっくりかえらないものか。いや、三時半からの試写がたとえ二時間としても、おわるのは五時半で、七時から会がはじまるときは、試写室から会場までの時間をいれても、やはり時間をもてあます。しかも、二時間の映画はかなり長いほうで、みじかい映画だと、五時ごろおわることもある。

同窓会の日は、ホール試写（ヤクルト・ホール）だったので、一時でなく、一時半からはじまった。そして二時間八分の映画で、つぎの三時半からの試写には間にあわない。それでバスにのったのだが、五時半の会のはじまりにはおくれた。

くりかえすが、五時半ははやいよ。ところが、去年の同窓会は、おなじ市ヶ谷ハウスであったが、午後二時から五時までだった。この日も、ぼくは試写を二つ見て、五時半ごろ市ヶ谷ハウスについた。同窓会の通知には二時から五時までと書いてあったが、ぼくは信じなかったのだ。信じない、という言いかたは、こんなときにつかうのだろう。ところが、ぼくは「信じない」ばかりで、「信ずる」がないんだなあ。

午後に同窓会をやって、夕方にはもうおわりにするのは、ぼくたちがオジイになったからだろう。オジイ、オバアの同窓会は昼間に、というのが流行《はや》ってるのかもしれない。

うちのとなりのエカキの野見山暁治は、美校の同窓会がやはり昼間にあり、そのことをボソボソしゃべっていた。昔の美校生の同窓会は、やはりとくべつのものにちがいない。

ともかく、昼間の同窓会なんて、なさけない。なんて言ってるのは、ぼくみたいなノンベエで、酒を飲まない者は、ただあつまって、しずかにはなしてるだけでいい、酒が飲みたい者は、あとで、仲間どうしで飲めば、ってことなのか。

さて、去年の同窓会だが、五時半に市ヶ谷ハウスにつくと、一階のホールにいた、ちゃんとスーツを着たオジさんに、「もう、みなさんおかえりになりました」と言われたが、やはり信じられない気持だった。ついでだが、制服ではなく、スーツを着た紳士がいるのが、市ヶ谷ハウスらしい。

しかし、夜あつまってガヤガヤ酒を飲むというのは、ぼくたちの人種や、ガキどものすることで、ほかの大人《おとな》のパーティは、みんな昼間にやってるようだ。

そして、飲む人はぐびぐび相当に飲んでいる。会社のパーティは会社の勤務時間にやるのがふつうで、パーティだって仕事のうちなのか。あんなに飲んで、あとに仕事もあるだろうし、いったい仕事ができるのか、とぼくは心配だった。しかし、これはただの心配のようだ。

酒は飲むべし、飲まれるべからず、という言葉がある。しかし、ぼくなんかはまったく逆で、酒に飲まれてばかりいる。とつぜん、名前がでてきてあいすまないが、死んだトミーは、そうぞうしいのもとおりこし、ケタタマしい酒の飲みかたで、だから、ぼくたちはなかがよかった。ぼくもケタタマしい飲みかたらしい。

ところが、昼間のパーティで、けっこうたくさん飲んでる人は、いわゆるお酒に強く、そして、けっして酒に飲まれる人ではないのだろう。酒は飲むべし、飲まれるべからずのお手本みたいなものか。

ともかく、去年は午後二時から五時まで、ぼくが五時半にいったときは、もうみんなかえったあとだった同窓会が、こんどは五時半からはじまったのは、まずはめでたい、と言うよりは、前年のままだったら、ぼくは出席しなかっただろう。

同窓会はおわりの予定の八時をとっくにすぎて、九時半ぐらいまでつづいたのではないか。たったひとり現役の社長のモウコは、大きな声でしゃべり、日本酒の杯をもったままだった。

ぼくのとなりの級長だった男は、ほかのだれかとはなしていて、「うちの母は、その××の出で……」みたいなことを言った。××とは、呉の近くのある地方の大地主らしい。呉はもとの軍港町で人家が密集していた。だから、たくさんの家作をもってる金持の子というのは同級生にもいたが、いわゆる農村の大地主なんかのはなしはきいたことがなかった。ところが、級長だった男のおかあさんは、そんな大地主のひとり娘だったという。古い家は、家をつぐことがだいじだから、級長だった男のおかあさんが家をでて結婚したのなら、たぶん、この男のきょうだいの一人が、おかあさんの家の養子になったのではないか。

ぼくたちが小、中、高校生のころは、そういうはなしを、しょっちゅうきいた。養子にいくと、苗字はかわる。しかし、おなじ家にいて、ほかのきょうだいといっしょに育ったり……。

会がおわり、ぱらぱら市ヶ谷ハウスをでて、坂道をくだりだした。広い坂道だが、くらい。くらい坂道に九人の人数はうまく似合ってるようだった。

市ヶ谷ハウスで呉一中の同窓会をやるようになったのは、Yの世話だときいた。Yはたしか東大の経済学部をでている。大きな会社にいたが、ぼくには企業の系列というのはわからない。めずらしくいばらない男だった。わるく言うと、カンロクのない男だ。だいたい、同級生どうしがあって、カンロクをしめしたってしょうがない。会社や役所ではカンロクがある顔をしていても、同窓会はカンロクぶらないところだ。いや、Yはそんなウラオモテみたいなことができそうもない男で、しかし、会社ではけっこういい地位にいたのかもしれない。この日の同窓会にはでてきていなかった。でも、Yだって停年だろう。いや、ほかの者とおなじように、停年のあとに、もう一度停年があったりして……。

市ヶ谷ハウスでの同窓会は四回めだったとおもうが、三回かもしれない。そして、去年は午後二時から五時までということで、びっくりするのをとおりこして、信じられなかった。

市ヶ谷ハウスを紹介したのはYだときいたが、同窓会の世話をしてるのはSだった。こんどの同窓会の通知もSの名前できた。その名前の文字も、古い言葉だが、いかにも書生っぽく、勉強はできるが、字はへたって感じで、じつは、そういう文字は、ぼくは好きなのだ。中国の孫文の書などは、それのとびきりいい例だろう。

Sも書生っぽい字を書く。だから、同窓会の通知の封筒のSの名前も、S自身が書いたものとぼくはおもい、ほっとした気持だった。Sは同窓会の世話をしながら、この数年、同窓会には出席していない。カタカナの名前がつく、うつの病気だそうで、ぼくは酒を飲むとケタタマしく、これなんかははっきり躁で、うつとおなじように病気だろうが、Sは大学病院に入院していたこともある。しかし、こうしてSの名前で通知がくるようなら、病気がなおって、同窓会にもでてくるかもしれない、とぼくはうれしかったのだ。ただし、うちの女房は、この通知の封筒のSの名前を見て、似てるけれども、Sの字ではないと言った。

くりかえすが、ひとりおくれて市ヶ谷ハウスにくると、ほかの八人はもう顔をそろえていて、そのなかにSはいなかった。やはり病気らしい。それで、あの通知の封筒にSの名前を書いたのはだれだ、とぼくは床の間に近い席から、大きな声できいた。するとぼくとはいちばん遠い席のモウコが「Iだよ」と言った。Iはモウコのまんまえにすわっていた。このあたりは、だいたい会の世話をする人の席だ。ついでだが、この日の会費をとりにきたのはIだった。

Ｉは東京にある国立大の教授をしていた。この男も東大をでている。Ｉが教授をしてた国立大もいい大学なのだろう。

Ｉは Ｓの名前で同窓会の通知書をだし、つまりはＳの代筆をやっている。なにかの会の幹事ないし世話役は、かわりばんこにする、とはなしあいでは決まるのだが、実際には、ひとりのひとが、ずーっとやってることがおおい。東京での呉一中の同窓会は、Ｓがしていて、病気になって出席できないいまでも、Ｓの名前で通知がきている。

Ｓのまえは Ｍで、差別用語のほうがぴったりするけど、Ｍは同窓会キチガイで、あんまり熱心すぎてきらう者もおり、呉にかえっていった。

ぼくは呉一中のあと、旧制福岡高等学校にいき、この同窓会も東京にあり、毎月、月報も送ってくるが、これの世話をしてるのは Ｈだ。まえは、それこそかわりばんこにやろうってことだったけど、Ｈにおちついてしまい、毎月の月報も Ｈが発行し、送っている。Ｈはけっしてキチガイではなく、温厚な人柄だけど、まるでそう決められてるみたいに、同窓会の世話をしている。

たったいっぺんだけ、ぼくは戦友会というのにいったことがある。会場は熱海の海っぱたのホテルだったが、戦友会をやってるという部屋にいくと、ぼくが知らない部隊番号の戦友会だそうで、まちがったとおもい、ホテルのフロントにもどって、もういちどきくと、戦友会はそこだけだという。

結局、その戦友会だったのだが、ぼくたちは昭和十九年の暮れに入営したときから、独立旅団の善部隊の初年兵だとおもってたが、古兵さんたちは善部隊という名前も知らず、まえの部隊の番号だけをおぼえていたのだった。

なくなった俳優の殿山泰司さんとぼくはなかがよく、新宿ゴールデン街あたりの飲屋で、しょっちゅう顔をあわせていたが、トノさんは、ぼくたちの旅団本部があるところから、あるいて半日ぐらいの、中国にしてはめずらしく温泉がわいてたところの近くの中隊で終戦になったことが、なにかのおしゃべりでぽろっとでてきた。

トノさんはぼくよりもちょうど十歳上で、いっぺん除隊になり、また召集されたみたいだったが、「うーん、善部隊かあ。うちの中隊も、いちばん最後は、そういう名前の独立旅団に再編成されたとか、だれかがはなしてたなあ」とれいの口ごもるような言いかたで、ぼそぼそしゃべっていた。

熱海での戦友会にぼくをよんだのは、長い行軍のあとのぼくたちに、湖南省にあった中隊で初年兵教育をした班長だった。もと班長は伊豆でミカン山などをもっているらしく、そのすこしまえに、ぼくは伊豆の土肥町に映画のロケにいった。ぼくの役は文部省のナントカ教育局長とかで、料理屋の大広間で、芸者を背中にのっけて競馬ごっこをした。そのときの若い芸者が池玲子で、映画初出演だった。

班長どのは戦友会のあいだじゅう、ぼくのことを「教育局長」とよんだが、ぼくはそういう役だったにすぎず、しかも芸者を背中にのっけて四つん這いになり、競馬ごっこをしただけだ。班長どのの家は土肥のとなり町とかで、このあたりでは、この映画のロケはずいぶん評判になったらしい。

いや、ずいぶんよけいなことをしゃべっちまったが、戦友会の会費をはらうため、座敷のまんなかにチャブ台をおいて、そこにすわっている会計係のところにいっておどろいた。

湖南省にあった中隊の事務係とおなじ人なのだ。ぼくたちの中隊はいちばん古いひとは七年兵で、だから、初年兵や二年兵は兵隊のうちにもはいらない。やっと三年兵ぐらいから兵隊のうちにいれてもらい、事務係はたしか三年兵の上等兵で、だからういういしい兵隊だった。また、この事務係はふっくらとかわいい顔だち、からだも小ぶとりで、ゴツゴツの兵隊という感じではなく、中隊の事務係という仕事がよく似合っていた。

それにしても、戦争中の中隊の事務係が、とっくに戦争もおわり、なん十年もたったあとでも、戦友会の会計をやっている。この会計係だってまわりもちではなく、ごく自然に、あたりまえのことみたいに、戦友会の会計をやってるのだろう。たぶん、戦友会がつづくかぎりは、この人が会計係ではないのか。同窓会の世話人とおなじことだ。ずーっと、ひとりのひとがやっている。戦友会の会計係のことは、ぼくはたいへんにおもしろく、いまでも、おもいだしては、感心したような気持になっている。

ぼくたちの中隊は七年兵は九州の人で、ぼくたち初年兵は中国地方の出だが、あとは名古屋師団の管轄下の静岡県と愛知県の人たちが、一年ごとに入営してきたらしい。戦友会でも、愛知ん衆、静岡の衆という言葉がきこえ、その愛知ん衆のなかから、メガネをかけた人が、ぼくの席の前にきてはなしかけた。中隊の衛生兵だったひとだ。ぼくはしょっちゅう下痢をして、あとでは、アメーバ赤痢菌も検出された。だから、中隊の衛生室にもよく入室していたのだろう。衛生室の消毒用の強い中国焼酎を夜中に飲んで、焼酎がへったぶんだけ、水をうめたりした。下痢をして、膿みたいな粘液便がでてるようなときに、強い焼酎を飲むと、腹に熱いものがさがっていくのがはっきりわかり、きりきり痛んだのをおぼえている。このもと衛生兵が——

「あんたは要領がいい兵隊だった」

とくりかえし、ぼくは意外だった。自分は要領がわるいとおもってたからだ。軍隊では、要領よくたちまわることが、たいへんに大事なことと考えられ、軍人勅諭をモジった、「一つ、軍人は要領をもって本分とすべし」なんて冗談もあった。

タテマエとしては、要領がいい、なんてことは卑しめられている。要領よりか誠実さだとかさ。しかし、軍隊は誠実さなど気がながいことは言っていられない。その場かぎりの対応のしかたが、生き死ににかかわってくる。実際にやってみて、つくづく要領がいいのがだいじなことだとわかったのだろう。

ところが、ぼくは要領よくやろうとおもっても、ドジで、なによりもひどく不器用で、要領がわるかった。とぼくはおもっていた。しかし、中隊でたったひとりのもと衛生兵どのは、ぼくのことを要領がいい兵隊だった、と言う。ぼくは考えこんでしまった。「そりゃ、ちがいますよ」

って気持はある。でも、衛生室に入室して寝てたりしていたのも、要領がよかったのか。入室も入院もしなくて、はたらきづめにはたらいて死んでいった初年兵もいる。長い行軍をあるきとおして、湖南省の大隊本部についた翌朝の点呼のときにたおれ、そのままおきあがれなかった者もあった。ぼくは下痢がひどくて、行軍からは十日ぐらい脱落し、あとで行軍にもどった。そして、げんに生きて内地にかえり、いまだに生きている。自分ではきらってることだが、ぼくは要領がよかったのではないか？　ほかの者みたいに、要領、要領と考えなかったのが、逆に要領がよかったのか？　じつは、兵隊は要領だけでなく、名誉と言えば大げさだが、兵隊の面目だけはうしなうまいとした。こっちは、名誉や面目は、ま、なかったなあ。

中隊のもとの事務の上等兵やもとの衛生兵の顔をぼくがおぼえていたのは、みじかい初年兵教育がおわったあと、ほかの初年兵は各地の分哨に一人、二人とわかれていったのに、ぼくは中隊本部に残っていたからだろう。中隊本部と言っても、中隊長以下七人ぐらいの人数しかいないこともあった。

ぼくたちに初年兵教育をした班長は、そのころは兵長だった。下士官のことを班長どのとよんだくらいで、従来は下士官が担当する教育班の班長を兵長でやったのだ。兵長は下士官ではない。兵長という階級は新しい。昔なら伍長勤務上等兵だ、と言う者もいた。

この班長は成績優秀の模範兵で、チャラチャラ要領がいいような人ではなく、それこそ誠実な人柄だった。内地にかえってからも、働き者の農民だったのだろう。なによりもマジメなひとだった。

そんな班長が、終戦になり、もとの中隊があったところから、つぎの場所まで、貨車で移動してるとき、「おまえみたいな者がいるから、戦争に負けたんだ」とぼくをぶんなぐった。戦争中、初年兵教育のときでも、一度もぼくをなぐったりしなかった班長がだ。

じつは、そのことを、つい昨日《きのう》も、あるひとにはなしたのだが、三十代なかばのそのひとは、首をひねってるふうだった。まだ二十歳のへなちょこ初年兵に「おまえみたいな者がいるから、戦争に負けたんだ」と言うなんて、大げさすぎて、むちゃくちゃで、理解できない、ってところだろう。

理屈ではそのとおりだが、終戦直後には、そういうのが、言葉はわるいが、流行っていたのだ。流行とか習慣とかは、ぼくはどうでもいいが、こわいものだ。習慣は人も殺す。「おまえみたいな者がいたから、戦争に負けたんだ」とぶんなぐられたのは、ぼくだけではあるまい。ほかにも、たくさんいたはずだ。それに、いま気がついたのだが、班長は戦後すぐの流行や習慣にしたがっただけでなく、自分が教育をした初年兵のなかに、ぼくみたいなだらしない、兵隊らしくない男がいて、ほかの古兵さんたちにたいして恥ずかしく、わるい気がして、移動する貨車のなかで、ぼくをぶんなぐったのではないか。

貨車には荷物がいっぱいつんであり、その上に兵隊たちは腰をおろしていた。だから、ぼくはたぶん一発なぐられただけで、荷物のあいだの谷間におっこちてしまい、あとはビンタはくらっていない。それが夜だったかどうか、貨車の扉はしまっていて、貨車のなかはまっくらだった。

戦友会があったとき、班長どのは、長男が農業高校をでて、自分のあとをついでくれる、とうれしそうにはなしていた。こういう班長の息子ならば、やはりマジメで親孝行にちがいない。

市ヶ谷ハウスでの同窓会のあとは、くらい坂をおりて、都営地下鉄の曙橋まででて、ここでいまだに現役の社長のモウコなんかと別れ、ひとつむこうの駅の新宿三丁目にいった。新宿のゴールデン街あたりで飲もうというわけだ。Sの名前で同窓会の通知をくれた、もと国立大の教授のIとNもいっしょだった。

Iは海軍士官の息子で、呉の小学校でIのおかあさんを知っている。参観をする父兄のなかにIのおかあさんがいたのだ。海軍士官の奥さんはきれいな人がおおかったが、Iのおかあさんは、とびぬけて美しかった。それに、たぶん歳も若かったのだろう。

ところが、この小学校でのIの姿が目にうかばない。おなじクラスにはいなかった。ほかの級は……？　わからない。

もしかしたら、この小学校の同学年にIはいなかったのではないか。だったら、どうしてIのおかあさんが参観にきていたのか？　この小学校にはIの妹かなんかがいて、I自身は二〇〇メートルぐらいはなれた、べつの小学校にいたとも考えられる。ともかく、おなじ国立大学でも、東京都内の有名な国立大の教授をしていたのだから、Iはけっこう秀才で、勉強もよくできたのかもしれない。それはともかく、その小学校にはＩはいなかったのに、父兄参観日に、Ｉのおかあさんを見かけたというのは、Ｉの妹はその小学校にかよっていたという考えだが、これはふつうの考えではなく、推理小説的な考えではないだろうか。ふつうの考えだと、兄妹がちがう小学校にいってるなんてことはないもの。

ところが、考えではなく実際には、兄と妹とがべつの小学校にいってるということもある。Ｉの場合は、げんにそうだったのだろう。だから、Ｉのおかあさんがぼくたちの小学校の父兄参観にきていたのだ。「事実は小説よりも奇なり」という言葉がある。でも、事実と小説とは、まるでちがう。同窓会にはきていなかったが、もと東大教授の井上忠さんふうに言うならば言語がちがう。そして、奇なり、というのは小説ふうの考えかた、言語だろう。小説はあくまで考えられたものだ。その小説から事実を見ると、まことに奇である、ということにもなる。事実というものは、まるっきり憶測できない。考えることとはちがう。事実には規則はなく、かってに考えるようにおもえる、考えることにかえって規則（限界）があることを、カントはくどくどと言ったのではないか。つまり、事実は、ほんとに従来どおりの変哲もないことがおきるかわりに、とんでもないこともおきる。そして、そんなことを、事実は小説よりも奇なり、などと言うのだが、これは、根本的なまちがいがある。事実と小説を、おなじ言語としてることだ。だから、事実は小説よりも奇なり、なんて言いかたをするのだ。

入学試験がたいへんにむつかしかった一高（第一高等学校）から東大をでて、総理大臣になったような人でも、ぼくはそんなにえらい人だとはおもわない。たぶん、俗な人たちのあいだでの大秀才なのだろう。俗な人でないと総理大臣にはなれない。そんな人よりも、哲学がよくわかってる人のほうを、ぼくは尊敬していた。しかし、そんな考えをおしすすめると、将棋の天才がいるみたいに、哲学がよくわかってる人というのも、そういった考えしかできなかった人たちではないか。古い流行歌ではないが、悩みははてなし……。いや、ぼくは悩まない。悩まないのが、ぼくの長所とは言わないが、特徴だろう。言葉をかえれば、極楽トンボのノーテンキってところか。

Nは化学技術者というよりも、化学学者みたいなのではないか。だいぶまえだが、Nの研究所にたずねていったことがあった。木造の古ぼけた研究所で、たしか三、四十坪の平屋だった。林のなかにぽつんと建っており、あつらえむきに、季節も冬枯れのときで、まわりにたくさん落葉があった。

「あの研究所の場所はどこだい?」

と同窓会でぼくがきくと、Nは「目黒だよ」とこたえた。いまとはちがっても、目黒ならば、家もたてこんでたはずだ。それが、まるで信州の高原の林のなかみたいなところに、Nがいた研究所はあった。

おなじ研究所という名前でも、いまとはイメージがうんとちがう。だいいち木造の平屋で、大きな物置か納屋みたいなものだった。ふつうの木造の家よりも安っぽく、窓ガラスも煤けていて、なにもかも埃をかぶって汚ならしく、しかも、もう長年つかってないようなものが、あちこちに雑然とおいてある。まるっきり江戸川乱歩の小説のなかの研究所みたいだが、それほど古びて、葉がおちた林のなかにたったひとつぽつんとあったけれども、妖しい雰囲気などはない。ただ埃っぽくて、ごたごた、ふつう日用につかうものとはちがう器具がおいてあるだけだ。

「なんの研究所？」

と、そのとき、ぼくがたずねると、Nは、ゴムの研究所と言った。研究所にはNひとりで、助手の姿さえなかった。とり残され、Nがひきつづき研究所をやっていきたいとくりかえすので、こわしてしまうまでのあいだ、Nにまかせてるといった感じだった。

Nはカメラ使いでもあった。いまでは忍者というけど、ぼくたちがコドモのころは、忍術使いだ。忍術使いみたいに、Nはカメラ使いだった。たとえば、東京でやる同窓会にも、Nはカメラをもってきた。そのころでも、いかにも年代物みたいなカメラで、「古いカメラか？」とぼくがきくと、「一九二五年製のライカだよ。こいつが、とくべつ気にいっててね。うんとまえから、こればかりつかってるんだ」とNはこたえた。うんとまえとは、子供のころからNはこのカメラで写真をとってたのだろう。一九二五年は大正十四年、ぼくが生れた年だ。たぶん、Nが生れた年でもある。

まだ子供のNに、ライカのカメラなんか買ってやるというのは、Nのうちは裕福だったのだろうか、ちいさいときからカメラをつかい、大きくなってからは、林のなかの木造平屋の研究所にひとりでいるなど、Nも子供のときから、ちっともかわってないのだろう。昆虫少年がそのまま歳をとり、博物学者になったようなものだ。

とつぜん、へんなことを言いだすが、同窓会という言葉は好きではない。クラス会のほうが、よっぽど感じがいい。しかし、こんどの会でも、あつまったのはたったの九人だけど、ぼくのとなりのもと級長やモウコは、ずっとおなじクラスだったが、ほかの者は級がちがう。だからクラス会ではなくて、しかたないような気持で、同窓会とよんでいる。

その同窓会で、あの研究所のことをNとしゃべってるうちに、林業試験所《ママ》のことがでてきた。農林省（いまは農林水産省）に属する林業試験所も目黒区にある。渋谷から五反田にいく東急バスが、そのそばをとおっていて、リンシノモリ、なんてバス停があるのにびっくりした。林試の森という漢字だとわかったのは、三、四回、おなじバスにのったあとだったが、林試とは林業試験所のことだ。

林業試験所は目黒区のなかなのに、そこだけはまったくの別天地で、林があり、いろんな鳥がさえずっていた。この林のなかには、いくらかお粗末な木造平屋の官舎があり、トットちゃんが住んでいた。トットちゃんとは、米軍の四〇六医学研究所で知りあった。その後、トットちゃんはアメリカに留学し、農林省の技師になり、ここの官舎にいた。奥さんも四〇六医学研究所につとめてた女性で、頭がよく、あかるい性格だった。

ぼくもNもこの林業試験所の名前をだし、Nはくりかえし言ってたところから察すると、Nがいた研究所は林業試験所の近くではなく、そのなかの林にあったのか。それだと、目黒区なのに信州の高原の林のなかみたいな感じも説明がつく。でも、だったら、あの研究所は農林省のものだったのか。かってに、ぼくは民間のゴム工業の会社の共同研究所だとおもっていた。しかし、共同研究所が木造平屋でぼろっちくてもかまわないけど、仕事をしてるのがNひとりというのは、考えられないことだ。

あの研究所はどうなっただろう？　とっくに、なくなってしまったことはたしかだ。林業試験所の官舎も、どうかわったか。研究所がなくなって、Nはなにをやってたのか？　民間の研究所ならば、Nは会社の技術者にもどったとも想像できるが、農林省の研究所ならば、ひろってくれるところがあったのか？　いや、Nはそんな顔はしてないけど、たぶん、けっこう出世したのではないか。

曙橋の地下鉄の駅には、みょうな感慨がある。胸が疼くおもいといったところだが、そういう形容ではなくて、実際に胸のあたりが痛いような気がする。新宿ゴールデン街の「まえだ」の前田孝子が、この曙橋の地下鉄の駅からあるいて十分たらずの東京女子医大に入院していた。食道癌だったのだが、声帯までとる手術をした。だが、退院し、喉に器具をあてて発声するのもかなりうまくなって、新宿副都心のホテルで、快気祝いというのをやった。そのパーティで、ぼくは佐々木美智子ことおミッちゃんにあい、「ブラジルにいきたいなあ」と、ぼくの本心ではなく（なにが本心かは、自分でもわからない）お世辞みたいにつぶやくと、そのときそばにいた椎名たか子と、もうひとりメガネをかけた女が、ほとんど同時に（ということは、ほんのわずかのあいだも考えず）「わたしもいきたい」と言い、それでブラジル行きがきまってしまった。メガネをかけた女は、最近クリスチャンになったそうで、「おいおい、そんな女とブラジルにいくのかい？」とぼくは自分にたずねるような気持だった。

ところが、このメガネをかけて最近クリスチャンになったという女は、ずっとまえからよく知っており、したしくしていた歌手で、それを酔っぱらっていて、しかも、たとえ一瞬のことにしても、相手がわからなかったのは、まことにあいすまない。

と、すぐ、本人にあやまったのだが、「髪のかたちをかえたし、メガネをかけてたから……」とまるっきり気にしてなかった。彼女とは宇都宮の競輪でいっしょになり、各レースごとに、彼女があてずっぽうに買った車券がみんな当り、あれにはびっくりした。こんど、一か月ばかりブラジルにいて、つくづくおもったが、彼女はやたらにマジメな女性だった。

おミッちゃんはブラジルのサンパウロに家をもっていた。大きな邸宅で、邸のなかの表の通りのほうを、私設の図書館にしていた。ニホン語の本ばかりだが、小説本がおおい図書館で、それを、サンパウロ在住のニホン人に貸しだしていた。こういうのを奇特な人というのだろう。サンパウロにいるあいだ、ぼくたちはおミッちゃんの家に泊っていた。

ブラジルには、その歌手や椎名たか子のほかに、役者の山谷初男や、これも役者で座長の戸波山文明もいったが、みんながニホンにかえったあとも、ぼくはもう一か月サンパウロのおミッちゃんの家にいた。

アマゾンにいったとき、戸波山文明はアマゾンの上流のヒオ・ネグロ川で、タコ八郎の骨をひとりで川にながしていた。タコはアマゾンにいきたかったらしい。だが、いつも酔っぱらっていて、海にはいって死んじまった。

一か月あとに、ぼくが東京にかえってくると、前田孝子はまた入院していた。危篤だという。曙橋で地下鉄をおり、東京女子医大にいくと、前田はもうなん日もたべものが喉をとおらなくなっていたのに、手をつけないでさげさせた夕食を、病室にはこびかえし、たべようとした。ぼくが顔をだしたので、目の前でたべて見せようとしたらしい。でも、結局は口にいれることはできなかった。じつは、そのことを作家の中山あい子さんがある雑誌に書いてたが、ぼくは忘れていた。

ぼくは前田が再入院したことは知らなかったが、みんながニホンにかえってきたあと、一か月もサンパウロにいて、薄情者と中山あい子さんに言われた。

ぼくが東京女子医大にいった翌日から、前田は意識がなくなり、三日ぐらいして死んだ。曙橋の駅で地下鉄をおりると、そういう形容ではなく、鈍くずきーんと胸が痛む。

新宿高層ビルのなかのホテルで病気がなおったという快気祝いをやってから、前田はがくんと病状がわるくなったようだ。こういう場合、ふつうだと、皮肉にも、なんて言葉をつかうけど、ぼくは皮肉だとはおもわない。前田がとくべつ賑やか好き、パーティ好きとはおもわないが、賑やかな葬式なんかより、本人も出席してる快気祝いのほうが、皮肉ではなく、よっぽどいいではないか。

快気祝いがすんだあとは、「まえだ」の客にも大会社につとめてる、まともなサラリーマンがいて、その人がまわしてくれたハイヤーに、前田とふたりでのり、ゴールデン街にかえってきた。ゴールデン街は黒塗りの大きなハイヤーでかえってくるところではない。ぼくは「まえだ」のオトウサンとよばれてたし、とくべつ恥ずかしくはないが、これから飲みにいくみんなとわかれて、前田とふたりでハイヤーにのるのは、おもしろくなかった。やはり、ぼくはおもいやりのない薄情な男だろうか。

同窓会のあとだから、酔っぱらってはいるが、曙橋の駅で前田のことで胸が疼き、地下鉄にのり、つぎの新宿三丁目でおりて、ゴールデン街の「しの」でIとNとで飲んだ。「しの」には、ぼくより一歳下のマレンコフがギターの流しでくる。マレンコフも新宿歴五十年になる。前田孝子が死んだあとは、ゴールデン街の「まえだ」は店がしまったままで、二度とあくことはない。

初出

アセモの親玉　「海」一九八一年十月号
軽列車と旅団長閣下　「小説新潮」一九七四年十一月号
スティンカー　「文藝」一九八一年八月号
大学一年生　「別冊文藝春秋」一九七九年九月
おまえの女房エリザベス　「文學界」一九八七年八月号
案内新聞　「すばる」一九八四年十二月号
テツゾーさんのこと　「海」一九八二年一月号
カラカスでたこ八郎　「小説現代」一九九〇年四月号
　『現代の小説 1991』日本文藝家協会編　徳間書店　一九九一年五月
トノさん　「オール讀物」一九九三年二月号
ゆんべのこと　「文學界」一九九五年一月号

祖父のあれこれ　――解説のかわりに

田中　開

こんにちは、田中小実昌の孫である田中開と申します。編集の田口さんから、周辺の人物に聞いたエピソードと自らの実感のギャップ・違和感について書いてほしいとお声をかけていただいた。おじいちゃんのことなら書けるぞ、ということで快諾。だが、素人の文章で、巻末を汚しやしないかと心配になってきた。

自分自身の祖父との思い出と言ってしまえば、祖父は八歳のころに亡くなってしまったわけで、直接的な記憶はほとんどない。近所を手をつないで散歩しているとき、足を浮かして祖父の手にぶら下がったら、「痛い、痛い」と言われたこと、毎朝、祖母の作ったサンドウィッチを持って映画の試写に出掛けていたこと、それぐらいである。

どうして、その記憶が今でも残っているのかは分からないが、残っているものは残っている。その時は、なんか無茶して申し訳なかったなという子供心ながらのささやかな懺悔が感情として残っている。だからかもしれない。

僕の個人的な思い、――意見というほどのものでもない――、は祖父の作家性なんてものは娘である自分の母りえが継いでいるはずだ、ということ。

作家性「なんてもの」と書いたのは、そもそも祖父の著作をあまり読んでいないが故に作家性はそれほど語れないからだ。だから、作品に対する話は、僕は恐る恐るとしかできない。ただ、母が継いでいる、と書いたのは、母から聞かされてきたことが、祖父の文にもたくさん出てきて、何かに驚くというよりは共感できる部分が圧倒的だから。物語の否定や、事実を述べているようでも主観が入ってしまうということを、母から聞かされていた。

祖父の身の回りの話は母から聞いていたし、作品が表現するような作家性より、性格とか日常的なことなら書けるかもしれない。（そうか、そんな評論からは出てこない性格の話を田口さんは求めているのか。）

まあ、祖父の話といっても、例えば、祖父が初めて回転寿司に行ったとき、勝手がよく分からないもので、ひとまず隣の人の空皿を取って、回っている寿司を、直接手に取って食べた、みたいなにこやかなエピソードが出てくるぐらいだ。海馬をひっくり返せば、もっと出てくるかもしれないが。

祖父がロサンゼルスで亡くなったとき、現地の葬式へ行ったあと、日本人の経営するレストランでみんなでカラオケをした。当時、僕はまだ八歳。前に出るのが恥ずかしいので、隠れていたが、一人のおじさんが、子供ならアニメだ、これなら歌えるだろ、と無理やり引っ張り出してきたが、曲は「鉄腕アトム」。数十年前の曲が分かるはずがなく、立ち尽くした記憶もある。

書いていて、しまったと気付いたが、これは僕の思い出。祖父は関係ない。

「収録作各篇に対する実感や違和感」もお願いされていたのだが、残念ながら、あまりコメントできる話はなかった。

強いていえば、祖父は戦地では、木の陰で「ばーん、ばーん」と口に出していただけだったよと母に聞いたことがある。

けれども、これはリアルな話ではなく、母か祖父の物語だろう、と思う。実際に銃を撃つような所には祖父は赴いてないはずなのだから。

母は、「おじいちゃんがこう言ってた」なんて嘘はつかないから、祖父が語ったのだろう。となると、祖父が物語を語っていたということになるのだろうか。もしかしたら、本当にそうしていたかもしれないし、戦争での思い出（なんて書くと牧歌的だが）をシンプルに表現したかったがために話したのかもしれない。

ニュートンが重力を発見したのも、林檎が落ちるのを観察したからではなく、そのエピソードは色んな場所で話すのに便利で、よく使われていただけだ。

重力、というものを発見する、――この〝発見〟という言葉は少しひっかかる言い方だが――、それまでの科学的なプロセスや道のりは、話してしまえば、一般には分かりづらく、そして伝わりづらい。だから、ニュートンは、「リンゴが木から落ちる」という物語を使ったのだろう。

関係ないが、祖父の翻訳のポリシーは、一語一句正しく訳すことだと母から聞いていた。全ての単語に対応している英単語を説明できるのが翻訳ということらしい。でも、それは意訳を嫌うということではなくて、ちゃんと英語を日本語に換えるという作業に忠実なんだと思う。意訳というより、そこに訳者の物語が入るのを嫌ったように感じる。

さて、母以外から、僕が、祖父に関しての話を聞くのは、ほとんどが新宿ゴールデン街だ。祖父が仲のよかったお店へは、祖父が亡くなったあとも、母が挨拶しに、年に一回ぐらいは行っていて、僕も高校生のころから、母に連れられて、二十歳を過ぎてからは、一人や友達と一緒に行っていた気がする。三日月・しの・あび庵（ここは母が個人的に仲良かった店）・花の木へ行って、友達の分も出してやってみたいな感じで、二万円ぐらい手渡されて、僕は喜んでタダ酒を飲んでいた。

その中の「しの」という店で今は週に二回ほど働いている。そして、その二倍ぐらいをふらふらと飲み歩いている、というか飲み騒いでいるほうが正解かもしれない。若い人も最近は増えてきたらしい。

身の上話が長くなったが、とにかく、「しの」のお客さんは、昔から飲んでいる人が多くて、祖父を知っている人が多い。だから、祖父の話はよく聞ける。大抵、ハーフの僕の容姿が、祖父とは真反対でみんなびっくりしている。

祖父はいろんな店で、それもあまり長居しないで飲んでいたとのこと。だから、一般の人でも、祖父と横で飲んだみたいな話はよく聞く。みんな誇らしく、そして楽しそうに語ってくれる。

働いている「しの」のママに祖父の話をさせれば「あいつの悪口を言うやつは一人もいない」「コミはいいやつだった」と必ず言ってくれる。それほどに愛嬌のあるのんべえだった。今更、語ることでもないだろうが。

「しの」には、ゴールデン街での祖父を偲ぶ会のポスターが、定期的に変っていく演劇のポスターのはじっこに、ずっと貼ってある。写真では、野坂昭如さんや佐木隆三さんといった文化人と楽しそうに飲んでいるところが写っているが、群れることはしなかったようだ。

一人で飲む、といっても、おそらく仕事の付き合いだろうが、編集者の方とゴールデン街で飲むこともある。そんな日は、さっと切り上げる。編集者の方は、ありがとうございます先生、とタクシーまで送る。でも、そのタクシーは新宿を一周して、また祖父は店に戻って来てしまうとのこと。

他にも、マレンコフのポケットにくしゃくしゃの一万円を入れる話、可愛い女の子の横に座っては手をこっそりにぎろうする話、誘いがいっつも単調な話、ピンの五百円札をたくさん持っている話、……たくさんの話を聞いた。僕がゴールデン街で飲めるのも、祖父のおかげだろう。祖父の名前で飲める店がまだ何軒もある。(自分から名前を出すことはしないが……)

祖父が一人で飲んでいたのは、本当にお酒が好きだからだろう。(あと、店のママ達が好きだったのもあるはず。）母が、祖父はお酒をみると、本当に赤ん坊のような笑顔をみせると言っていた。よく言われるのは、お酒を飲む人は、ざっくりと二種類に分けられるという。一つは、酒場が好きな人。こういう人は家ではあまり飲まない。お酒、というより、その場の雰囲気だったり人が居るのが好きだからだ（僕はこっちのタイプ）。もう一つは、純粋にお酒が好きなタイプ。祖父はこちら側だろう。家でもたしかに飲んでいた。ドライジンが酒屋からケースごと来ていた記憶がある。祖父の好きなお酒の一つだ。あとは、気の抜けたビールが好きという変わったところもあった。

祖父は、昔のゴールデン街なんかで、よくある文壇の議論なんかに巻き込まれると「閉店ガラガラ」と小さくシャッターをおろすふりをして、煙に巻いていたらしい。評論というのも、結局は物事に対する意味付けであって、自分自身の作品はそれ以上でも以下でもない。そんな風に思っている節はあったかもしれない。

ゴールデン街で飲んでいると、ふとした瞬間に、うまく言葉にできないけれど、何かが祖父と共鳴する瞬間がある。飲んで騒いで、色んな人と行き交う中で、じゃあと、そんな日々を何かの形、例えば文章なんかにしてみようと思うと、とたんにどこか分かりやすいドラマみたいな物語になってしまう。かといって、記憶があいまいな、飲み屋での日々もどこか寂しくなるが。

そんな感情が共鳴なのかどうかは分からない上に、とんだ見当違いかもしれない。だけども、文化や評論といった事柄から距離を置いて、楽しく酒を飲み続けた、祖父の哲学は一片でも僕にもあるはずだ。

なんて風に、自己とそのルーツを繫げて考えるのは、まさにおセンチかもしれない。

ひょうひょうとした文章、不思議な世界観、どこか脈絡のない展開（ない訳ではないが）、そんなのが一般的には知られていると思う。そんな評価に、孫として、ユニークな表現でもって、身内ならではの新しいことでも言えたら嬉しいのだが、残念ながら、とんと言葉が浮かばない。祖父の文章は読んでいて面白いのだが、個人の感想は、文章が上手いなあとか、共感することが多い。「アセモの親玉」だって、そうだよなあ、なんかヒラヒラしているものってたまに視界に入ってくるよなあ、なんて思ってオワリ。なんだか深いところへ頭がまわっていかないのだ。

これからはもうちょっと言葉が出てくればなあ、なんて。


最後に、新宿ゴールデン街の祖父が飲んだ店で働くこと、母が亡くなり、祖父の作品を整理する一環で祖父のことについて改めて知ることが多くなり、そして、またここで祖父の本が出版されることになりました。

そんな中で、祖父・田中小実昌に光をあててくれた編集の田口博さんには、感謝いたします。多くの関係者の支えにお礼を申し上げて、解説にかえさせていただきます。ありがとうございました。


（2014.12.25）

田中小実昌（たなかこみまさ）作家、随筆家、翻訳家。一九二五年四月二十九日、東京市千駄ヶ谷生まれ。牧師の父種助の転勤にともない広島県呉市三津田町で育つ。旧制西南学院中学二年で広島県立呉第一中学に転校。旧制福岡高校に在学のまま出征、南京など中国各地を一兵卒として転戦。アメーバ赤痢の疑いで野戦病院に移送された直後に敗戦。復員して呉市に戻り米軍基地兵舎のストーブマンなどをしたあと四七年、東京大学文学部哲学科に無試験入学。講義にほとんど出席せず除籍。在学中からストリップ劇場で演出助手、またコメディアンとしても出演、ほかバーテンダー、啖呵売、易者など職を転々とし、その経験をもとにした随筆で注目される。進駐軍将校クラブで働いていたとき、酒の窃盗容疑で起訴され罰金刑。五〇年に進駐軍横田基地で職を得、五四年より米軍の医学研究所で化学実験の技術者をしながら、チャンドラー『湖中の女』など主にハードボイルド小説を多数翻訳。五七年「新潮」に「上陸」、六六年「文學界」に「どうでもいいこと」を発表するが、本格的な作家活動は六七年以降。七一年『自動巻時計の一日』で直木賞候補。七一年発表の「ミミのこと」「浪曲師朝日丸の話」が単行本『香具師の旅』に収録された七九年、その二作で第八十一回直木賞受賞。また同年、短編集『ポロポロ』で第十五回谷崎潤一郎賞受賞。テレビ、映画、ＣＭでも活躍。二〇〇〇年二月二十六日（日本時間二十七日）アメリカ・ロサンゼルスで肺炎のため客死。

銀河叢書

くりかえすけど

二〇一五年二月七日　第一刷発行

著者　田中小実昌

発行者　田尻　勉

発行所　幻戯書房

郵便番号一〇一－〇〇五二

東京都千代田区神田小川町三－十二

岩崎ビル二階

TEL　〇三（五二八三）三九三四

FAX　〇三（五二八三）三九三五

URL　http://www.genki-shobou.co.jp/

印刷・製本　精興社

ISBN978-4-86488-064-0　C0393

✿「銀河叢書」刊行にあたって

敗戦から七十年。

その時を身に沁みて知る人びとは減じ、日々生み出される膨大な言葉も、すぐに消費されています。

人も言葉も、忘れ去られるスピードが加速するなか、歴史に対して素直に向き合う姿勢が、疎かにされています。そこにあるのは、より近く、より速くという他者への不寛容で、遠くから確かめるゆとりも、想像するやさしさも削がれています。

長いものに巻かれていれば、思考を停止させていても、居心地はいいことでしょう。

しかし、その儚さを見抜き、誰かに伝えようとする者は、居場所を追われることになりかねません。

自由とは、他者との関係において現実のものとなります。

いろいろな個人の、さまざまな生のあり方を、社会へひろげてゆきたい。

読者が素直になれる、そんな言葉を、ささやかながら後世へ継いでゆきたい。


幻戯書房はこのたび、「銀河叢書」を創刊します。

シリーズのはじめとして、戦後七十年である二〇一五年は、〝戦争を知っていた作家たち〟を主なテーマとして刊行します。

星が光年を超えて地上を照らすように、時を経たいまだからこそ輝く言葉たち。

そんな叡智の数々と未来の読者が、見たこともない「星座」を描く――

銀河叢書は、これまで埋もれていた、文学的想像力を刺激する作品を精選、紹介してゆきます。

それは、現在の状況に対する過去からの復讐、反時代的ゲリラとしてのシリーズです。

本叢書の特色

初書籍化となる貴重な未発表・単行本未収録作品を中心としたラインナップ。
ユニークな視点による新しい解説。
清新かつ愛蔵したくなる造本。

二〇一五年内刊行予定

第一回配本　小島信夫『風の吹き抜ける部屋』
　　　　　　田中小実昌『くりかえすけど』
第二回配本　舟橋聖一『文藝的な自伝的な』
　　　　　　『谷崎潤一郎と好色論　日本文学の伝統』
第三回配本　島尾ミホ『海嘯』
第四回配本　石川達三『徴用日記その他』
第五回配本　野坂昭如『マスコミ漂流記』

……以後、続刊

風の吹き抜ける部屋　小島信夫

銀河叢書第１回配本　同時代を共に生きた戦後作家たちへの追想。今なお謎めく創作の秘密。そして、死者と生者が交わる言葉の祝祭へ。現代文学の最前衛を走り抜けた小説家が問い続けるもの――「小説とは何か、〈私〉とは何か」。『批評集成』等未収録の評論・随筆を精選する、生誕100年記念出版。　本体4,300円（税別）

いつもの旅先　常盤新平

感じのいい喫茶店や酒場のある町は、いい町なのである。それはもう文化である――おっとりした地方都市、北国の素朴な温泉宿、シチリアの小さなレストラン……旅の思い出を中心に、めぐりゆく季節への感懐を綴る。『明日の友を数えれば』『私の「ニューヨーカー」グラフィティ』『東京の片隅』につづく未刊行エッセイ集。本体2,500円（税別）

この人を見よ　後藤明生

単身赴任者の日記から飛び出した谷崎潤一郎『鍵』をめぐる議論はいつしか、日本文壇史の謎、「人」と「文学」の渦へ――徹底した批評意識と小説の概念をも破砕するユーモアが生み出す、比類なき幻想空間。戦後日本文学の鬼才が、20世紀を総括する代表作『壁の中』を乗り越えるべく遺した未完長篇1000枚を初書籍化。　本体3,800円（税別）

詐欺師の勉強あるいは遊戯精神の綺想　種村季弘

まぁ、本を読むなら、今宣伝している本、売れている本は読まない方がいいよ。世間の悪風に染まるだけだからね……文学、美術、吸血鬼、怪物、悪魔、錬金術、エロティシズム、マニエリスム、ユートピア、迷宮、夢――聖俗混淆を徘徊する博覧強記の文章世界。没後10年・愛蔵版の単行本未収録論集。　本体8,500円（税別）

終末処分　野坂昭如

予見された《原発→棄民》の構造。そして《棄民→再生》の道は？　原子力ムラ黎明期のエリートが、その平和利用に疑問を抱き……政・官・財界の圧力、これに搦め捕られる学界の信仰、マスコミという幻想。フクシマの現実をスリーマイル、チェルノブイリよりも早く、丹念な取材で描いた長篇問題作、初の単行本化。　本体1,900円（税別）

20世紀断層　野坂昭如単行本未収録小説集成　全５巻＋補巻

単行本未収録小説175作品を徹底掲載。各巻に新稿「作者の後談」、巻頭口絵に貴重なカラー図版、巻末資料に収録作品の手引き、決定版年譜、全著作目録、作品評、作家評、人物評、音楽活動など、《無垢にして攻撃的》な野坂の行動と妄想の軌跡を完全網羅。全巻購読者特典・別巻（小説６本／総目次ほか）あり。　本体8,400円（税別）